罗裙

胡炎 著

中国出版集团 现代出版社

图书在版编目（CIP）数据

罗裙 / 胡炎著. -- 北京 ：现代出版社，2017.9
ISBN 978-7-5143-6469-9

Ⅰ．①罗… Ⅱ．①胡… Ⅲ．①中篇小说－小说集－中
国－当代②短篇小说－小说集－中国－当代 Ⅳ．①I247.7

中国版本图书馆CIP 数据核字(2017) 第224910 号

罗 裙

作　者	胡　炎
责任编辑	杨学庆
出版发行	现代出版社
地　址	北京市安定门外安华里504号
邮政编码	100011
电　话	010-64267325 010-64245264（兼传真）
网　址	www.1980xd.com
电子邮箱	xiandai@vip.sina.com
印　刷	北京佳信达欣艺术印刷有限公司
开　本	710×1000 1/16
印　张	17
字　数	206千
版　次	2017年9月第1版　2020年6月第2次印刷
书　号	ISBN 978-7-5143-6469-9
定　价	59.80元

在虚构的世界里发现真相（代序）

——答文友问

文友：获悉您的中短篇小说集《罗裙》即将出版，首先向您表示祝贺。能谈谈这部小说集的大概情况吗？

胡炎：好的。这部小说集是从我多年来发表的几十篇中短篇小说中遴选出来的，基本涵盖了我创作的整体风貌。

文友：这些中短篇小说既是您创作的结晶，也是您文学历程的记录。谈谈您的创作履历好吗？

胡炎：我的处女作发表在《海燕中短篇小说》1987年第1期上，是一篇300来字的小小说。我记得很清楚，写作这篇作品的时候我刚上高中一年级。现在回过头看，那篇小作实在稚嫩得很，但编辑的厚爱却给了我创作的信心和力量。这也直接导致了我后来从理工类大学毅然辍学而改学中文。此后的20余年间，我创作了300余篇小小说，其中被《小说选刊》《小小说选刊》《微型小说选刊》《青年文摘》《作家文摘》《青年博览》《读者》《世界华文微型小说双年选》《当代微型小说排行榜》《新中国

60年文学大系》等各种文摘选本转载200余篇，还有近20篇入选全国多个省市的语文试卷，同时也获得了不少奖项，被誉为"当代小小说百家""当代微型小说百家""当代小小说36星座"。2009年，出版社开始向我约稿，陆续推出了《等待录取通知的那个夏天》《秋天的走向》《狼人日记》等三部小小说集。《等待录取通知的那个夏天》荣获冰心图书奖，入藏中国现代文学馆，并被江西高校出版社、地震出版社多次再版。因此，有人将我定位为"小小说作家"，也对，也不全对。只能说，我在小小说领域倾注了更多心血，而中短篇我也一直没有放弃，断断续续写下来，也积累了40来万字，它们大多发表在《清明》《文学界》《奔流》《北方文学》《雨花》《作品》《广州文艺》等期刊，短篇小说《坍塌》在《佛山文艺》发表后，被《作品与争鸣》转载，引起了一定的反响。

文友：这样看来，您不仅在小小说领域成就斐然，中短篇小说的创作也相当可观。据我所知，除了小说创作，您还涉足散文、评论，而且创作了大量的戏剧、小品、情景剧、诗朗诵、曲艺、歌词、广播剧、微电影和戏曲电影，并且为百余台文艺演出撰稿，是这样吗？

胡炎：是的。我觉得其他门类的文艺创作和我的小说创作是互补的，比如小说的素材可以转化为舞台或影视广播等艺术形式，诗朗诵、散文和歌词在抒情和韵味上本质是相通的。至于评论，主要是2001—2002年我临时借调至《小小说选刊》做编辑，开阔了视野，提高了文学鉴赏力，丰富了理论素养。那时《小小说选刊》每期都要写几个点评，这对提高我的文学赏析能力帮助很大。

文友：的确如此。作家就像一个精神的农夫，他应该尽可能地开拓更为广阔的领域，想方设法突破自己的局限性。

胡炎：没错，创作本身就是精神探险，没有足够延展的触须，就很难越过表象抵达人性的深处。

文友：您一贯反对风格的固化，主张多样化创作，因此您的小说没有一个固定的风格。但是文学界有一种声音恰恰是提倡作家的风格化创作的，能谈谈您的看法吗？

胡炎：作家的固定风格和风格多样性，没有对与不对，因人而异吧。我个人确实不喜欢每一篇作品都是一个艺术模式，因为人本身往往是多面性的，这既决定了文学形象的多面性和复杂性，也决定了作家创作的丰富性和多样化。拿我的作品来说吧，既有很传统的，也有较为先锋的，比如，收在本书中的两个中篇，《觅鬼者》和《饥饿》，用了大量的隐喻和象征，《饥饿》甚至是寓言化的。而短篇《时间的刻度》《自然法则》《狼》等走的都是打破常规的路子。我觉得作家不能太老实，多一点"不安分"或许更好。因为"创作"首先在于"创"，要努力体现创造性，探索和尝试本身就是对文学的贡献，即使你的尝试并不一定能够获得广泛的认同。

文友：深有同感，作家的探索精神难能可贵，也只有这样才能摆脱匠气，避免艺术表达的千篇一律。但是无论任何形式的探索，归根结底都是为了发现真相，您以为呢？

胡炎：非常正确。发现生存的真相、心灵的真相、人性的真相，继而发现历史的真相、社会的真相、文化的真相，正是文学意义的本质所在。小说是虚构艺术，但虚构的彼岸却是一针见血的真实。我渴望在虚构的世界里发现真相，尽管未必做得很好，但我会为之而努力。

　　文友：这应该也是文学的使命。

　　胡炎：是的。文学是一份庄严的事业，那些歌功颂德、粉饰太平、矫揉造作的文字与真相无缘，更与作家的使命感差之千里。

　　文友：说到发现，注定是一个痛苦的过程。因为你必须拨开迷雾，甚至一个人走在探险的路上。

　　胡炎：所以，作家往往是孤独的。你必须在物欲横流的现实世界中保持独立的人格和风骨，你必须摒弃鹦鹉学舌而发出自己的声音，你必须有敢越雷池乃至碰得头破血流的勇气，你还得有股子百折不挠的韧劲，因为生活布满了陷阱，有时候你以为这就是真相，而爬出陷阱后你才发现这不过是一个迷魂阵。因此我说，作家注定是暗夜里的独行者，你的每一步都是对历史与现实的诘问，而你的灵魂，就是空中那轮寂寞的朗月。

目录

觅鬼者

1

有关怪人伍子蒙的传说有多种，但均无据可考。有人说他是一个私生子，打呱呱坠地那天起就没见过父母，所以至今不知他血管里流的是哪个人的血。有人说他十分早慧，是个神童，8岁时就能作诗，且一些句子深奥得让人讶异。还有人说他早年间曾师从于某位哲学大师，后来从教，但不知为何某一天突然从校园里销声匿迹了……当然，这都是伍子蒙来我们邙城以前的事情。由于传说的语焉不详，也未能引起我们太多的兴趣——一般来说，邙城人没有追根究底的嗜好。

其实在相当长一段时间内，伍子蒙并没有给人留下太多怪异之处，只是寡言少语些罢了。他似乎没有职业，但又似乎每月都有固定的生活来源。他见人大多点一点头，算是打招呼，僵硬的面部鲜有表情。在他所居住的小区内，唯一与他经常聊聊天的是老李——说是经常，其实每次也不过十来分钟而已。老李是个退休工人，有着发达的肩膀和粗糙的手掌，再有，就是一口灿然生辉的黄板牙。

真正让人开始感到伍子蒙的怪，是有一次伍子蒙赤青着脸对老李说：

"老李，你说世外桃源到底在哪儿呢？"

老李转了转眼珠，说：

"西郊不是有片大桃园吗？"

伍子蒙表情痛苦地摇摇头，说：

"非也，此桃园非彼桃源，你不懂的。唉……"

老李龇了龇他的黄板牙，在小区内转悠了一圈。然后他神秘地向小区的居民宣布：

"伍子蒙这家伙中邪了，怎么大白天说胡话呢？"

大约在一个夜凉如水的夜晚，伍子蒙找到了他的世外桃源。

那是一片坟地。那片坟地就在小区后面的山坡上。在这里我需要补充一点，那就是我们邙城是个矿业城市，且山丘绵亘，从空中鸟瞰，整个邙城就像一张打满皱褶的老妪的脸。伍子蒙所处的小区，四周就有不少煤场，因而伍子蒙眼中的世界总是黑暗而迷蒙的。遇到风起云涌之日，伍子蒙会感到窒息。对他来讲，这种窒息已经习以为常了，并不怎么可怕。可怕的是伍子蒙总有一种莫可名状的古怪感觉，这种感觉折磨得伍子蒙烦躁不安、六神无主，甚至痛苦不堪。伍子蒙渴望到达一个地方，那个地方能够冰释他心中的郁结，与他的灵魂达成一种默契。但伍子蒙在很长的日子里始终没有找到这个地方。

生活总是充满了偶然性。在一个晚上伍子蒙和儿子莫名其妙地吵了一架后（事后他再也回忆不起吵架的原因，或许他们父子频繁的冲突早已使他麻木），他就只身出门，沿着后面的一条小路漫无目的地走下去，结果就走进了那片坟地。伍子蒙当即怦然心动，那夜他至少在坟地里坐了两个小时才起身离去。从此伍子蒙就对这片坟地产生了深深的迷恋，每日子夜去坟地静坐几乎成了雷打不动的惯例。

但是，对于邙城人来说，这是一个隐藏很久的秘密。

2

现在，伍子蒙就坐在坟地里。月光极好，若水银泻地。坟地里古柏葱茂，荒草没膝。月色中柏树的枝叶浓得像一团团化不开的墨渍，而草叶在轻风中撩拨着月光的肌肤。伍子蒙草草数了下，远远近近起码有十几个坟头，那么说，这片土地下也就起码生活着十几个鬼：相对于人来说，鬼是灵魂的另一种存在方式。而灵魂是共同的密码：关于世界的抽象的结构形态，具有梦幻的特征和神秘领域的触角。——在草的底部和坟丘的某些未知处，看不见的虫子发出幸福的歌吟，这轻柔的吟唱被月色浸染得湿润而明澈，穿过伍子蒙的耳膜直抵隐秘的那端。人气很重的灯火离此好像十分遥远，鼾声和梦呓离析着永远没有谜底的夜晚，灯光是一种无聊的伪饰。伍子蒙感到一种说不出的坦然，是那种完全可以让心灵沉入宁静的坦然。何况，这个地方本就有一种隔世般的静谧。

伍子蒙抽着烟，抽得慵懒而逍遥。一切不都和最初的那个夜晚一样吗？一样的月光，一样的虫鸣，一样的沁凉，一样的宁静……记忆复制成永恒：一种状态，和另一种状态剥离。

鬼啊！伍子蒙心里亲切地呼唤着，我的弟兄姊妹，你们出来吧，这儿就我一个人。咱们说说话：《周易》的两极说，一阴一阳为之道，阴阳互化，是否还可以在未化的原始状态中打破？

我叫伍子蒙。

我是个糊涂的人。

别人让我糊涂，我也让自己糊涂。

现在是这个样子，过了现在会是什么样子？

——河水下现出隐约的草色。鱼儿时隐时现。蜻蜓的影子被波纹搅碎。漩涡表达着河的诱惑……心是一条河,永远和岸抗拒。

伍子蒙感到整个身心淋满了月光,他生命的底部是一个月光的湖:什么都没有,只有月光。——肉体是湖的堤岸,但被忽略了。

好了,我自我介绍完了,该你了。

坟地一派肃静,如一个庄严仪式的背景。一只野兔蹿出来,大约闻到了危险的气味,逃掉了。

——没有鬼。始终没有。

回答伍子蒙在每个夜晚共同心愿的,是萦绕于耳的虫鸣:无休无止的天籁。

这可是鬼的语言?伍子蒙想。

既然语言无法解析,或可做音乐去理解吧,如这月光:弹给大地的无音之琴。

3

早晨,伍子蒙披了一身市嚣买回了豆浆和油条,坐在客厅里等待儿子和媳妇进餐。这是一个乳白色的早晨,弥散着浓烈的豆腥味。

伍子蒙听到儿子和媳妇在卧室谈话的声音:门缝是隐私的麦克风。

"你的肾功能是不是出了点问题?"

"妈的,这阵儿单位里总有几个人跟我过不去,尤其那个张拳,是我搬不走的绊脚石。"

"你可以买几瓶汇仁肾宝试试。"

"我是不是锋芒太露,让那小子有了警惕……俗话说枪打出头鸟,露头椽子先烂。"

"要不到保健品店弄点神油啥的。"

"我得想法子对付这个狗日的张拳，副局长的位子说什么也不能送给他！"

"下个礼拜我要去上海一趟，公司派我去催账。"

"今天的股市不知怎样？都套了三个月了，能出手就出手。"

"哎，听说了吗？一个红歌星让一个大款给包了。"

"昨天晚上那个电视小品真他妈没意思，还笑星呢，穷乐个什么劲啊！"

"我就犯嘀咕，那些歌星只要往台上一站，小脸蛋冲观众一亮，那钞票就跟树叶似的往腰包里钻。她们干吗还犯贱给人做二奶呢？"

"最近我得去换个手机号，现在这个号太晦气。"

"不过话说回来，如今这世道，谁嫌钱咬手呀？跟谁睡还不是睡？一夜睡几百万，划算！"

……

伍子蒙又开始感到烦躁：一群蚁钻入毛孔，啃啮骨头。钙是老化的符号，不可逆转。脸上生出一蓬茅草：岁月的胡须。时光的风穿过稠密而空洞的岁月，发出日光镀亮的鸽哨：人类的赞美诗，为靠不住的终极殉道。

儿子和媳妇终于衣帽整齐地走出来，儿子轩昂，媳妇靓丽，但四只眼睛都显得失神。豆浆和油条显然迅速膨胀了他们的饥饿，他们坐过来，伍子蒙看到儿媳的脸上脂粉丰腴，一股异香扑鼻而来，让他禁不住打了一个喷嚏。

"贪欲不可有，恶念不可生。"伍子蒙对儿子伍雨强说。

伍雨强对老头子的圣哲之言和奇谈怪论早已麻木不仁，并不理会，只管埋下头喝了一口豆浆。

"哦，这豆浆挺新鲜。"伍雨强说。

伍子蒙看着小两口饥餐渴饮，沉默了一会儿，又说：

"昨天晚上我做了一些梦。"

"油条好像炸老了。"

"我梦到了一个墓碑。"

——墓碑周围群蝶翩舞：鬼的盛会。无可企及的完美……没有墓志铭，因此是一个无主题舞会：意义被消解和隐藏。

咀嚼声，有些夸张。

"一座开满鲜花的厕所里住着一位哲人。"

——仙风道骨：以大便的姿势阐释哲理：深奥莫测的臆想规律的描述与定义：已知世界和未知世界的漂泊与游离。

"今天早上好像特别饿，得多吃点。"

"我梦到哲人讲了一句话，这句话是……"

伍雨强的手机响了：悠扬的和弦，动人的时髦。伍雨强把残存在口中的部分油条堆积到左腮帮里，潇洒地举起了那个不带绳的玩意。

"喂！……什么，股票升了？没错吧？……没错！好！太谢谢了！"

伍雨强的脸上一轮红日喷薄而出。

"哲人说，形式为内涵……"伍子蒙继续说。

"我得走了！"

"吃好了吗？"儿媳问。

"妈的，股票升了！"

"形式为内涵送葬。"

"这下发财了！"

伍雨强和儿媳都站了起来，潦草地揩了揩嘴，走到门口又回头觑了伍子蒙一眼，说：

"吃饭时尽量少说话，小心呛着！"

伍子蒙哑然。

伍雨强像一枚重磅炸弹飞出了屋门。然后是儿媳，高跟鞋优雅地敲着楼梯：渐远的变奏曲。伍子蒙凝神看着窗口：喧嚣像一个十万火急的人，猛烈地叩打着玻璃。伍子蒙起身，徐徐合上窗幔：封锁是别无选择的抵御。

<h1 style="text-align:center">4</h1>

在接下来的时光中，伍子蒙仰靠在沙发上，翻开了那本翻了无数次的《易经释疑》。这是一本天书，只有为数不多的人能够读懂，伍子蒙自认为是其中的一个。

"清气未生，浊气未沉，游神未灵，五色未分，中有其物，冥冥而性存，谓之混沌。"

混沌即无极。伍子蒙悟到，乃天地万物造化之前的一种无形无象的状态。按照易理，"混沌为太始，太始者，元胎之萌也。始之数一，一为太极。太极者，天地之父母也。一极易，天高明而清，地博厚则浊，谓之太易。太易者，天地之变化也。太易之数二，二为两仪。两仪者，阴阳之形也，谓之太初。太初者，天地之交也。太初之数四，四盈易，四象变，而成万物，谓之太素。太素者，三才之始也。太素之数三，三盈易，天地孕，而生男女，谓之三才。三才者，天地之备也。"易理显然阐明了万物由无序向有序、由低级到高级的递变规律，然而对于伍子蒙来说，他所处的世界仍是"无极"：思想的梳子无法梳理生命的混沌。

伍子蒙合上了书，叹口气，忽想，其实自己原本并未读懂《易经》，如若不然，何至于至今还在人生的进行时里延宕着"无极"呢？就如从前一样，记忆里只留下白茫茫的、无边无涯的"无极"。

但是，伍子蒙或许是秉承了《易经》的灵气，抑或是高度的神经衰弱，只要他一闭上眼睛，眼前就会幻视出一些情景，耳边也会幻听到一些声音。在这样的时候，伍子蒙感到鬼离他是那样接近，犹如比肩而坐。他能听到他的心中月光流淌的声音，他的整个生命都化为了一尾鱼，游荡在盈满天地的月光之水里。

话语是话语的判决书。目光是目光的接头令。手永远对世界做着不堪一击而又自作多情的单恋——哗啦：破碎是现实的镜子。

伍子蒙听到一个苍老的声音，仿佛来自远古，抑或天外。

再之后，伍子蒙就看到了云山雾罩中的伍雨强。伍子蒙蓦地发现，伍雨强的脸不见了，只剩下一副森森白骨，以一种古老的姿势半跪半立……

伍子蒙不禁猛然冷噤了一下。

5

关于儿媳与李小猫偷情的事，伍子蒙是无意间发觉的。

在寂寥的时光中，伍子蒙茫然地走出户外，照例与老李聊了几句无关痛痒的话，便散漫地信步而去。

在我们邙城，除了几条运煤的大道外，剩下的只有鸡肠子似的小巷，纠结扭曲，像一张走形的蜘蛛网。所以伍子蒙走在小巷中，更像是一只饥饿的蜘蛛。

没有目的的游走该是孤魂野鬼的方式。伍子蒙想。他感到脚底发飘，似乎每一步都走在一个虚浮的梦幻之上。视域里灰蒙蒙的，仿佛世界是一幅迷雾笼罩的抽象派画面。

小巷的两侧每隔不远就有一家旅社和酒馆。旅社多是私营旅社，高不过二层，看起来简陋而幽深，但是幌子都很打眼，什么桑拿美容舞厅之类的俱在其中，这说明我们邙城的发展并没有落在时代的后面；酒馆则是各种档次都有，海鲜城、野味斋、香巴拉……，当然更多的还是铺面促狭、陈设普通的小酒馆，专供普通人小酌聊天的地方。伍子蒙偶尔也会去里面坐坐，要一碟花生豆、两段黄瓜，打三两薄酒，孑身一人慢啜细品，仿佛正把邙城错综幽邃的历史呷进灵魂里去。

眼下伍子蒙没有心情去饮酒，他的目光从老墙缝隙里探出的草叶上不留痕迹地划过去，感觉像是划过了一些古老而又驳杂的故事：老墙是故事的磁盘，而草是故事的另一种讲述方式，让岁月和风雨漫不经心地倾听。

　　当伍子蒙的目光划过最后一片草叶时，一个绰约的女人突然锥进了他的瞳孔。伍子蒙当时怔了一下，他使劲地把眼睛眨巴了几下，怀疑自己沧桑的眼角膜是否向他传达了真实的信息，他甚至用手狠狠地在眼球上抹了两把，仿佛那两只眼球刚刚从尘泥中挖出，不用力揩拭不足以还原它们应有的清晰度。但伍子蒙终于确认了那个绰约女人的身份——伍雨强的妻子，他的儿媳。如果单单是儿媳出现，那伍子蒙根本用不着大惊小怪，问题是儿媳的身旁并行着一个留胡子的男人，而这个男人的右手正环绕着儿媳杨柳拂风的腰肢！

　　伍子蒙的脚像是须臾间生了根，深深地扎入脚下的水泥巷道，并牢牢地抓住了每一寸泥土。那个男人，伍子蒙是认得的，他是老李的小儿子李小猫。两年前这家伙曾因调戏妇女被派出所拘留过，把老李气得差点背过气去。李小猫平日里不知在何处游荡，很少回家。老李也奈何不了他，索性只当没这个儿子。没想到，今天他竟与儿媳……

　　伍子蒙的脚不能动，目光却是可以游移的。那两个人牵着他的视线进了一家旅社，倏忽不见了。这一刻伍子蒙听到了空中一阵窸窣之声，好像野火燃烧焦裂的豆秸的声音。伍子蒙终于拼尽全力拔出了脚——就像拔起一棵百年老槐，而后鬼鬼祟祟地向那个旅社走去。

　　"住宿吗？"服务员问道，面露狐疑。

　　伍子蒙摇摇头。

　　"您有什么事？"

　　"我……我找人。"

"哪个房间的？"

"不知道……他们……他们刚进来。"

服务员又打量了他一遍，毫不客气地拒绝了他：

"对不起，闲人免进。"

伍子蒙呆立了一会儿，感觉有一团湿热正在裹紧他。他想出汗，但他没有汗。他知道他的儿媳在里面，和一个名叫李小猫的男人。接下来他们会做什么呢？伍子蒙不敢想下去。但伍子蒙似乎隐约而又异常真切地听到了儿媳夸张而放浪的笑声……

伍子蒙像一条晕头晕脑的病狗夹着尾巴回到家中。

在很长的时间里，伍子蒙几乎陷入了一种物我两忘的虚境。他似乎不存在了，他的意识是超拔于一切具象的空明——不，是混沌。他在这片混沌中似乎对一切都浑然不觉，仿佛失忆者面对着漫无边际的空白。

伍雨强回来了，仪表斯文的脸上似乎少了点什么。

伍子蒙几乎陡然间有了一种冲动，适才的虚空恍惚荡然无存。一束蓝色的火焰从他生命的烛台上腾空而起，让他无法自制。他要把那个锥心刺骨的镜头从牙床下碾碎，而后像雪霰一样洒向伍雨强。他不知道他的儿子何以如此窝囊，竟然斗不过一个小流氓。难道他的肾功能的确出了问题？但是儿子年纪轻轻的怎么能亏成这样呢？伍子蒙踌躇着，最后出口的话却是：

"股票搞妥了？"

"靠，我摔碎了眼镜！"儿子气急败坏地说。

"哦……摔了就摔了吧。"

"什么？"

"形式为内涵送葬，这是哲人的话。"

"见鬼，好端端的眼镜怎么会摔碎呢？真是人倒霉，喝凉水都他妈塞牙！"

"哎，摔碎了可以再配。"

"晦气，晦他妈青了！"

"……"

伍子蒙哑然了：儿子摔碎了眼镜……恼羞成怒，暴跳如雷……为何不在外面发泄？鬼哭狼嚎摔酒瓶子装疯卖傻都成……一双肉质的眼睛丢掉了一双玻璃的眼睛：形式为内涵送葬。

可是，这都不算什么，最要命的是，伍子蒙现在看到一顶硕大无比的绿色帽子，以遮天蔽日之势重重地压在了伍家的上空……

6

伍子蒙从这一天起走上了"侦探"的道路。这大约是他平生从未想过的。然而人生的确是多个偶然性的组合，就好像你在一条路上走着，脚下一空，是一个陷阱；脚下一滑，是一块果皮；脚下一绊，是一块石头……偶然的出现总让你始料不及。伍子蒙决意做"侦探"，更主要的因素是他嗅到了危险的气味——是的，危险，甚至杀机四伏。

伍子蒙最初显然是个蹩脚的"侦探"，他显得鬼鬼祟祟，像个通缉犯。他为自己选了顶遮阳帽，帽舌可以遮住整个额头。他还为自己配了副大镜片的墨镜，这样他的上半个脸几乎彻底找不到了。伍子蒙从此缄默不语，连见了老李也吝于招呼一声。老李看着这个愈加古怪的人，便只有把目光变作两个困惑的触角，在伍子蒙的身上探来探去，似乎在探索一个活着的深不可测的谜语。

伍子蒙尽可能地跟踪着儿媳——这个危险预感中的引线。他蹑手蹑脚，垂头佝背，在儿媳高跟鞋笃笃的余音中趋步而行。他在这个过程中几乎忘记了那片坟地，他觉得目前一个严峻的事件比鬼更为重要。儿媳的袅娜身影多半会在他的跟踪中倏然消失，让他茫然四顾，失落和不安风一样吹寒了他的心野。他听到月光在他体内幽咽如泣的声音，这让他更加不堪。他想把这种不堪以一种委婉的方式告诉伍雨强，可是，他无从开口，羞于启齿……

一切都糟透了。伍子蒙想。儿子还蒙在鼓里呢，这个牢骚满腹而又踌躇满志的青年人到底在忙些什么呢？难道就不能抽点空管一管他的妻子吗？他的麻木难道已经到了对夫妻之间的微妙变化都浑然不觉的地步了吗？……

伍子蒙感到那些老墙上长出的小草诡谲地在风中招摇，它们寄生于砖石之间，却葳蕤得让人匪夷所思。而儿媳的身影从它们的叶片上亮了一下，又亮了一下，便消失不见了。

伍子蒙很快便在这种徒劳的跟踪中败下阵来。一天他看到儿媳前脚上了辆公交车，便三步并作两步地赶到车门前。正当他把一只脚搭上了踏板，而另一只脚处于悬空状态的时候，一个毛头小伙子不容分说地扛了他一下，挤身上车，而他却一个后仰摔在地上，帽子滚到了一边，墨镜也歪斜了。在伍子蒙的眼中，天空倾斜得厉害，而他似乎已经扶摇入云……

在众人的哄笑和唏嘘中，伍子蒙结束了他短暂的"侦探"生涯。他不知道，车前的一幕，儿媳是否看见或压根不屑一顾？

7

伍雨强把张拳请到了红珊瑚夜总会。其时伍子蒙正倚在一把老式的罗汉椅上，对着窗子上愈来愈重的黄昏发怔。

红珊瑚夜总会是我们邙城最高档的餐饮娱乐场所，进进出出的都不是布衣之流。伍雨强平素也鲜有机会来此潇洒一次，当然，如果当上副局长，手里管一个口，那就另当别论了。

但是今天伍雨强决定出一次"血"，舍不得兔子打不着狼，这一点伍雨强是有理智的。

张拳如约而至，伍雨强亲热地招呼他进了雅间。

“老弟干吗这么客气？”

“跟老兄有段日子没聚了，想得慌。”伍雨强说。

“嗨，天天在单位见面，我这张脸还没看够啊？”张拳笑着，右颧骨上一颗豆大的黑痣格外醒目。

伍雨强的嘴角微微地抽动了一下，没错，这张脸他早看够了，不仅看够了，而且烦够了、恨够了。但伍雨强很从容地笑道：

“见和聚是两回事，借这个机会，咱哥俩交流交流感情。”

“那也没必要这么破费呀，随便找个小馆子不就行了？这让我多不好意思，我又不是什么人物。”

“看老兄说的哪里话，在我眼里你就是个人物，今天能赏光，我十分荣幸。”

张拳似乎听出了一点弦外之音，没说什么。

伍雨强让张拳坐上席，张拳不肯。二人又谦让了一番，张拳到底经不住伍雨强的连拖带拉，只好落座。

伍雨强要了几个菜，都很贵，天上的海里的地下的，张拳掂量得出这些菜的价值。酒喝五粮液，伍雨强既要它的招牌也要它的烈性，人脑子发晕神经发飘的时候最容易说话。

伍雨强先自饮了一杯：“小弟先干为敬。”伍雨强酒量不错，酒场上经常一派英雄豪气。然后又斟了满满一杯，双手捧给张拳：

“感情深，一口闷。”

张拳显然心里没底：

“老弟，你还不了解我？喝酒你是英雄，我是狗熊。这么着，量力而行，我随意，只要感情有，喝啥都是酒嘛。”

伍雨强坚决地说：

“那可不行，老规矩，三杯酒，三杯后咱们随便玩。”

张拳平素喝酒有个规律，刚开始控制得很紧，一旦几杯酒下肚，便兴奋起来，往往把自己灌得昏天黑地。伍雨强要的就是这个效果。

"哎，却之不恭，谢老弟美意了。"张拳看没有通融余地，只好闭着气一口饮下，然后仰脖喝光了一杯茶。

伍雨强竖起大拇指：

"好，爽快！"

高脚杯里的三杯酒足以让张拳耳根赤热，不再矜持。果然，张拳的话也多起来：

"老弟是不是有什么事，我如果能帮上忙，义不容辞。"

伍雨强似乎看到酒精正在烫着张拳紫红色的神经，那些神经像丛密的根须，深深地扎在预谋的土壤里。伍雨强笑着摇摇头：

"什么事也没有，纯粹是兄弟小聚，聊聊天而已。"

伍雨强不断地变着戏法劝张拳喝酒。二人推杯换盏，不觉间第二瓶又喝了一半。张拳已经语无伦次了，筷子里的菜送不到嘴边就滑掉了。伍雨强看时机成熟，开始把话引入正题。

"老兄，这次副局长的位子，你可是个热门人选啊。"

"哪、哪里，你、你比我有竞争力。"

"老兄说笑话了，我对仕途实在没什么兴趣。"

伍雨强很清楚，他对这个位子有多么神往。伍雨强是个有政治抱负的人，对权力的渴望比生命更重。这些年他经商炒股，一心赚取的都是投资政治的原始积累。这段时间他已经和一个市委常委关系搞得很不错了，职务提升指日可待。然而那位常委不止一次提醒了他：

"你们那里有个张拳，告你告得很厉害。他手里有你的材料，言之凿凿，看起来很翔实。你告诉我，他反映的问题是真的吗？"

伍雨强当然矢口否认：

"完全是诬陷，他是想把我扳倒来达到他的个人目的，不折不扣的卑鄙小人！"

那位常委说：

"没问题最好，但是唾沫多了照样淹死人。张拳背后也有人，这个社会，关系复杂，你绝对不能掉以轻心。想法把这事摆平，否则风吹到大家的耳朵眼里，争议一多，只怕我也压不住。"

伍雨强千恩万谢，向常委做了保证。平心而论，伍雨强并不想太让张拳下不来台，只是张拳磨刀霍霍，非要把他斩于马下而后快。这让伍雨强十分恼火，但他又无计可施，毕竟他屁股不干净，让张拳抓着把柄，这就好像一条蛇被人掐着七寸，剩下的只有难受了。

收买人心。眼下，只有这条路可走。所以，伍雨强兜里揣了一万元摆下了这个鸿门宴。

"仕途就、就像一条河，渡过去了是一片繁华胜景，渡不过去就、就只能望梅止渴，不过有、有一点，千万别翻船，淹死了就、就什么也没有了。"张拳说，微微发红的眼睛里闪着逼人的刀锋。

伍雨强感到一种尖锐的疼痛，是的，他从张拳的目光里看到了一把刀子，这把刀子打磨得异常锋利，随时准备捅破他的五脏六腑。伍雨强避开了这把刀子，掩饰地喝了口茶，用推心置腹的口气说：

"是啊，老兄说得没错，风浪倒不怕，就怕触礁，暗箭难防啊。"

张拳浅笑了一下：

"关键还在船，船如果坚不可摧，谁拿你也没办法，是吧，老弟？"

"那当然，那当然。"

伍雨强又斟满了两杯，举起来：

"老兄，为咱哥们的情义，再干一杯。"

"干！"

两人几乎同时饮干了。张拳歪着头张了张嘴，似乎要出酒，喉结滚了几下，又忍住了。伍雨强吩咐服务小姐：

"来一瓶苹果醋。"

苹果醋棕色的液体在灯下闪着暧昧的绚丽。伍雨强亲自开了盖，递给张拳：

"老兄，喝瓶这个，解酒。"

张拳自嘲地说：

"让老弟见笑了，英雄难过美酒关，和你相比，我是自愧不如啊。"

伍雨强沉默了一会儿，顾自抽着烟。看张拳喝下了半瓶苹果醋，说：

"老兄，咱哥们相处这么多年了，你觉得我这个人怎样？"

"不、不错。"

"其实，我也知道自己有不周到的地方，要是哪个地方得罪了老兄，还请多多原谅。"伍雨强说得很是诚恳。

"哪里，老弟很会办事的。"

"人海茫茫，能在一起共事，也是缘啊，弟兄们相互提携，与人为善，那才叫真感情。和老兄这样真诚的人做朋友，是我三生之幸。"伍雨强觉得自己快要把自己感动了。

"惭愧，惭愧。"张拳始终从容地喝着苹果醋，微笑地看着伍雨强。眼中那把刀子的锋芒在苹果醋的浸泡中渐渐藏起了。

伍雨强觉得该把那层窗户纸捅破了，他不能再等了，再等下去会让他窒息。伍雨强说：

"明人不说暗话，我有什么不是，老兄尽管当面提。"

"何出此言？"

"既是朋友，咱们就无话不谈，说得不对，老兄多包涵。"伍雨强挺直了腰，摊牌的时候到了。

"你还跟我客气什么，有话直说。"张拳气定神闲。

伍雨强不得不佩服张拳的城府，这个对手隐藏得太深了，他只有掘地三尺，看张拳见了棺材还落不落泪？

"那我就唐突了，听说，老兄四下里告我？"

"哪儿听到的风声？流言可畏呀。"

"山雨欲来风满楼，就不要问风来自何方了。"现在，伍雨强的眼睛里伸出了两把刀子，他要一刀一刀地把张拳划开，看看他有多少根肠子。

"没有的事，君子朗朗行事，不齿于此道。"

伍雨强的牙龈在隐隐作痛，他打开身边的公文包，取出了张拳告他的材料的复印件，摊在张拳的面前：

"这个东西，老兄不会不熟悉吧？"

张拳显然对此始料未及，惊愕得半天没说出一个字。伍雨强叹了口气：

"都是一个锅里涮稀稠的，何必呢？得饶人处且饶人啊。"

张拳的脸变了：

"既然你都知道了，我也没什么好说的了，兄弟，得罪了！"

"嗨，没什么大不了的。"伍雨强豁达地说，"上下牙还有打架的时候，话说开了，化干戈为玉帛，弟兄们还是好朋友。"

"老弟真够宽宏大量的，不过，我也给你挑明了，开弓没有回头箭，我既然做了，就有我的道理。"

"你对我就有这么大仇？"伍雨强眯着眼，尽可能地收敛着自己的恼怒。

"大仇谈不上，但我是个一条道走到黑的人。"张拳下意识地在桌子上拍了一下，那个复印件应声撕裂。他冲服务员叫，"小姐，买单。"

伍雨强站起来阻拦：

"老兄，你就是拿刀杀我，这顿饭也要我请。"

"不用了，我有钱。"一沓厚厚的钞票摔在了桌子上，"不用找了！"

伍雨强明白了，他的心计早已被人识破，张拳是有备而来。

"不能再谈谈了？这样，我们换个环境，去歌厅叫两个小姐……"

"留着你自己享用吧，话不投机，告辞！"

张拳扬长而去。

伍雨强傻了。他瘫在椅子上，感到身体发虚，虚得就像一朵棉絮，在风中飘旋、浮升。我就这样败了吗？一个小小的张拳，成了我过不去的坎？不，我不能，我要让我变成你张拳的滑铁卢。看着吧，看我们谁笑到最后！

伍雨强夹起公文包，喝干了最后一杯酒，走出夜总会。

8

伍子蒙惊悚了一下，仿佛被蛇咬了一口。他在罗汉椅上睡着了，窗外夜色迷离，对面楼上的灯光像一只温柔的手，抚摸着他莫名的心悸。

伍子蒙站起身，才发现腿麻了，脖梗也痛。他扶着罗汉椅静了一会儿，缓缓地走到卧室外。屋子里空荡荡的，伍雨强不在家，儿媳也不在。他用冷水冲了把脸，叹了声，伍雨强去哪儿了呢？难道整天迷醉于酒场？一个工于心计的人，竟忽略了妻子的红杏出墙，这到底是精明还是痴傻？儿子是个粗心人，粗心人可以在欲望的路上越走越远，却会漫不经心地跌倒在一个微乎其微的细节上。

一连几天，伍雨强都是这样早出晚归，脸色非常难看。深夜里伍雨强上楼的声音显得焦躁而疲惫，伍子蒙听到了，便去给儿子开门。他想伍雨强一定是醉醺醺的，然而不是，伍雨强身上并没有多少酒气，只是在灰色的脸上写满了暴雨突降前的死寂。伍子蒙很想跟他说说话，但伍雨强肃杀的眼神让他收回了念头。他看到一条蛇盘绕在伍雨强的眼里，向空洞的夜色吐着信子。他就更加心悸了。

到底怎么了？儿子为什么像中邪一样？

伍雨强隔三岔五地给一个人打电话，总是一副讨好的口气。后来伍子蒙终于听出来，电话那头的那个人是张拳。

"还请老兄高抬贵手……"

"三十年河东，三十年河西，老兄要多思量啊……"

"小弟求你了……"

"妈的，不识抬举，咱们走着瞧！"

伍子蒙被这句话吓坏了，伴随着伍雨强恼羞成怒的声音，电话发出了一声爆响。他本能地冲进伍雨强的房间，看到电话零件满地飞滚。伍雨强像一条蛇，蛇头高高竖起，血红的信子伸缩无常。这个人是他的儿子吗？他是妖还是鬼？

"出了……出了什么事？"

"谁让你进来的，滚出去！"伍雨强歇斯底里地吼道。

疯了，儿子疯了。伍子蒙全身一哆嗦，结结巴巴地说：

"别、别这样，静一静，心静自然凉……"

"我的事你少管！"

伍子蒙退出了儿子的房间，在他的视域里，天地骤然间一片洪荒。他看到豹子在追赶着一只羚羊，在不远处，一只身高数丈的恐龙一面看着豹子和羚羊的追逐，一面悠闲地吃着树叶。奔流万年的河切开了丛密的雨林，仿佛一部无字的史书，讲述着人类的起源。在波涛涌溅的河流里，生满了牙的鱼像箭一样射出水面，刺穿了远古的谶语……

与伍雨强不同，儿媳的脸色却是日益光艳，衣服的款式一日三变，脸在高档化妆品的滋润下艳若桃李。伍子蒙对这张脸充满憎厌，甚至深恶痛绝。他偶尔偷觑一下儿媳，但儿媳大胆投向他的目光却让他避之不及。那是挑衅，地地道道的挑衅。伍子蒙感到了一阵心脏的绞痛，这个女人已经嚣张到廉耻尽失为所欲为的地步了，她也许早就知道伍子蒙窥见了她的隐私，但她无所顾忌。是啊，你奈我何？谁让你有这样的儿子呢？

伍子蒙绝望了，说到底，这是儿子的事。既然儿子蒙在鼓里，而且暴戾无常，他也没必要去戳穿了。他已经心力交瘁，就这样吧，爱怎样怎样，他尽管无法做到睁只眼闭只眼，但承受痛苦和羞辱已经习惯了。

儿媳的好心情是在一个下午突然丧失的，那时她刚接过一个电话，最初儿媳的声音还莺啼燕啭，但突然之间变了调，像是一个正在享受日光的人被兜头砸了一场冰雹。

"李小猫，这个浑蛋！"

肯定有了大变故。伍子蒙想，但这个变故发生在儿媳和李小猫的身上，不禁让伍子蒙产生了几分窃喜。你们最好鱼死网破，上苍啊，这是报应，报应……

"娟娟，你别太难过，李小猫是个畜生，天大的事姐姐给你做主。我这就找他算账去！"

伍子蒙的心抽了一下，怎么，娟娟出了事？娟娟是个好姑娘，与儿媳相比，娟娟还是个不谙世事的水一样清纯的孩子。同胞姐妹，性情截然不同，娟娟偶尔到家里来，都对伍子蒙恭敬有加。伍子蒙很喜欢这个小姑娘，那种质朴、文静、贤淑和礼貌，正是伍子蒙心目中的好女子的品行。这样的好姑娘，莫非遭遇了李小猫的毒手？倘若如此，那个引狼入室的人不是儿媳又是哪个？

罪孽，伍子蒙的心在滴血，罪孽深重啊。

伍子蒙又拣起了他的"侦探"生涯，他没有理由置之不理。娟娟就像他独步世外的灵魂的手指，手指断了，他的灵魂便残缺了。伍子蒙跟着气急败坏的儿媳下楼，绕过九曲八弯的胡同，最终在荒废的矿区一隅见到了李小猫。

伍子蒙躲在旁边一间残破的石房里，隔着墙缝进行现场目击。

"你这个猪狗不如的东西！"儿媳像一头疯狂的母兽，冲上去撕抓着李小猫。李小猫的脸顷刻间有了几道血印子。指甲，多好的指甲，儿媳每天修饰的长指甲，涂着美艳的彩纹，在这个时候，成了一个荡妇的武器。

李小猫面不改色，稍一用力，儿媳便像一只鸡飞了出去。伍子蒙看到了儿媳的狼狈，他蓦地有了种滑稽感，就像面对着一个光色绮丽的谎言，在你正被它折磨和戏耍的时候，这个谎言倏然破灭了。残酷，结局总是残酷的，尽管儿媳有一万个不是，然而此刻她正被残酷踩躏。伍子蒙百感交集，心中五味杂陈。他的牙齿在打战，呼吸急促而杂乱。有一刻，他甚至想从房里冲出去，可冲出去做什么呢？援救儿媳？痛斥李小猫？不，他不能，那只会让场面更加不堪，甚至不可收拾。他用手捂着胸口，等待着最后的结局来临……

儿媳滚了一身土，费了半天劲才爬起来。她又一次向李小猫冲过去，但这次李小猫只是抬起手，做了个象征性的动作，儿媳便被吓住了，呆呆地站在那里。

"李小猫，你伤天害理，你还敢打我……"儿媳突然哭了起来，声泪俱下，肩膀耸动得像两片雨中的芭蕉叶。

"有什么大不了的，瞧瞧你的样子，还口口声声说爱我呢。"李小猫扯了扯嘴角，荡出几丝讥笑。

"我是爱你，我把什么都给你了，可你却强奸我的妹妹，你还有点人性吗？"

人性，是啊，人性在哪儿呢？伍子蒙想，这个世界，人性是不是也被强奸了？

"我只不过和你妹妹玩玩，什么强奸不强奸的，多难听。"李小猫说，很放松地点了支烟，蹲下来悠闲地抽着。一串烟圈吐了出来，像一条灰蓝色的弹簧。

"不要脸，你真不要脸，你的良心喂狗了！"

李小猫不能自抑地笑了起来：

"我是不要脸，你也一样，你如果要脸会背着老公找野男人？"

儿媳的嘴被这句话堵住了，只是狠狠地跺了跺脚。

李小猫站起来，走到儿媳身边，说：

"别闹了，宝贝，我心里只有你。"

伍子蒙轻轻地唾了一口，真够卑鄙的，事到如今，他居然还能说出这样的话。就算女人是个傻子，还能相信他吗？

"你还在用鬼话骗人？"儿媳说，但声调已明显地软了下来。

"不，绝对是真心话。"

"那你欺负我妹妹该怎么说？"

"我只是一时糊涂……今后再也不敢了，我只对你好。"

"我凭什么相信你？"

"这是一万块钱，算是你妹妹的青春损失费。"李小猫拿出一个信封，然后又掏出一个首饰盒，"这条项链，是送给你的。"

儿媳静静地看着李小猫，在僵持的一段静默之后，儿媳竟伸出手，慢慢地接过了信封和首饰。

"宝贝，这是我专门为你挑选的，你戴上一定很漂亮。来，让我为你戴上。"

儿媳没有拒绝。李小猫打开盒子，拿出项链，在儿媳的面前晃了一下，儿媳的眼睛立刻闪射出异样的光彩。李小猫温柔地把项链套在了儿媳的脖子上，退后两步，欣赏了一番，拍着手说：

"哇噻，骄傲的公主！"

儿媳笑了，梨花带雨般的笑，这笑像一个彩色的锥子，深深地戳痛了伍子蒙。伍子蒙的脑子里刹那间升起了两个字：买、卖。一方买，手到擒来；一方卖，待价而沽。痛苦和耻辱，就这样轻而易举地在买卖中化作了甜蜜。

"来，抱抱。"李小猫伸出双手，环住了儿媳的腰。儿媳用粉拳捶了李小猫几下，便小鸟依人了。

幸福的金项链，伍子蒙流泪了，幸福的儿媳。他又糊涂了，眼前的一切都是真的吗？多像一个醒着的梦，故事的走向变幻莫测，让他无从把握。我是个弱智，彻头彻尾的弱智，伍子蒙心中呻吟着，现实超越了臆想，生活颠覆了经验。他就像一个迷途的孩子，找不到前方的路……

"娟娟那里就靠你安抚了，别把我说得太坏，你就告诉她我喜欢她，才做了出格的事。"李小猫说。

"什么？你、你喜欢她？"儿媳醋意大发，这一刻她或许已经忘了那个受到伤害的姑娘，正是她的亲妹妹。

"嗨，不是哄哄她吗。"

"你会不会还打她的主意？"

"放心，绝对不会，不是跟你说了吗，我心里只有你。"

"那好。不过我警告你，你要是再碰她，我就去告你。"儿媳说，"别忘了，你这些钱是怎么来的。那个抢劫案，警方正愁没线索呢。"

"噢，我好怕怕呀。"李小猫嬉皮涎脸地说。

暮色降临了。李小猫揽着儿媳：

"宝贝，开房间去。"

两个藤一样缠绕的身影消失在暮色深处……

伍子蒙像一摊泥，匍匐在墙下。这就是最后的结局，一幕一波三折的闹剧，一出引人入胜的喜剧。他闭上眼，四周一片黑暗。他想，我要是个盲人该多好啊，眼不见心不烦，永远只为自己的心灵活着。

9

伍雨强总是一副杀气腾腾的样子，伍家的空气更加凝重，像是结了一层厚厚的冰。儿媳的气色又光艳起来，而且比以前更加注重修饰，这使她有了一种狐狸精的妖艳。伍子蒙颓然地龟缩着，他想，这女人真是胆大，奸夫送的项链竟敢明晃晃地套在脖子上，然而伍雨强对此竟毫无觉察，仿佛这个涂脂抹粉的女人与他无关。

这个家庭的两代三人，彼此已互不搭言，各行其是，像栽在一个盆子里的三株葱，生活在同一片土壤里，却漠然得熟视无睹，视若无物……

要出事了，伍子蒙想，一定是的，要出大事情了。

大事终于降临了，娟娟又被李小猫强奸了。小姑娘不堪其辱，要割腕自杀，幸亏被人及时发现，才侥幸捡回一条命。伍子蒙知道这个善良单纯的孩子被毁掉了，一个如花的生命，那种侮辱和摧残足以让她的生命之花提前凋零。果然，娟娟神思恍惚，茶饭不思，行动迟滞，双眼里罩着两朵晦暗的云翳，那是灵魂的寂灭，就算她的肉体还要延续几十年，而事实上，她的生命已经终结了……

谁会为她陪葬？

"李小猫，我要杀了你！"

我要杀了你，儿媳的这五个字，就像五粒子弹，蘸满了切齿之恨。儿媳也绝望了。伍子蒙坐在罗汉椅上，把身子蜷成一个球，像是很冷的样子，心里一遍又一遍地重复着：我要杀了你，我要杀了你……

伍子蒙看到了血光。危险的气味像雾一样笼罩着他，越来越浓，几乎到了一触即发的时候了。

儿媳下一步会怎么做呢？

伍子蒙在一天凌晨走出纷乱的梦境，他听到了一些神秘的声音。最初他对这些声音莫名其妙，待敛息辨别之后，他才发现这是儿子和儿媳谈话的声音。他们几乎全部用的是气声，在静寂的深夜显得突兀而刺耳。

伍子蒙坐起身，仄起耳，抑制着已不有力的心跳，静听。

伍雨强："狗日的！"

儿媳："千刀万剐的李小猫啊……"话带哭音。

伍子蒙的心咯噔一跳：李小猫？！儿媳竟对伍雨强提李小

猫？她不怕事情闹大真相大白吗？但是片刻之后，伍子蒙就明白了，儿媳这是先下手为强，她有足够的能力应对未来的变故。这女人真行，出了事还要拉伍雨强下水……

伍雨强："他狗胆包天了，竟欺负到了咱们头上！"

儿媳："我妹妹才16岁呀……"

伍雨强："告他，妈的，强奸未成年少女，崩了他个狗日的！"

儿媳："他把我妹妹毁了呀，这个挨千刀的……"

伍雨强："也怪了，你妹妹什么时候和他认识的？她怎么会在他的房间里呢？"

儿媳："鬼知道他是怎么骗去我妹妹的？"

伍雨强："你打算怎么办？"

儿媳："那还用说，这个黑心黑肺的家伙，让他蹲一辈子大狱才好！我不光有他强奸我妹妹的证据，还有他抢劫的把柄，不死也让他脱层皮！"

伍雨强："抢劫？你从哪儿知道的？"

儿媳："哦……李小猫一个相好是我姐妹。"

伍雨强："嗯……"

接下来是沉默。

伍子蒙感到脸上有什么在淋淋漓漓地爬动，抹了一把，是汗。他出汗了。他有点想嗥叫，他觉得一匹狼在心中徐徐张开大口，要向阔大的夜色发出嗥叫。那嗥叫一定凄厉而尖锐，像一柄利剑刺穿夜的咽喉。

伍雨强在嗥叫的前一刻打破了沉默：

"也许，这狗日的还有别的价值。"

儿媳："你是说……"

伍雨强："我们可以趁机要挟他……"

儿媳："什么？"

伍雨强："借刀杀人。"

儿媳："杀人？"

伍雨强："对！"

儿媳："杀谁？"

伍雨强："张拳。"

儿媳："这是玩火……"

伍雨强："妈的，成大事者谁不是在玩火？不除张拳，这个副局长我就当不上！"

儿媳："这招儿也太狠了点……"

伍雨强："无毒不丈夫！"

儿媳："有把握吗？"

伍雨强："没多大问题。你想，这狗日的杀了人，就背了三个罪名，还不躲得远远的？"

儿媳："万一逮着他了呢？"

伍雨强："尽说些丧气话！……好吧，一不做二不休，只要他把活儿做了，我就亲自灭他的口！"

儿媳："风险是不是太大了？我可不愿失去你……"

伍雨强："没别的路了，我会小心行事，一切都是天意。"

儿媳："……就依你吧。"

伍子蒙感到心脏像一台负荷过重的马达，突然运转失灵。他眼前一黑，颓然地倒了下去。

10

伍子蒙是一大早撞上老李的。天色冥蒙，儿子和儿媳在他醒来之前就离开了家。伍子蒙感到一片浓重的乌云压在头顶，那片乌云里蓄积的不是雨，不是雪，不是冰雹，而是浸了毒液的匕首。那些匕首被一只阴谋的黑手握着，随时会掷出一个血淋淋的结局。

伍子蒙跌跌撞撞地爬下楼梯，看上去像个酒鬼。没戴帽子和墨镜的伍子蒙一下子苍老了许多，头发似乎在短短的几个小时内白了大半，而眼窝深陷得像两个田鼠洞。伍子蒙不知道他要去哪儿，干什么。他只是有一种逃离的欲望，在他的眼前，阳光和喧闹招摇出一派温情的假象。

老李正在巷子里溜达，一脸菜色。

伍子蒙几乎不假思索地冲了过去，灵魂里那匹狼绿瞳如电，躁动地扬着前蹄。伍子蒙全身在微微发颤，额际的血管鼓突得像一条紫色的蚯蚓。伍子蒙脱口而出：

"老李，你儿子怎么可以……做那种伤天害理的事！"

老李盯着伍子蒙，菜色的脸绷得铁紧：

"你这是什么意思？"

"什么意思？"伍子蒙喉咙里呜呜地低吼着，"李小猫……他强奸了我儿媳的妹妹！"

老李的表情僵着，眼神死着。良久之后，老李突然咧了咧嘴角，诡秘地笑了。伍子蒙被这笑搞得懵懵懂懂。空气凝结了一刻，老李突然冷下脸，龇着牙说：

"你的耳朵挺长呀！你看见了？你抓到了？你放什么狗屁，泼什么污水！"

"你……"

"你什么你，证据呢？给我看看。"

"我……"伍子蒙语塞。证据不在他的手上，他又如何去拿到那个难以示人的证据？

"老婆娘下崽——血口喷人！"

"……"

伍子蒙想辩解，但他无言以对。他陷入了窘境——对此他没有丝毫的心理准备。这个尴尬的角色不应是他，而他偏偏被尴尬掴了一耳光，掴得痛苦而又压抑。他突然觉得自己心虚得很，笨嘴拙舌理屈词穷：语言严重贫血。

"告诉你，以后谁再往我们李家头上泼粪，我跟他没完！"

伍子蒙怔在地上，他觉得下不来台。他侵犯了老李，伤害了老李。老李是他唯一的朋友，李小猫与他何干呢？他像一个卑微的小人被晾在阳光里，无处遁身，进退两难。半晌，伍子蒙缓缓地抬起了手——这是要干什么？抽老李一个嘴巴子吗？伍子蒙不知道。他几乎是无意识地抽出了一支烟，恭恭敬敬地递到了老李面前。

"老李，抽一支，我……"

"早戒了！抽烟致癌，当心肺里生瘤子！"

那支烟掉在了地上，——伍子蒙的手依然做着敬烟的姿势，他并未察觉烟已从指缝间滑落。良久，伍子蒙垂着头悄然离去，喧嚣将他严严地裹了起来。

伍子蒙是在暮色降临的时候想到给张拳打电话的。他不知道这个张拳究竟是个什么样的人，他只知道一场灾难正在向他逼近。他必须向这个无辜者提出警告，让他从一张预谋的网中逃离。

伍子蒙把电话打到了伍雨强的单位。

"我找张拳科长。"伍子蒙喑哑地说。

"张科长不在。"

"那么，能告诉我他的手机号吗？"

"你是他什么人？"

"哦哦，我……是他的亲戚。"

对方终于把张拳的手机号告诉了他。

伍子蒙急不可耐地拨了号，仿佛灾难的翅膀已经拍击出了黑色的风声。电话接通的时候，伍子蒙有些气喘，他已无暇顾及措辞，直截了当地说：

"有人要杀你！"

"你是谁？"

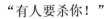

"别问我是谁，千真万确，有人要杀你！"

"为什么？"

"你挡了别人的路。"

"路？什么路？"

"有人……有人想当副局长。"伍子蒙几乎用祈求的语气说，"张先生啊，你还年轻，名利乃身外之物，淡泊明志，当退则退，何必为此惹杀身之祸呢？"

对方在少顷的沉默之后突然笑了：

"我明白了，你在恐吓。告诉你，这套把戏对我玩，你不觉得低能吗？"

伍子蒙突然意识到了自己的愚蠢。他在做什么？充当说客？充当儿子的帮凶？要张拳抽身隐退，让位于伍雨强？这不是太可笑了吗？伍子蒙的老泪潸然而下，嗓音颤抖地说：

"别……无论如何，请你相信我！"

"无聊！"

电话挂了。

伍子蒙呆若木鸡。他忽然觉得他与这个世界是如此隔膜，以至他的良苦用心被人视作狼心狗肺。他似乎已经闻到了灾难的血腥味，这血腥味让他眩晕。夜色沉沉，伍子蒙无意回家，便踅进一个小酒馆，要了两碟小菜，闷闷地喝起酒来。他现在已无法整理自己的思维，只觉得思绪如麻，混乱不堪。店里的小伙计也许出于某种忧虑一直在旁边恭候伍子蒙的吩咐。

"酒！"伍子蒙说。

"酒！"伍子蒙又说。

"酒啊！"伍子蒙吼道。

伍子蒙打碎了一只酒杯：器皿粉身碎骨的声音像是一个故事的尾声。下颠覆了上，左置换了右。——乾坤不明。

11

伍子蒙直接去了坟地。但今天通往坟地的小路好像格外难行。伍子蒙先是被什么绊了一下，本就头重脚轻，便一跟头栽在地上，额头磕到一个硬物，有股热流立刻滑下来。伍子蒙下意识地摸了摸，很黏：血，一定是血。他吃力地爬了三次才爬起来，继续前行，但不久，他又撞上了路边的一棵枯树，这下鼻梁大概出了问题，血流汩汩地冲出鼻孔……伍子蒙索性不理不睬，接着走下去。不知道过了多久，伍子蒙终于坐进了那片坟地。

月光：亘古的忠诚。

虫鸣：缱绻的缠绵。

坟茔：家园的轮廓。

宁静：出世的极致。

——这真是一个可让灵魂安息的地方啊！

伍子蒙点燃一支烟，抽起来，体会一种彻骨的感动：月光下的坟地是上帝的赐予。鼻子里血还在流，似乎轻了些许，血被月色浸透，湿了纸烟接近唇齿的局部。

鬼啊，好兄弟，好姐妹，你们显显形吧。伍子蒙恳求道。

坟以坟的姿态缄默：魂幡失踪在祭祀的虔诚里。鬼找不到遮面的羽纱：无奈的真实——无极。

灾难就要降临了，鬼啊，谁能阻止它？伍子蒙冲着面前的一个坟头说，我还该怎么做？报警吗？不，主谋他毕竟是我的儿子呀！况且，几句偷听来的话何足为凭呢？连张拳都不信，派出所能信？说真的，我现在也拿不准了，那些话到底是真是幻？——难道是我弄错了？莫非这一切只是一个梦，一个荒诞不经的噩梦？我糊涂，我越来越糊涂了，我连自己都不相信了。鬼啊，让我看你一眼，那样，我就通达阴阳了——当然，我就再也不会糊涂了。

一些浅淡的字和画在月色里影子一样地飘游。伍子迷蒙着眼，终于看清了：

贞节牌坊建在了城门上，上面悬着两具淫宿者圣洁的肉体：崇高；猫和老鼠恋爱：历史翻开了崭新的一页；石头和石头对话：无生命的激情乐章；钟摆和时间赛跑：谁骗谁？……生殖器的信息时代……稻草人穿上了红马甲……艾滋病是蓝色的天使……梦境诠释着现实：亦幻亦真，亦真亦幻……

伍子蒙更加糊涂了：这是鬼的语言？为什么连鬼话都如此让人费解？

伍子蒙不知何时睡着了，睡得很香，这是一个无梦的夜晚，史无前例。

12

接下来的事情让伍子蒙猝不及防——他真的要成为一个野鬼了。

额头青紫、血渍斑斑的伍子蒙从坟地回到寓居的楼前，几个邻居瞧见他，立即像躲避瘟神一样慌乱地作鸟兽散，目光中闪动着恐惧和敌意。这个古怪的场面让伍子蒙莫名其妙，尽管平素他们之间也鲜有言语，但总不致像现在这样难堪。一定发生了十分蹊跷的变故。在伍子蒙正困惑不解的当儿，他突然注意到了侧前方蹲在一隅的老李：一朵诡谲怪异的笑绽放在他的脸上。

伍子蒙没有上楼，席地而坐，像一个教徒。他要等待其他的邻居出现，他想从他们的目光中发现什么，或者仅仅是确认——我是伍子蒙，和从前一样的老不更事的伍子蒙。其他的邻居陆陆续续从他身边走过，但没有一个人理他，经过他身边时都绕了个半径盈丈的弧，好像他是一个地雷，一触即炸。先前散去的邻居间或从窗口探一下脑袋，便又立即缩回了。

为什么？伍子蒙难得其解。

后来，连老李也消失了。

伍子蒙终于怅然地回到家里，准备好好想一想，理出一条脉络。但是，更为严重的事情发生了。伍子蒙被赶了出来，像一条触犯众怒的狂犬。在伍子蒙的意识中，月光之洪决堤而出，淹没了所有的可能：稻草已被救命的呼喊撕碎，化为乌有。

"不准你进这个门！"儿媳说。

"为什么？"干涩的嗓音虚弱无力：匍匐的抗拒。

"你的家不在这儿。"伍雨强说。

伍子蒙对这张脸产生了从未有过的憎恶：

"你……你最好规矩点，多行不义必自毙！"

"老怪物，说什么鬼话？"

"你心里清楚！"

"不跟你饶舌，马上离开，不然就送你进精神病院。"

"这儿是我的家！"伍子蒙吼了起来。

"你的家？"伍雨强冷笑一声，"你找错地方了吧？"

"放肆！"伍子蒙全身抖得几乎马上要散架。

"还装蒜，人家老李都看见了。"

"他看见了什么？"

"神经病！要不就是一个活鬼！"

"请你看清楚，我是你爸爸！"

"我不是你儿子！"

"你……"

"回你的坟地去吧，可千万别把鬼带到这儿来。"

砰——门撞上了。伍子蒙已无家可归。他用了漫长的时间走下楼梯，像是走完了他平平仄仄的一生。他听到绵软的跫音切断了生命的全部退路。风卷过荒野，苍黑的树伸出枯槁的手：十字形。

灾难降临了。伍子蒙没想到，第一个走在灾难中的人，就是他自己。

伍子蒙从此成了一个彻头彻尾的独行僧——除了一床儿子扔给他的破旧的铺盖：岁月的余温为他取暖。

天寒了。

13

大约在一个礼拜以后，伍雨强找到了蓬头垢面的伍子蒙。

那时伍子蒙正靠在一家小酒馆的台阶前，啃着一个乞讨来的烧饼。这家小酒馆伍子蒙曾经多次光顾，店老板一度和他成了朋友。店里的小伙计忙里偷闲总是朝他瞟上一眼，似乎出于习惯仍然等候着为他上酒。

伍雨强的脸上写满了凄楚，是那种透彻骨髓的怆痛。他半跪在了伍子蒙身前，泪眼迷离地叫了声：

"爸爸……"

伍子蒙迟滞地看了他一眼，仍继续啃手中的烧饼。

"爸爸，你何苦作践自己呢？回家吧。"

"家……"伍子蒙含混地喃喃着。

"是啊，我和米莉（儿媳的名字）都在等你回家呢。"伍雨强伸手欲搀起伍子蒙。

"不……"伍子蒙往后挣脱了一下，摇了摇头。

伍雨强沉吟片刻：

"爸爸，你一定饿了吧，米莉做了好多菜，都是你爱吃的。"

"哦……"伍子蒙眼中闪烁了一下，就像一豆油灯的火苗在风中跳了一下。

这时店老板也走了出来。这是个年过五旬的男人，颧骨很高，下巴尖削，没有多少老板的样子。

"他是你爸爸呀？"老板指着伍子蒙对伍雨强说。

"唉。"伍雨强点点头。

"好好的人怎么成这个样子了呢？"

"最近精神上出了点毛病。"伍雨强的凄楚从每个毛孔中溢出来，"可能是年轻时受过什么刺激，现在这个疙瘩越结越深了……"

"哦……"老板点点头，"有了这个毛病，可得看紧点呀。"

伍雨强的泪流了下来：

"谢谢，这阵我也太忙，出了几天差，没尽到责任……蒙您照应了。"

"怪不得你的。"老板说，眼圈红了。

伍子蒙仍然没有起身的意思，那个烧饼像石头一样在他的牙床下进展缓慢。老板过来拍了拍他的肩膀：

"老哥，回吧。孩子找你呢，多好的儿子呀……"

伍子蒙狐疑地看看老板，又打量了一下伍雨强，半晌说：

"我真的可以回家了吗？"

"是呀，爸爸。"

"我的家在哪儿？"

"不远，跟我走，爸爸。"

伍雨强拉住了伍子蒙的一只胳膊，或许是用力猛了点，伍子蒙手中的烧饼掉在了地上。"我的烧饼。"伍子蒙像丢掉了一样贵重的东西，俯身去捡。伍雨强说："不要了，爸爸。"伍子蒙执意捡起，弹弹上面的灰尘，又送进了口中。

"好了，回家吧。"伍雨强说。

伍子蒙的确吃到了一桌子好菜，吃得全身发热，一些凌乱的片段在他的记忆中狼奔豕突。他感到身子暖起来，儿子和儿媳的脸生动得让他几欲垂泪。

有家真好啊。伍子蒙想。

可是一入夜，伍子蒙便倍觉寒冷。他似乎看到自己的心像一盏昏黄的风灯，在雨中将熄未熄，飘忽不定。他全身的汗毛都竖了起来，似乎还挂着浓重的霜白。夜色里鬼影幢幢，一些不可知的危险的幻象使他草木皆兵。伍子蒙大睁着双眼，用疑惧的心跳度量着黑夜的长度。

儿子和儿媳的声音又是在凌晨响起的，像溜过屋檐的风，钻入了伍子蒙脆弱而敏感的耳朵。

伍雨强："老家伙该睡着了吧？"

儿媳："准睡得死猪一样了，这阵可够他受的。"

伍雨强："唉，这礼拜也真够我受的了。"

儿媳："狗拿耗子的人还真不少，自己家里的事还管不完呢，对人家指指戳戳个什么？"

伍雨强："别小看舆论的力量啊。如今正在关键时刻，不能出岔子。"

儿媳："什么时候送老家伙进精神病院？"

伍雨强："不能拖，明天就送，这下看谁还有话说。"

儿媳："行，咱也得专心干大事了。"

伍雨强："李小猫那边怎么样？"

儿媳："有松动……"

伍雨强："他要是再拒绝，我就找几个人，给他来硬的！"

儿媳："用不着，你最好别出面，我去搞定他。"

……

伍子蒙在黑暗之中听到了一个绝望的声音："天哪！"夜崩裂成了无数个黑色的碎片，把他砸得气息奄奄。他很清楚天亮之后等待他的是什么。他只能在黑夜中逃亡，别无选择。

伍子蒙蛰伏在床头，像一个贼。他感到哪怕一声轻微的喘息都会招致一场灾难。我没有疯。伍子蒙想。他看到了一匹狼，那是一匹被危险挤压得无处容身的狼，一具枷锁正阴险地靠近它的脖颈……

在确定了儿子和儿媳睡熟之后，伍子蒙赤着脚，蹑手蹑脚地逃掉了。无边无际的黑暗中，伍子蒙健步如飞，向着远离小区的地方狂奔而去。我要逃得远远的。伍子蒙想。在某个陡坡，伍子蒙手脚并用，动作居然出奇地敏捷、协调。伍子蒙有了狼的感觉。是的，他就是一匹狼，落荒而逃的狼。

几天后的报纸上，出现了一则寻人启事：

"伍子蒙，患精神病，于×月×日出走未归。家人万分焦急，如有提供线索者，定重金酬谢。"云云。

伍子蒙当然没有看到这则启事。他躲在一个人迹罕至的地方，警惕地望着四周，嘴里会不时地念叨着：

"追来了……追来了……"

风乍起，吹落一天黄叶。伍子蒙闻到了风中铺天盖地的血腥味。他看到灾难写在每一片黄叶上，像是密密匝匝的冥币……

14

伍雨强的雇凶杀人案是在冬天宣判的。法院的布告几乎贴满了邙城的角角落落。伍雨强和李小猫的名字下画着一道粗粗的红杠。在主要犯罪事实的记录中，并没有伍雨强妻子的任何干系。

整个邙城都在议论着这桩案子，邙城人出现了多年未有的兴奋。伍雨强和李小猫的知名度一下子远播遐迩，他们很可能在一个较长的时间内占据着邙城人的记忆。想一想，我们邙城的历史委实过于沉寂了。

邙城人也许一直都在期待着这一天。只是无人知道，为破案提供关键线索的，是一个鬼气森森的精神病患者。他说，他算出了一个劫数。

在一个冰冷的夜晚，伍子蒙静静地躺进了那片坟地。阒寂冻结了月光，连虫鸣也销声匿迹了。

鬼呀，你是我唯一的朋友了。别再躲了，你什么样子我都不在乎，咱们好好说说话吧。——我只有这一个愿望了，和你痛痛快快地说说话，说说话……

伍子蒙听到了一种声音，凄厉而喑哑。是鬼的声音吗？伍子蒙惊喜地想，全身都在激动地战栗。你终于来了，鬼，我的好弟兄，你终于来了！来吧，躺我旁边，有什么说什么，天南海北，随便扯……

两行泪滑出了伍子蒙的眼眶，月光模糊开来，月亮找不到了……伍子蒙蓦然意识到，鬼并没有来——也许永远不会来了，那么，只有自己去找他们了：寻觅失踪的魂幡，为鬼遮面……而他自己是否也需要一个魂幡呢？

那个声音在伍子蒙的灵魂里绕了三圈后，便彻底消失了。伍子蒙终于明白，那不是别的什么声音，而是自己留给人世间的最后一声哀号……

15

故事至此可以结束：伍子蒙驾鹤西去，这个世界上再也没有了伍子蒙。一切如故。——不过值得赘述的是，此后不久，又有一个子夜光临坟地的人：老李。他在每夜唤着同一个鬼的名字：伍子蒙。

（原载《中国铁路文艺》2005年第7期、《牡丹》2006年第5期）

守　望

老人说："走了。"

狗摇摇尾巴，温顺地"汪"了一声。

出村，上山。狗跑在前面。这条路它已跑了十年，所以熟悉。目的地到了，断骨崖，逢生洞。老人坐在一块石头上，装上一锅烟，定定地看着洞口。狗曲起后腿，前腿绷直，做出随时冲跃的姿态，也盯着洞口。

洞很狭小，刚够一个人爬过。断骨崖壁立万仞，这洞是唯一通道，爬过了，便是绝处逢生。因此，这洞的名字，便叫作逢生洞。

山风飒飒地吹，草莽唰唰地响。

老人嘀咕着："该回来了。"

"该回来了。"狗听得真切。十年了，每天一遍，这话它已经听了近四千遍。狗也想，那人是该回来了，从这个洞口，一点点地爬出来。这么想着，便有些激动，心好一阵兴奋地跳。

老人抽着烟，目光忽而散淡下来。扭过头，看黑色的山石，看绝壁上倔强的树，看飞掠而过的山雀，看偶尔探出脑袋的野兔……一锅接一锅，烟雾袅袅地蒙眬了视线。

几朵云粘在天上，棉花似的。天好蓝。

狗就想，这么好的天，那人怎能不回来呢？十年里，狗的记忆里装满了风、雨、霜、雪、雷电、泥泞，但老人每天都会抽空上山，一直这么坐着，守着洞口，仿佛全然漠视了外界的一切。

老人的目光若烟，若雾，给寂寂的山野笼了层忧郁。后来，老人就凝视着狗，瞳孔里，忽地有了热热的温情。

这狗是老人十年前捡的。那天，老人踽踽地上山，在一个山石的凹槽里，发现了这条奄奄一息的狗。当时狗很瘦小，像只刺猬，许是迷路了，目光里满是绝望。老人就抱回了它，煮粥捞鱼，好好地调理了一番，狗便很快恢复了元气，毛黑如缎，二目如星，整天围着老人撒欢，老人的脸上，就洇了淡淡的幸福……

日头闲闲散散地走着，像个哲人。走到午时，便停了步子，静静地俯视着老人和狗。十年了，老人和狗似是凝固了，成了山上的一景。

老人说："你去遛遛吧。"

狗便站起来，去草丛里轰赶小虫小雀。有蚱蜢飞出来，狗便猛地吠一声，很有些声威。但狗并不远去，只距老人十步开外。

老人又盯着洞口，默默地叹了一声。老人想田小可，这伢子现在在哪儿呢？

风卷着阳光，把老人的思绪，带到了十年前的那个夏天。那个夏天，少年田小可金榜题名，考入了省城一所大学。但是，田小可的笑很快被一声叹息覆盖。通知书上，那串阿拉伯数字刺出了爹的眼泪。田小可的娘已卧病数年，家中早已债台高筑。如何去凑上那笔高额的学费呢？对于爹这个老实巴交的庄稼人来说，那笔学费，不啻是一个天文数字，田小可的爹跑出了两脚水泡，只借到了几百块钱。

田小可终于流着泪说：

"爹，我不上了。"

爹的腮抽搐着，半晌说：

"伢，我再想想法。"

爹于是去了村主任刘大海家。刘大海家在县城里有生意，腰包很肥，打个喷嚏都显阔气。爹见了刘大海，身子矮去半截，说：

　　"刘主任，伢考上了大学……"

　　"好嘛。"刘大海打了个嗝，说。

　　"伢的学费高咧……"

　　"噢。"刘大海点了支烟，顾自吸起来。

　　"伢是个争气的娃，半只脚跳过了龙门哩，这学……不上可惜咧……"

　　刘大海眯起眼，说：

　　"有话直说，我还忙呢。"

　　爹脸上的褶子湿津津的，满是汗。爹觉得燥，像有把火在心里燃着。爹越燥便越发语无伦次，结结巴巴地说：

　　"家里紧巴……我……我想……"

　　刘大海把一柱烟射出来，笑了：

　　"想跟我借钱，是不？"

　　"唉……"爹更加矮了几分，"刘主任多帮忙呀……伢要是上了学，你就是他的恩人哩，一辈子不忘呢。"

　　刘大海抽出支烟，英文的，爹从没吸过。刘大海把烟递给爹，说：

　　"不忙，抽支烟。"

　　爹就困惑了，呆呆地看着刘大海。爹不相信刘大海会给他递烟。现在，是他求人家呢。就是平常不求他，他啥时正眼瞧过自己……爹不敢去接那支烟。在爹眼里，那支烟就像根金条。刘大海说：

　　"呆个啥，抽嘛。"

　　爹受宠若惊，接过烟，手不可抑制地抖。刘大海为他打着火，爹忙低了头，嘴也哆嗦起来，好半天，都没能把烟点着。爹终于吸到了第一口烟，不知怎么，竟咳了起来。爹的眼窝都咳红了，喘了好一阵，气才匀了。爹说：

"看我，惹主任笑了……伢的学费……"

刘大海很爽快：

"这个好办，你日子难过，我是晓得的。不就是万儿八千块钱吗？你把心放肚子里就是。"

爹喜极而泣。爹没想到，刘大海竟这么仁义。爹差点就给刘大海跪下了，说：

"刘主任，你的大恩大德，伢一辈子报答不尽呢！"

刘大海笑着摆摆手，眼神一会儿风一会儿雨的，叫人捉摸不透。末了，刘大海说：

"别急，有个条件。"

爹就愣了一下。爹觉得那把火，在心中燃得越发旺了。爹着急地问：

"啥条件，主任你说。"

刘大海清了清嗓，说得从容：

"你伢呢，争气；我伢呢，惹我生气。你看这样行不？你一家几口，样样缺钱，不说你伢，你婆姨的病总得治吧？不能在家等死吧？你伢也大了，过两年还不该娶媳妇呀？家里没人手，你伢咋出得了门？干脆，你缺钱，我给你钱，三万，一个子不少。我呢，就买你个通知书，买个名分，让我伢顶了你伢去上学。反正俩伢长得也蛮像的，出不了啥岔子。你伢学习好，还在乎早一年晚一年的？复习一年，用我伢的名，明年再考也不迟。你说呢？"

爹就没了音，一张脸僵着。那支烟顾自在爹指间燃，爹忘了吸它。爹现在拿不定主意了。三万元，爹做梦也没想过，只觉得好厚好厚，托在手里，沉甸甸的。有了钱，婆姨的病可以治，伢的学还可以上，不就是晚一年吗？不屈啥。换个名，总归还是自己的伢，骨子里刻着"田"字，他就一世都是田家的后……这么想着，爹就在心里说，伢，你就委屈一年吧，是龙不是虫，大学门早晚给你开着咧……

爹回了家。爹忽然地就有了底气，丹田那里盈盈地，像打足了气的轮胎。爹见了田小可，就殷实地笑了。

田小可看到了爹的笑，那笑像一根火柴，点亮了他青春的灯盏。田小可说：

"爹，钱借到了？"

爹仍笑，说：

"伢，不是借……"

田小可不解：

"那是……"

"伢，咱有钱了，三万，三万啊！……都是你挣的。"爹的嗓子兴奋地颤抖。

田小可愈困惑了：

"爹，到底咋回事嘛？"

爹就小了声，把田小可拉到娘听不见的地方，细说了刘大海的意思。爹说完了，就看见伢眼里的泪，荷叶上的露一样，熠熠地晃。爹的心狠狠地痛了一下，脸上却仍旧笑着，拍拍伢的肩，说：

"不就是迟一年嘛，不误事。"

田小可不语。

爹的眼窝也湿了：

"伢，爹知道你心里憋屈……这也是没办法的事。"

田小可终于咧了咧嘴角，扯出一丝苍白的笑：

"爹，我不屈，这是好事，我愿。"

爹转过身，泪便沿了鼻洼爬下来，忙做擤鼻涕状，将泪揩了。捏了通知书，轻一步重一步地，去了刘大海家。刘大海把通知书上上下下看了几遍，满意地笑了。

爹说："刘主任，钱……"

刘大海说："不急。"转身取出纸笔来，写了几行字，又拿出印泥，对爹说：

"咱公事公办。空口无凭，立字为据。这件事，是你情我愿，不准反悔，摁个手印吧。"

爹木木地，犹豫了许久，才把食指慢慢地伸出来。爹的食指像截树枝，风吹样抖个不停。半晌，爹才蘸了印泥，在字据上摁了一下。这时，爹的眼就花了。那个指印成倍地放大，红彤彤的，把爹的视野占满了。爹觉得那指印像血，汪汪洋洋的，淹没了他。

刘大海说："好！"

接下来，爹什么都不记得了。爹的衣兜很重，像装了块山石。爹在那片血光中走着，跨进了自家的屋檐。爹一进屋就瘫下了，捧着那摞钞票，狠狠地流了一通泪……

狗有了收获。它咬死了一条蛇，无毒的那种。狗叼着蛇，跑回了老人身边，眉开眼笑的。老人识得它的表情。老人也笑了，说：

"这下你可解馋了。"

狗嚼着蛇肉，很仔细地品。老人也觉得饿了，便从怀里取出个馒头，又从衣兜里掏出几瓣大蒜，就着啃起来。日头把他的影子画在地上，他从那影子里看到了苍老。

十年，他的影子就这样告诉他，你老了。

馒头屑掉在地上，引来了一群蚁。蚁们不惜力气，扛着馒头屑，往家里搬。老人就有意地把馒头屑多撒下些。蚁活得也不容易呢。

吃了馒头，老人觉得胃有些堵，便站起身，冲狗说：

"你可盯牢了。"

狗摇摇尾巴。老人才放心地去了涧溪边，洗把脸，捧着水喝了一气。山泉沁凉，爽透了全身。

老人又回到洞口，坐下，抽烟。狗把蛇吃完了，卧在草丛中，双目迷离，老人说：

"睡会儿吧，有事叫你。"

狗闭了眼，酣酣地睡了过去。

山好静。连风也困了。

老人却没有一点倦意，目光给一个单薄的影子扯着，扯得好远好远……

田小可看到刘大海的伢，西装革履地离开了村子。现在，刘大海的伢不叫刘峰，叫田小可了，那个田小可将走进省城，成为一名大学生。田小可躲在一棵树后，流着泪，用小刀在树上狠狠地刻字。后来，树上就有了三个字：田小可。

田小可发誓说，看吧，你这个冒牌货，我也要上大学，而且要上比你好的，让你那两个臭钱见鬼去！

但是，田小可没能等到翌年高考。其实，他只复读了一个半月，娘就不行了。娘进了医院，押金就得三万。三万花得精光，爹又借了些，也没能留住娘的命。娘走时，已无了神智，干瘪的眼窝里，却汪着一团老泪，黏黏的，如一种混浊的胶液。

爹的身子极瘦，似一根尖削的鱼刺，戳在风里，叹息一声声地，随了娘上路。

田小可只是落泪，绵绵秋雨一般，落了几天，泪便干了，唯余眼圈枫叶似的红着。

田家的宅院里，潮潮的，满是泪的咸味。

后来，田小可说：

"爹，我要出去。"

爹就一愣神，脸黄黄地对着他：

"伢，你去哪儿？"

"外面……"

"做啥？"

"打工。"

爹哑默了。爹的眼球锈了般，硬硬地定在那儿。良久，爹的鼻孔里，就垂下了一挂清稀的鼻涕。爹把它揎了，说：

"伢，世道不太平，还是在家……跟爹做田吧。"

田小可摇了摇头，很坚决：

"我不做田！我本该吃官饭的。我一定要把学费挣过来，上大学，将来让您过好日子！"

爹没言语。爹说不出话。爹后来不声不响地出了门，回来时，塞给伢200元钱。爹终于哆嗦着嘴唇，说：

"伢，去吧……好生照顾自己。"

田小可的泪又下来了，点点头，很重。

田小可走时，爹为他背行李，背了十几里山路，腿就迈不动了。田小可把行李接过来，说：

"爹，我走了，你一个人在家，多歇着。"

爹不吱声，也不抬头。田小可转过一个弯，不见了。爹就跪下来，一脸散散乱乱的泪。爹号叫了一声：

"伢，爹对不住你呀！"

风很硬，卷了爹的声音，奔山谷去了。

直到晚上，爹才往回返。过逢生洞时，险些坠了崖。山黑黑地空着，有猫头鹰叫，甚是凄惶。爹很晚才摸回家，跌跌撞撞的，像个醉鬼。

爹一躺到床上，就起不来了。腰钝痛，腿酸沉，后来就麻木了。爹睡不着，瞪着眼，就那么一动不动地躺着。黑夜里，田小可背着行李，在他眼中走，走得很吃力很缓慢，老也走不出他的视线。

三天后，爹撑着下地了。到了田里，发狠地抡锄头，似乎要从泥土里，掘出金元宝来。爹晓得，这是没用的，他的汗，不值几个钱。但爹就是拼命地锄地，一直到眼前发黑为止。

爹闲时，就去山上，呆呆地望着。云彩飘来了，又飘去了。

山菊花开了，灿灿地黄了满野，一场大霜，一夕便又萎谢了。

春节时，爹特意割了五斤肉，拿盐腌了，等田小可回来。爹不想别的，只想除夕晚上，爷儿俩围在一起，热热地吃顿饭。伢一定黑了，瘦了，这肉，好好为他将养将养。等过了节，伢就可以入学了。但也未可知，伢可赚到了钱？若是没有，那学可咋上？想到这里，爹的心便团紧了，如一条蜷缩的蚂蟥。

但田小可没有回来。

爹在这个春节是无眠的。从除夕，到十五，爹的眼睑一直未合下。有好几次，田小可走到他的眼中了，他惊惊喜喜地叫了声："伢——"田小可又倏地没了影。爹的心里很空，如深深的谷，如茫茫的夜。刘大海的儿回了，很轩昂的样子，爹的心中就越发苍凉。这副轩昂的派头，本该是伢的，可伢却流落在外，连个音信都没有。谁叫他生在这个穷家呢？命啊！村里有打工的后生回家过年，爹便一个个地问："见到我家伢了吗？"都摇头。也是，伢一去不回，连在哪儿都不晓得呢。

爹是在第四年的夏天，才有了田小可的消息的。那日，村里一个后生告诉他，他在邻近的一个城市见到了小可。爹的眼倏然亮得烫人，抓牢了后生的手，问："伢他好吗？"后生灰着脸，躲开他的眼光，半晌说："他不好……"

爹的手一松，腿一软，嘴里唤了声："伢……"人便瘫坐在地上。

狗的耳颤了颤，突然站起了。老人也盯着洞口，警惕起来。洞里有了动静，没错，是脚步声。老人咬着牙，眼球似要挣出眼眶了，霍霍地痛。不多时，一个脑壳钻出来。老人就泄了气，那脑壳是秃的，额门上织满了网。狗摇摇尾巴，这人它很熟，是村里的老光棍长栓。

"还在这儿等呢？"长栓看着老人。

老人点点头，目光像两道碎裂的玻璃条，纷纷乱乱地，砸了一地。

长栓就叹了一声，额门上的网里，游着真实的哀怨。长栓走近老人，在老人背上拍了两下，说：

"回吧，你等不到的。"

"不！"

老人摇着头，很坚决，甚至有些愤怒。在这个洞口，他已经等了十年。他不可能半途而废，他一定会等到的。一定会的。

长栓无奈，摇着斜斜的影子走了。在斜斜的影子里，还迤逦着长栓干哑的山谣：

> 老麻雀，飞上房，
> 嘴里叼着野干粮。
> 野干粮，甜又香，
> 一窝儿女同叫娘。
> 老麻雀，把话讲：
> 儿呀儿你快快长，
> 长大以后孝敬娘，
> 千万别成白眼狼！
> ……

爹在临市的街头，看到了田小可。爹的心，就给一把利刃狠狠地戳了一下。那还是他的小可吗？蓬头垢面，衣衫褴褛，手里端着一只破碗，跪在地上乞讨。爹的眼里，霎时涌满了泪水。他想喊，可他喊不出声。他踉踉跄跄地移动着双脚，来到田小可的面前。田小可不抬头，只把那只破碗轻轻摇着。

爹立了一会儿，木木地，呆呆地。末了，爹蹲下身，夺过了那只破碗。田小可抬起眼皮，那眼皮下的目光，呆滞而阴狠。爹的泪已经滑到嘴角，爹说："小可……"田小可全身悚了一下，像给电击了，片刻后，他突然爬起来，狠命地跑开。爹叫着他的名字，拼命地追。转过两个街口，爹脚下一绊，摔倒在地，血从鼻腔里汩汩地涌出来。街面上，就洇开了一朵红色的花。

田小可站住了，愣了下，跑回爹身边，膝盖一软，"扑通"一声跪在地上……

田小可跟爹回到了村庄。四年了，村庄一点也没变，怏怏地卧在山坳里，像一匹病马。田小可找到那棵他刻过字的树，树上的"田小可"还在，只是树长了，那三个字像一幅龟裂的图案。

整整半个月，田小可一言不发。爹给他洗了澡，剪了发，田小可又有人样了。看着田小可，爹只是流泪。后来的一个深夜，田小可终于开口了。

"爹，你让我死吧！"田小可说。

爹攥紧了伢的手，好像他稍一放松，伢就会消失，消失得像一个梦。爹说：

"伢，你先让爹死，等为我送了终，你再死。"

田小可号了声，大哭起来。哭完了，他就给爹讲了这些年的遭遇。那年打工，他去了南方，好容易在建筑队找到一份苦力活，干了几个月，老板却跑了，一分钱没落着。后来，他进了一家工厂，白天黑夜连轴转，几次都晕倒在工作台上。春节前夕，他终于有了点积蓄，便收拾行李，打算返乡了，哪料想在一个城市换车时，身上那点可怜的血汗钱，给小偷偷得精光……那天他在站前广场上坐了一夜，他很想哭，可没有泪。他把高考后的情形想了很多遍，反反复复地，把脑子都想痛了。他看到了一只手，死死地推着他，从白天到黑夜，从悬崖到深渊。他想到了死，但他最终放弃了，他还要活下去，哪怕沿街乞讨，他也要活下去，因为那个顶替他的刘峰活得很好，只要刘峰活着，他就不能死……

泪早已爬满了爹的脸，爹颤颤地说：

"伢，你咋就不回家呢？家里再穷，还能缺你一碗饭吃吗？"

田小可看着爹，直直地，两颗眼球上，网满了血丝。田小可说：

"爹，我没脸！"

爹摇着头，爹说：

"伢，你糊涂啊……"

那夜之后，田小可平静了，爹也平静了。爹认命，爹觉得心高气傲的伢也认命了。认命就好，人活一世，该走哪条道，上天早就注定了的。

田小可和爹一块下地，把自家那块田，打理得很精细。爹的脸上，就有了淡淡的笑意，哪样活还不都是个活，等家底殷实些，就给伢说一房媳妇，一家人团团圆圆的，不也挺好吗？

只是，每天晚上，田小可还会到那棵树前，用小刀刻那三个字。每刻一刀，树就会淌几滴泪。那三个字已经深入树干，长在了树的骨头里。即便是月色朦胧，那三个字也能辨得清——

田小可！

山风大了，狗身上的毛，像草一样摇曳、倒下。老人蓦然发现，连狗也老了，毛色已经微微发黄，还有些干枯。老人轻叹了一声，有些不忍，这狗也是命苦，跟了他，便只有遭罪的份了。

老人站起身，往四下里望望。漫山的草木，都在风里扭曲，两耳里，也灌满了"呜呜"的啸声。老人不喜欢风。无风时，这山就像个女人，安静、柔和，漫散着温情，可大风一起，这山便暴怒了，疯癫了，像个醉鬼，不，像个无赖，搅乱了满世界的平静。

老人背着手，寂寂地徘徊起来。这没来由的大风，把一切都吹乱了……

平静的生活是在夏天被打破的。那段日子，爹觉得很幸福，每天守着伢，连梦都是暖和的，静谧的。然而，这样的日子太短暂了，像日光下的雪，很快就融化了。

刘峰回来了，还带了个漂亮的城市姑娘。刘峰已经大学毕业，他没有选择去城市工作，却回到村里，立志要带领乡亲们脱贫致富。为此，他还和刘大海吵了一架。刘大海拗不过他，只好同意了。

爹那时就把心悬起来。爹知道，刘峰是小可心头的刀。那刀离得越近，伢的心就被捅得越痛。爹偷偷地注意着伢，可伢很平静，他没从伢脸上看到一丝异样。爹悬着的心慢慢放下了，伢经了太多磨难，真的是把事情看开了，看淡了。

刘峰跟过去大不一样了，举手投足，显见得是见过大世面的。爹没法不承认，这是个出息孩子。刘峰很快在村里引资建厂，搞肉制品加工，还出钱扶持村里人发展养殖业。乡亲们从没想到，不出家门，他们就能进厂当工人，挣工资。于是，乡亲们都敬这个年轻的厂长，似乎当初他冒名上大学的事，都被乡亲们淡忘了。

那日，刘峰来了。刘峰一进院，爹的呼吸就急了。爹看看田小可，田小可并没有愤怒，只是面无表情。刘峰带了不少礼品，爹不知该不该接，心里像打翻了五味瓶，百味难言。刘峰把礼品放下，沉吟片刻，说：

"大伯，小可，我来看看你们。"

爹张了张嘴，没发出音。倒是田小可说：

"谢谢，你坐。"

爹舒了口气，爹此刻很佩服儿子，儿子不记仇，有度量。换了他，他真不知会怎样。

刘峰又沉吟了一会儿，说：

"小可，我来是向你道歉的。这话我都憋了四年了，可我一直没勇气说出来。是我害了你，我欠你太多了，请你接受我的歉意，原谅我！"

爹在一旁搓手，他没想到，刘峰会低头，会向他们道歉。这孩子，跟他爹不一样。田小可抽动了一下嘴角，似乎想笑，却又没笑出来。田小可说：

"这是命。"

刘峰看着田小可，很真诚：

"小可，就算过去是命运给咱们开了个玩笑，可以后不了，我这次来还有个想法，想请你出任副厂长，至于大伯，我想让他去做门卫，待遇不会低于其他工人。"

爹的脸红了，是激动的红晕。爹心里说："好人有好报啊，老天，你终于开眼了！"看田小可没作声，爹沉不住气了：

"小可，这是人家刘厂长照顾咱啊，快谢谢刘厂长。"

田小可的脸上平静如水，思忖一下，说：

"多谢你的好意，那就让我爹去吧。"

"你呢，小可？"

"我不需要你可怜。"

刘峰有些冲动，上前一步，拉住了田小可的手，说：

"我绝不是这个意思，小可，你有这个能力，我是真诚的！"

田小可站起来，脸色有些发白。他看着刘峰，眼光又直直地，锥子一样：

"刘峰，要我去，可以，但我有个条件。"

"你说！"

"把你的名字改回去，把'田小可'还给我！"

刘峰怔了一下，哑口无言。爹慌了，忙在中间打圆场。可田小可不改口。刘峰低下头，沉默着。田小可终于笑了，说：

"刘峰，你走吧。"

刘峰欲言又止，他显然再也没有勇气说什么了。走了两步，他回过头，对爹说：

"大伯，明天你就到厂里上班吧。"

爹点着头，一脸的感激。刘峰走后，爹沉下脸，埋怨田小可。爹说过去的都过去了，再说，那件事是刘大海的主意，怪不得刘峰的。爹还说，刘峰这孩子心眼好，咱得领情，得往远处看。田小可一直不作声，末了说：

"爹，你的心思，我懂。你先去，等我把这事忘得差不多了，我再去。"

爹松了口气，儿子心中那个疤，咋会那么容易愈合呢？是他太心急了。

田小可终究没有去当这个副厂长。只是爹进了厂后，刘峰很照顾，还常让爹带些礼品回来。田小可也不说什么，日子又恢复了难得的平静。

转眼，到了第二年的秋天。由于刘峰的努力，乡亲们慢慢富裕起来，不少家里都有了彩电，有些养殖户还买了汽车。刘峰的威望，已经名扬乡里。在村干部的换届选举中，刘峰以压倒性票数，当选了村主任。

那天，田小可一个人躲在树后，盯着自己的名字。

晚上，吃过饭后，爹又劝田小可。爹的心情很好，他和乡亲们一样，敬刘峰。没有刘峰，哪有现在的好日子呢？爹说：

"伢，刘峰是啥样人，老少爷们都看着呢。你可不能再跟他过不去了，听爹的，去见见他，他一直等你一句话呢。"

田小可没再反驳，说：

"好，我听爹的，早点睡吧。"

爹没想到儿子会回答得这么爽快，心中那块悬了多日的石头，终于落了地。

凌晨时分，爹起夜小解，却不见了田小可。他有些纳闷，这孩子，深更半夜会去哪儿呢？爹点上一支烟，坐在门口等。可是整整一夜，田小可没回来。爹急了，正要出门打听，却忽地来了几个警察。爹就更困惑了。

警察问："刘峰呢？"

爹觉得蹊跷，找刘峰为什么要来这儿呢？爹说：

"你们找错地方了，我姓田，刘峰家在城里呢。"

警察说："不会错，你儿子不是叫刘峰吗？"

爹忽然明白了，可不是嘛，从四年前儿子的通知书卖给刘大海开始，儿子就不叫田小可了，田小可变成了刘峰，刘峰变成了田小可。警察把家里搜了一遍，爹的心就毛了，哆哆嗦嗦问：

"出……出了啥事？"

警察说："昨天晚上城里发生了一起凶杀案，死者是你们的村主任田小可，你儿子有重大嫌疑。"

爹晃了一下，像给抽了筋骨般，软软地蹲在了门前。爹的眼很空洞，任初升的日影在里面得意地晃，半晌，爹挪回屋，虚虚淡淡的眼光，就抓牢了那瓶农药。爹笑了笑，那笑把茅屋都映得青青白白。爹打开了农药，凑到嘴边，就要喝时，忽然一把掼了药瓶，喑哑地说：

"伢，爹不相信，爹等你回来！"

日色渐渐地淡下去。行了一天路，日头也要下山歇息了。狗醒了，仍是曲起后腿、前腿绷直的姿势。老人的目光，嵌在洞口里，也有些暗淡了。老人想，一天又要结束了。洞口幽幽的，盛着他的失望。

然而，洞里有了响动，窸窸窣窣的，很轻，却真实。老人的头皮立刻揪紧了，目光也灼亮起来。一旁的狗，直直地竖起耳朵，鼻息变得躁动而急促。

洞口钻出了一条"虫子"，战战兢兢的，许久才拔出了腿来。是的，那确实是一条"虫子"，黑而瘦弱，蓬头垢面，全无了人样。

老人唤了声："小可……"老人的泪就往下掉，啪啪地。田小可扑通一声，向老人跪下了。老人听到了一个沉沉的声音："爹！"老人的心便裂开了，像一个西瓜，被刀分成几瓣，血汩汩地溅射。这个声音，老人已盼了十年。老人拉着田小可的手，捂在胸上。老人说：

"伢，你可回了！"

田小可耷着头，泪滴在石头上。老人的手抖着，摩挲着田小可的脸。那张脸很硬，骨棱子硌手。那张脸上有很长的胡子，纠结着，理不开来。老人的手收回时，已是湿湿的一片。老人感到疼痛，彻骨的痛。痛过之后，老人就坐直了，像一块黑色的山岩。

田小可抬起头，哽咽道：

"爹，见你一面，我就无憾了。你伢是个没出息的伢，你就忘了我吧。"

老人晓得，伢孝顺，伢不会不回来看他。伢就是还有一口气，也会看他一眼的。

老人闭了会儿眼睛，抬起手。那只瘦骨嶙峋的手，在空中停留了很久，然后陡地劈开暮色，落在了田小可的脸上。

"畜牲！"老人骂了一句，这样的骂，老人平生是第一次。老人厉声说：

"我问你，你为啥要杀刘峰？刘峰他是个好人，好人啊！"

田小可抱着头，声音里夹杂着哽咽：

"爹，我也知道他是个好人，可我没办法，我真的没办法！他越是受人敬，我就越恨他。爹，只有他死了，我才是田小可啊！"

一弯月牙升起来了。

老人和田小可僵默着。狗也僵默着。山溪的响声，哗哗地罩了岭岭谷谷。

许久以后，逢生洞的那边，有了杂沓的人声。田小可霍地站起来，惶惶地说：

"爹，我走了！"

老人不语。老人纹丝不动。田小可朝山道上跑去，像一匹受伤的狼。洞口里很快出现了一顶大檐帽，老人的心便沉下去，如一块石头，无望地坠入深谷。老人晃了一下，又坐直了，轻轻地拍了拍狗的脑袋。那狗便陡地一跃，箭一般射出去。老人听到了田小可的呻吟声，他晓得，狗下了狠口……

警察带走了田小可。田小可经过老人身边时，又叫了声："爹！"极其惨烈。老人明白，这是他此生听到的最后一声"爹"了。老人没有回头，一个人向山下，急急地走。夜色水一样淹没了山野。老人不知道，下山后他要做什么，只有狗清楚，老人凄怆的泪水，在这个十年后的皓月之夜，会无休无止地延续下去……

（原载《安徽文学》2003年第5期，修改稿发表于《北方文学》2010年第4期）

罗　裙

1

长期以来，我一直有嗜观古代美女服饰的习惯。

如果和我的工作结合起来，这应该不算个什么怪癖——我是一个博物馆的工作人员，那些华美的服饰，每天都在我的视域里放射着古典的光芒。

是的，古典，我发觉我的怀古意向正像一双岁月铸成的手，紧紧地攫住了我。

没事的时候，我就冲着那些服饰发呆，现实中的喧嚣和我恍若隔世。我沉入一种十分恬静的孤独，心头滴滴答答地淋满了月光。那是历史的月光，从时间的叶片上滑下滴滴明澈的清凉。我坦然，并且沉醉。眼前的一切都在悄然无声地隐退，一团瑰丽幻化的色彩漫散开来，有影子绰约舞动，我渐渐看清了，那是一个云鬓削肩的古代女子，明眸含情，罗裙轻舞，淡淡的檀香味从她身上四处弥散……

我忘情地呼吸，浑然不知所如。

但我很清醒地在与家做着顽强的抗拒。我知道我一直在抗拒着什么，无端的。我宁可在此枯坐，也不愿回家。那些服饰的华彩镀亮了我，使我思绪如云，在岁月的长空飘游无羁。我厌倦生活中的一切，吃饭、看电视、吵架甚至床笫之欢，真的，它们无聊透顶，让我倍感负累。更重要的，我越来越不能容忍妻子了。

在多年之前的某个春天，妻子第一次走进我的视野，我感动得双目潮润。那是一朵清醇的芙蓉，浑身上下闪烁着青春的露珠，但是岁月使她蒙尘，她成了一页发黄的日历。于是，所有的记忆都成为曾经。我多次试图把那个轻歌曼舞的女子叠加在她的身上，但这只能是徒劳，妻子身上浓重的烟火味把一切都破坏殆尽。

大多时候，我感到那个柔若轻燕的女子离我很远，如雾似风，遥不可及。而当我独对那些历经数百年的服饰时，我又觉得那女子似乎就在眼前，伸手可及，生动得分外真实。我静静地守候，我知道那个女子终究会走近我，她裙裾舞起的芳馨使我如饮甘醴。

罗裙的质地给我很多联想。它有着美好的肉感，却无猥琐的肉欲。或许正因如此，我才特别倾情于那个古典女子。她或许寄身于某个画轴之中，或许就在我眼前的服饰里发出微弱的娇喘……而我的妻子随着年龄的增长，身上的衣服却越来越少，肉被日益疯狂地暴露出来，我的眼睛被刺得生涩疼痛，而这正是她追求的效果。

围绕着这个问题，我曾和她争执多次。我渴望她向那个古典的女子靠拢，但妻子血红欲滴的朱唇给了我当头棒喝：

"什么眼光，老帽儿！"

我倦了。我似乎连吵架的力气也没有了。堂皇的室内摆设使我感到一种韧性的压迫，连同橘色的灯光，都使我窒息。妻子可以接纳一切时尚的装饰，却不能容忍一件仿古的裙裾。

我只有逆着历史的风，去和我心仪的女子相遇。

秋天到来的时候，单位组织外出旅游，这无疑是对我的解放和拯救。

"滚吧，滚得远远的！"妻子说。

2

那时顾员外的千金一袭罗裙，金钗玉饰，捧着一只红绣球袅袅娜娜地飘上楼台。章一达看到楼台下人头攒动，潮起潮涌。最初他还莫名其妙，好奇地张望着，不知那么多人在等待什么？但顾小姐的突然出现，让他顿时两眼发直，呆若木鸡。

这不是那个翩然而舞于岁月深处的豆蔻女子吗？

章一达的血冲上脑门，喉管里发出了一声甜蜜的呻吟。他在短暂的惊怔之后，身不由己地向人群之中飞奔而去，一面喃喃自语：

"我来了……我来了……"

抛彩选亲，动人的古典式浪漫。章一达暗自庆幸，千里姻缘一线牵啊，我若来迟半步，小姐或已身许他人……

章一达向绣楼上忘情地高喊：

"小姐，我在这儿！"

小姐的眼波向他莹亮地一闪，整个世界都被照亮了。

章一达的骨头吱吱咯咯地发酥，眼睛也有些模糊。他听到周围的人说：

"这家伙等不及了！"

一片笑声。

章一达置若罔闻，目光死死地盯着楼上的顾小姐。他似乎闻到了那种悠远绵长的体香，感到了裙裾飘曳的微风。

"抛绣球了！"管家扯着嗓子喊。

人群立刻骚动起来，章一达的胸肋被挤得生疼，但他无暇顾及。

绣球从小姐手中划了道彩色的弧。

章一达感到了几分眩晕，本能地闭上眼睛。那道美丽的弧线就像一道横贯时空的彩虹，载着他飞起来。

不偏不倚，绣球正落在章一达的怀中。

章一达一时对此不敢置信。他只感到胸前一沉，那团绒绒的虹彩便瞬间放大，占据了他的整个视域。

"还真让这小子撞上了。"有人说，语气里多少有些失落和嫉妒。

章一达恍若梦醒：天哪，真的，这一切都这么奇巧而又真实地发生了，缘啊……

一个奴仆走过来，向他躬身施礼：

"楼上请。"

章一达的腿很软，每一步都如踩着云絮。和顾小姐之间这段不长的距离，他像是走过了几百年。仆从们为他更衣，他成了一个不折不扣的新郎。顾小姐羞赧地笑着，柔声道：

"小女子这厢有礼了。"

章一达再次怔住了，如一颗嵌进了楼板的钉子。现在，顾小姐如此近距离地和他相对。她比想象中更加动人，肌肤如玉，青丝高耸，眉如弯月，而那清澈的眼波，不正是滴答流淌的月光？

仪式正式开始。章一达形如木雕，对主婚者的词令无动于衷，只有顾小姐在鞠躬行礼。围观的人群中爆出了一阵哄笑。主婚者也沉不住气了，戏谑道：

"新郎官许是激动过甚，那就直接入洞房吧。"

章一达被推推搡搡地进了房间，没有金榻香帷，没有玉人红烛。仆从们驾轻就熟地扒下他的新郎装，说：

"谢谢合作。"

章一达四处巡视：

"小姐呢？"

"结束了，哥们。"仆从们笑起来。

章一达有种受骗的感觉。一切都让他难以接受。他横冲直撞，到处寻找。木梯回廊，古色古香。这应该是大家闺秀的所在，玉人不可能插翅飞去。一扇门前，他终于找到了柔若秋水的顾小姐。

"小姐……"章一达唤得缠绵。

顾小姐嫣然一笑，推开门，闪身而去。

章一达眼前一黑。

3

馆长蹙起眉，说：

"你怎么搞的，整天恍恍惚惚，这样下去迟早会出问题的。"

我强颜一笑：

"没事的，馆长。"

馆长背着手踱了几步，仍然心有余忧：

"我知道你们两口子关系不太融洽，但也不至于弄得神经分分的嘛。"

我哑然。

眼前的服饰如风中彩旗，猎猎地舞艳了整个天地。我知道，已经没有任何人能够把我从遥远的岁月里拉回来。我的灵魂乘风而去，那是一个峨冠博带的小生，在月下的花丛中吟哦，那些听不太清的诗句像月光一样清幽，与远处依稀可闻的水声相和，抑扬如歌。

时间在某个时刻突然凝固，闪烁着琥珀色的光泽。我的灵魂就在那里驻足。一切都不言而喻，我的思绪一直留在了南方的那座城市，那个旅游景区中雅致的仿古式楼阁，楼阁上娉娉婷婷含娇带羞皓齿朱唇的顾家小姐。

此刻，翩若惊鸿的顾小姐可于深闺之中翘盼？抑或罗裙如蝶，柳腰婀娜，在清雅的弦筝之声中翩然而舞？

小生倜傥俊逸，在淡淡的花香中吟醉千古风月。一石桌，两石凳，一壶酒，有丝弦之声飘飘袅袅，洞箫之音悠悠长长。花在月色中静静地烂漫，此起彼伏的虫吟穿过斑驳的枝影，汇成了一曲动人的天籁。小生觉得那虫吟如语，把他的思绪表达得委婉朗澈，于是，穹宇中的明月，也缱缱绻绻的了。

月上柳梢头，人约黄昏后。小生悄声吟唱，眼里溢满了汪汪的月光。花前把盏，月下呢喃，那个知己红颜为何步履姗姗？

一壶酒未曾动过，要等佳人启封。

夜风渐起，晚凉如水，小生衣袂飘举，眼神中渐渐地有了几许惆怅。

小生不知，那个绰约女子，便是顾家的小姐。

……

人大约总因痴迷而恍惚。我注定要在恍惚中不可自拔。在服饰穿透时空的光芒中，我的肌骨融化消殒，化为水，化为空气，化为时间的影子。我的世界亦真亦幻，世界中的我同样亦真亦幻。我在亦真亦幻中踏歌而行，走过雨打芭蕉，走过小桥流水，走过大漠孤烟，走过白云苍狗，驻足于一座桃林掩映的绣楼……

妻子用一根电话线把我拉回了现实。

在卧室暧昧的灯光中（这种感觉让我痛苦），妻子的表达像她的穿着一样直接：

“今晚借你的身体用用。”

她几乎在眨眼之间剥去了身上那点可怜的掩饰。

妻子永远是这样一副急火火的样子，赶三连四却又按部就班，在一种程序中快节奏地活着，仿佛她所做的一切都在预定的期限之中。

“怎么还磨磨蹭蹭的？”

“……”

“快点，明天还得起早呢！”

装饰豪华的空间和妻子的身体一起向我挤压下来，我听到肋骨断裂的瓷白响声。我的灵魂迎风流泪，朝着历史的烟雨仓皇逃遁。

"嗨，你到底怎么回事？"

"我……累。"

"你还是个男人吗？"

"也许……不是。"

"那你是什么东西？"

我是什么东西？

我是水。

我是空气。

我是时间的影子。

妻子和我分床而睡了。

妻子说我身上有股坟墓的气味。

"瞧瞧你的样子，像鬼一样，你知道吗？"

她说我像鬼。

我仍是恍惚。我大约真的像了。如果可以与顾小姐吟诗抚弦，终生厮守，我宁愿做鬼，不悔。

4

一桩失窃案件发生了。

博物馆丢了样文物，一套价值连城的古代服饰。章一达难辞其咎，因为丢失的时间正好是他值班。

消息很快传得沸沸扬扬。

博物馆里进驻了专案组。在大量的现场勘察、调查取证后，嫌疑的焦点很快集中到了章一达的身上。

公安人员把章一达单独叫到馆长的办公室——临时改成的审讯室。

章一达面无表情，未等审讯人员说话便率先声明：

　　"不是我！"

　　"我们并没有说是你。"

　　"那我可以走了。"

　　"不行，请你配合我们的工作。"

　　"我能配合什么？"

　　"请你提供破案线索。"

　　"没有。"章一达望着天花板。

　　"案发时你在干什么？"

　　"没干什么。"

　　"没干什么是什么意思？"

　　"我不知道。"

　　"请你如实回答问题。"

　　"我是如实回答。"

　　"那好吧，就到这里。"

　　走出审讯室，章一达抽了一支烟。他已戒烟五年，那时妻子身怀六甲，章一达戒得干脆果断。

　　章一达看到馆长和公安人员耳语了一番。那里肯定有一个阴谋。章一达想。

　　"你可以回去了，"馆长走过来说，"你不存在作案嫌疑。"

　　章一达扬长而去。

5

　　窗外的月光明澈得如顾小姐的肌肤。似乎很久没有这么好的月光了。我倚在床头，让月光无声地把我浸透。后来，我感到全身的每个毛孔里都漾动着清凉的月光，似乎稍一触碰，月光就泉一样地喷射而出。

我处在一种半梦半醒的状态中，夜阑寂得近于透明。月光里开始游移着一些什么，如若隐若现的银鱼，如飘曳不定的罗裙。没错，罗裙。那是历史伸展开来的羽翼，是往古岁月里遗留的余香。

子夜时分，我听到顾小姐唤我，声音宛若月下花溪的浅吟，旷远而又极其真实。小生的酒已冷了，他对那声轻柔的召唤半信半疑，身体在花丛的冷香中微微发抖。他凝神谛听，心跳骤烈得像催征的战鼓。"古——郎——古——郎——"是唤我吗？小生想，真的是她吗？

我沿着荒野幽径、桥榭回廊循声而去。月光像天边无际的湖，在我的身下轻轻荡漾。恍惚间，我已变形为鱼，肢体生着银色的鳞片和轻盈的薄翼。我游着，饮着月光的沁凉，灵魂里充溢着一种荡气回肠的清爽。

不，我化为鸟，羽如轻纱，在无垠的长空飞翔。那是历史宝蓝色的穹庐，缀满了古典的星光。

我看到了一片桃林，被河水的飘带环绕。桃林深处，绣楼兀立，嫣红的灯火穿过窗棂，与月光交汇……

那窗棂之上，不正是佳人的倩影？

我倏然疾速坠落，没有风暴，但我的翅羽刹那间折断。"顾小姐——"我惊呼。没有回应。绣楼已遁匿无踪。月光滔滔如洪，翻卷着漩涡，澎湃着惊涛。我孤立无助，只有无望地坠落，坠落……

小生的酒残了。是的，花凋月残。

一股尖锐的疼痛彻骨而起。我睁开眼，头顶的霓虹灯心事重重地眨着眼睛，孤月悬在中天，似乎不堪夜寒而噤若寒蝉，一轮月晕迷蒙如烟。额上有股热热的东西在缓缓淌下，我抹了一把，五指被染成暗红，像五个古怪的影子。

血。

我梦游了。

我像一个醉鬼，踉踉跄跄地回到楼上的家。钥匙在锁孔里鬼鬼祟祟地旋动，生怕弄出一丝声响。

但妻子还是在向我怒目而视。

"深更半夜你干什么去了？"

"我……"

"你八成离进疯人院不远了！"

妻子的眼白出奇地大，像两个鹅卵。我木然伫立。妻子哼一声，转身进了卫生间，门狠狠地摔上，仍遮不住小便的嘹亮……

我没有上班。馆长打电话说博物馆暂时关门，"你也好好休息休息，想去哪儿玩去哪儿玩。"

我在外面闲逛。我觉得自己正如一个游魂野鬼（如妻子所言），漫无目的地四处游荡。我喜欢去那些偏僻的地方，比如郊野，比如幽林，比如深谷。妻子此时或许正陪她的老总出入于一些奢华的场所。这与我毫不相干。城市里没有我想涉足的地方，原始和自然都已在人为的文明之光里玲珑剔透，像一个涂脂抹粉的妓女。我只得进了公园，别无选择。游乐场的喧嚣震破耳膜，连那些雕梁画栋的仿古凉亭都丧失了应有的宁静。我沿着人工湖向假山走去，湖水里三三两两的小船划得随意逍遥，不时溅起快活的嬉闹。他们的好心情让我匪夷所思。假山呈馒头形，林木丛密，浓荫匝地，有嶙峋怪石吐出一线涧泉，于是，一切都有了种别样的意味。喧嚣减弱了不少，像隔着一道屏幕。小鸟在枝叶间啄着阳光，发出一声声亮啼。我又想抽烟，安恬而悠闲地抽出我的心境，让时间在燃烧中缩短。但我很快又心绪不宁，一些暧昧的低语闪着幽蓝的锋刃射穿了我，草丛中、石椅上到处都是调情的男女，老中青皆有，年龄分布非常合理。他们捷足先登，占据了所有的有利地形。我一时茫然无处下足，眼底泛起丝丝隐痛：这些来历不明的男女，一概如入无人之境，对我的到来视若无睹，手语热烈，如胶似漆，藤缠蛇绕……

我知道我是多余的。这座城市，这个世界，我都是多余的。

我的世界在历史深处，我的天地间只有顾小姐，罗裙飞曳，舞姿翩翩，矜持、端庄、婀娜，像一株静静开放的梅花，在时间的另一端向我默默遥望。

暮色降临。不知何时天上已乌云翻滚，一切都处在僵持之中。这将是一个天河决堤的夜晚。我想。我已经感到了潮湿的雨意，远处掠过了凌厉的风哨。

妻子充当了一个把门将军的角色，将我堵在门外。

"你这个没出息的浑蛋！"

"……"我愣在地上。

"你说，你都干了什么见不得人的事？"

"我……怎么了？"

"公安局平白无故地搜查了咱家，我的脊梁骨都快给人戳破了！"

"……"

"你说话呀！你怎么哑巴了？"

"没什么……"我几乎发不出声来，"没什么可说的。"

"你滚！"

"……"

"这个家不欢迎你！"

我的眼里有了泪。我知道，我要哭了。

"好吧，我走。"

6

雨下得很急。满世界里只剩下了哗哗的雨声。章一达在漆黑的夜雨里行走，城市的灯火渐渐在身后消隐，迷离得仿若蜃境。他抬头看了看天，雨立刻击中了他的眼睛，眼球爆裂般疼痛。章一达什么也看不见，但他却自认为看清了一个窟窿——谁把天捅破了，那是一个巨大的伤口，血流滔滔。

是的，雨是天的血。

目的地到了。这的确是一个秘密的所在。没有人能够想到这里。章一达四肢冰凉，而心头却骤然热流洋溢。他迫不及待地向着那个地方奔去，脚下啪啪地响起一阵急促的水声。

陵园一派肃穆。手电的光柱里墓碑林立，雨帘仿佛在为蒙尘的死者洗面。左转第五座，一个女孩的坟茔，姓顾。照片上的少女清秀端庄，腮上有两个甜蜜的笑靥。章一达觉得那个女孩还活着，她让他亲切，让他怦然心动。

你冷吗？章一达心说。

章一达默立一刻，向女孩鞠了个躬。

我要把它带走了。章一达又说。

塑料薄膜包裹完好，柔软轻灵。章一达毫不费力地将它取出，揣在怀中，眼前顿时放射出一片绚丽的霞彩。

那套服饰柔若柳絮，灿若虹霞，金丝玉线，光彩熠熠，凤冠更是珠光宝气。章一达想，只有这套服饰才能配得上顾小姐，也只有顾小姐才能配得上这套服饰。它在岁月里漂流至今，现在，是它回家的时候了。

黑暗中似乎潜伏着无数双眼睛，他们伺机而动，随时会疾风闪电般扑来。章一达紧紧地抱着那个包裹，浑身的汗毛过电般根根直立。雨小了一些，寂静陡然潮一般地漫上来，足音便成倍地放大，每一步都让章一达的心颤抖一下。他像贼一样一溜小跑，劈开黏稠的夜色，直奔车站而去。

车厢很空，零星的旅人多已睡去，偶尔会有一双惺忪的睡眼不经意地投来一瞥，一个混浊的哈欠后又沉重地闭上。章一达坐下来，瑟瑟发抖，恐惧感越来越强，让他对任何一丝轻微的响动都惊悚良久。

还好，一路平安。

一切都同两月前的情景毫无二致。绣楼依然，人潮依然。顾小姐闪动的眼波似乎正从绣楼上朝这里顾盼。章一达喉头一热，不禁双目湿润。

——回家了。

——顾小姐，我来了，来了……

章一达拨开人群，径直走到前面。楼台上亭亭玉立的小姐手捧绣球，在无数颗晃动的脑袋中搜索。章一达真想一步跨过楼栏，和顾小姐紧紧拥抱——拥抱一个漫长的梦，拥抱岁月里亘古不灭的罗裙。

但是，章一达心头一凉。

那不是顾小姐。顾小姐没有这样的妖艳。那张浓施粉黛的脸和那双风骚媚人的美目把章一达的目光残酷地弹回来。这是怎么了？章一达想，绣楼上的佳人为何摇身一变，变得如此陌生……

章一达形如木雕。

片刻后，章一达走进了附近的景区管理室。

负责人是个矮胖子，脸上油脂横溢，口中喷着高档的酒嗝。章一达问：

"老板，顾小姐呢？"

"哪个顾小姐？"胖子皱了皱眉。

"就是两个月前那位顾员外的千金啊。"

胖子恍然大悟，眯起眼笑了：

"老兄，走火入魔了吧？"

"不，我一定要见到顾小姐！"章一达加重语气，手心里在不住地冒汗。

"那些打工女，隔三岔五地换，谁知道你说的那个顾小姐给谁挖走了？"

章一达的脑袋轰的一声，腋下的包裹险些掉在地上。

一袭罗裙、袅袅婷婷的顾小姐失踪了，她可是给富家霸占？

可是给恶人抢去？章一达不敢想，可又不能不想，他心里含泪呼唤：

"顾小姐，你在哪里？"

物是人非，芳踪难觅。章一达颓然地走出来，默吟：人面不知何处去，桃花依旧笑春风。天已很寒了，桃花早已凋零在季节深处，朔风之中，谁人笑得出来？

人群中笑语喧哗。楼台上的孟大小姐也笑意盈盈。章一达怔怔地站着，痴望楼台上花一般的孟小姐。望着望着，孟小姐就成了顾小姐的样子。同样的服饰，同样的彩球，可不正是顾小姐在含情脉脉地笑对着他？

顾小姐会等我的，当然。章一达的心又热起来。

突然，人群大哗，一个怀揣彩球的莽汉走上绣楼，得意地挽住了顾小姐的玉臂。

"不——"

章一达一声长啸，蓦然疯一般地狂奔上去。在众人还未意识过来的时候，章一达已经以迅雷不及掩耳之势，将莽汉推下护栏："咔嚓"，一声不堪重负的断裂声中，莽汉仰身跌下，腾起一阵烟尘。

惊呼声四起。人群落潮一样向后退去。孟小姐吓坏了，脸色煞白，抖如筛糠。

"小姐，别怕，古郎在此。"玉人的楚楚可怜刺痛了章一达的心。

"你、你你……"小姐后退着。

章一达打开包裹，将服饰缓缓展开。璀璨的光芒立刻照亮了小姐空洞的眼神。

"这是你的，请小姐更衣。"

章一达小心地把衣裙向小姐的肩头披去，他似乎看到了另一个清雅高贵月宫嫦娥般的顾小姐，憔悴的小生与她牵手云端，迎风而舞……

就在这时，几个公安从天而降，不费吹灰之力就把章一达拧在地上。

章一达听到了肘部脱臼的声音，他的五官都走了形，虚汗涔涔而出，很快湿透了内衣。会这样的，章一达绝望地想，我知道会这样的……

"顾小姐，你等着我啊！"

章一达发出了最后一声呼喊。

7

我坐着，像死了一样。四处一片素白，白得如我苍茫的意识。周围的人都装在一个白色的套子里，发出一些含混不清的声音。这是些怪人，目光里都藏着深深的敌意。

一个穿白大褂的"眼镜"过来唤我：

"79号，有人见你。"

我机械地跟着他走。

对面的女人泪光闪烁。我认出来，是我的妻子。这双久违的泪眼，竟让我心弦一颤。

"你为什么要来这里？"我也泪水盈眶。我看到一袭罗裙在岁月的飓风中飘向了历史深处，不见了。

妻子的嘴唇哆嗦着，良久无语。末了，她哽咽着说：

"好好治疗，早点……回家。"

我只是落泪。

我很清醒，我疯了。

（原载《佛山文艺》2001年10月下、《太湖》2001年第6期）

雨季的麦子

1

到了喝汤的时候，福根看到他的儿正站在麦地的边缘探头探脑。福根全身的疲惫顿时烟消云散了。他把镰刀向儿挥了挥，憨憨地笑起来。在福根的笑声里，那些码放在身后的麦秸捆就像一个个熟睡的婴儿。

"你笑啥？"福根的婆姨说。婆姨的散发上钩挂着一些秸秆，看上去有几分狼狈。

"嘿嘿。"福根仍笑，笑得满足而踏实。

"你到底憨笑个啥？"婆姨就用镰刀背在福根的屁股上敲了一下。

"儿，咱的儿。"福根说，同时向儿的方向指了指。

婆姨竟旋即冒起了火，"这个小东西，真是个白养活的种！"婆姨脸上那双细小的眼睛灼灼放光，"除了吃还会做什么？看着爹妈累死累活地割麦也不来帮一把！"

"这才是咱的儿。"福根点着头说，一种成熟的金黄的笑仍挂在他的嘴角到耳垂之间的区域之内。

"我喊这个小东西来割麦！"婆姨运了运气做出呼喊的准备。

"不要。"福根果断地阻止住她，"咱的儿不干这个，这是没出息的人才干的活。"福根的脸上开始呈现出一种醉意，"咱的儿将来要干大事，衣来伸手饭来张口，咱俩将来也那样。"

"想得美，做梦吧。"婆姨不屑地撇撇嘴，乜了福根一眼。

"一定会的，我福根的儿，一定会有出息的。"福根肯定地说，便又把那镰刀挥了挥，将西边天空上那轮彤红的夕阳削得体无完肤。

福根看到他的麦地里有一汪血色的夕光在涌动，随着暮风的吹拂而波涌浪溅。这是一种厚重、沉实而美好的感觉，它在农民福根的意识里铺陈恣肆，给人以绵长的遐想和温暖的抚慰。福根觉得只要随手一抓就可以把这种感觉握在手里，浑圆柔软，足可把玩许久。福根还觉得他的笑也是这样的感觉，那笑一定像毛茸茸的小松鼠一样可爱。

福根和他的婆姨又弯着腰割了一气，镰刀不知是打磨的原因或是其他什么因素，显得锋利无比，麦秸秆子发出腰斩的沙沙声，整齐的秸捆码放在地上，那些麦穗给人以格外殷实的感觉。这是岁月的结晶，是农人的梦。现在，福根正把这些梦收割并存放起来，但这只是一个梦的开始，他要用这些去酝酿一个更久远更辉煌的梦，那便是培养出一个好儿，有了一个好儿一切就都应有尽有了。福根想。福根对"好儿"的概念还不甚明晰，比如如何界定这个"好"字，但对于农民福根来说，这样的想法已是多余了，好儿就是好儿，好儿就是支撑门面光宗耀祖一呼百应无人敢欺的那种。福根想能养出这么个好儿他就算对得起列祖列宗了。到那时他会理直气壮地对先辈们说：

"看看，虽说我福根不咋样，可我养了个谁也比不上的好儿！"

福根这么想的时候就又笑了，福根的婆姨用衣襟拭了拭眼角的汗水，向他掷过去两颗眼白。福根看到一只田鼠从镰刀下飞快地蹿起来，朝婆姨的那个方向跑去，转眼不见了。但福根追寻田鼠的目光却碰到了婆姨垂挂下来的大乳的轮廓，那两只乳房似乎马上就要挣破衣衫一展风采，在婆姨的割麦动作里很有节律地颤动着一种诱惑。福根不由得叹了口气，这么好的乳咋就不多养儿个儿呢？看来福根这架生命的瓜秧上就只结这么一个果了，除了精心地培养和加倍的爱护还能做些什么呢？

"该喝汤了。"福根听到他的婆姨说。婆姨已直起腰在望着西边的天空了。

福根"嗯"了一声，福根看到那轮彤红的夕阳已钻进洞房里了，大红盖头还没揭开，铺了一天一地的血光。福根射出一口痰，他朝麦地的边缘望去，他的儿已经不见踪影了，只有一条狗在那儿心事重重地来回徘徊。

2

福根的儿长得虎头虎脑，红脸庞上一双眼睛圆而亮，看上去非常精明，脑袋上的头发硬而直，刺猬一样。福根觉得他的儿打在娘胎里就是很争气的，他综合了他福根和婆姨身上的全部优点，还有了自己的独特创造，比如头发，福根和婆姨的家族里是没有这种头发的，这显然是儿的自我选择。福根常常想起自己的孩提时代，那时的福根是一个头发稀软、面色饥黄、眼睛无光、鼠头鼠脑的家伙，他当然无法与现在的儿同日而语。儿定是要成大器的。福根对此坚信不疑。

福根把玉米糁汤盛好，放到儿的脸前，说：

"吃吧，儿，多吃两碗，身体才能长得壮！"

福根的儿把一双黑幽幽的眸子瞄准了屋内的某个旮旯儿，说：

"我要吃鸡蛋。"

福根的婆姨这时正用凉水擦洗着汗腻腻的身子，那两只乳房在手巾下十分活泼地摆动着。婆姨停止了动作，没好气地冲儿说：

"吃屁！吃你娘个脚！"

福根立刻把目光拧成了两把锥子，狠狠地戳了婆姨一眼，说："少插嘴，大奶婆！"

"大奶婆！"福根的儿也嬉皮涎脸地说。

福根的婆姨感到委屈，她愤怒地扔下手巾，气咻咻地回里屋躺下了。福根摇了摇头，他觉得这一切有点不可思议。婆姨和她的亲生儿咋总跟前世有仇似的，这娘儿们邪！

福根给儿炒了鸡蛋，看着儿将饭风卷残云地吃下去，便笑了。福根燃起一支烟，很过瘾地吸，他看到屋梁上有一张硕大的蛛网，网子中央盘踞着一只蜘蛛。福根喷出的焦辣的烟雾缭绕而上，渐渐地使那张蛛网显得朦胧飘忽。福根把目光转向了儿，说：

"早点睡，明儿还要上学呢。"

儿便转身去睡了。

福根这时站起来，去里屋哄自己的婆姨。福根把烟雾吐到婆姨脸上，婆姨说："你滚！"福根很贱地笑着，并用手去捏婆姨的肚皮。婆姨喜欢福根捏揉自己的肚皮。婆姨便转脸看着福根，"你要把他惯坏的！"婆姨说。福根依旧笑，说："是我的儿，我知道咋办。"婆姨的眼圈便红，不语了。福根说："起来吃饭吧。"婆姨说："不饿，气饱了。"福根加重语气说：

"不吃能行？明儿还有几亩麦地呢！"

这话是很奏效的，福根的婆姨立马坐了起来，说：

"趁这两天天好，赶快割了，别跟去年那样，麦还在地里就淋了雨，全长了芽！"

福根说："对。"

3

事情是在第二天上午十点二十分发生的。这件事本来并不是很大，但对福根来说简直比掘了祖坟还要严重。十点二十分福根和婆姨正在割麦，油亮的汗珠从他们的额头上滴落下来，把无数个毒日头摔得稀烂。这时候福根听到了哭声。这哭声像一块乌云迅速向福根的灵魂移来。当福根判断出这哭声发自他儿的喉管时便全身悚动了一下，他直起腰，镰刀怔怔地握在手里，目光投射向走在麦地上的儿。他的儿正用一双黑手抹着眼睛，脸上泪光纵横，呜咽的哭声和他粗壮的头发显得极不协调。儿就这样一边号啕一边向他走来。福根的心被儿的哭声撕碎了。

"咋了？"福根扔下镰刀，过来抱住儿问。他看到儿的脸被泪水腌得通红。

"胖五和瘦六打了我。"儿说，泪水便更加汹涌地奔突，一张嘴咧得像个地洞。

"啥？他们……他们敢打你？"福根惊愕万分，青筋从脸颊上凸出来，"日奶奶的，他们敢打我的儿？吃了豹子胆了！"

儿只是哭，越加伤心。他要把昨晚那两个炒鸡蛋的能量都用在哭泣上。

福根突然有些愤怒了，他感到儿的表现非常糟糕。我福根的儿不是这个样子的！福根想。福根站起来，叉上腰，厉声道：

"憋住！"

福根不让人哭的时候总用这两个字，福根觉得这两个字很有力度，足能震慑人心。儿果然止住了哭声，只打嗝似的抽噎着。福根喷出一口浊气，问：

"他们打你哪儿了？"

"脸上……还有心口……"儿由于伤心致使每个字都带着十足的颤音，并且像洇开一样模糊。

"日奶奶的！……那你咋不还手？"

"我不敢……"

"为啥不敢？"

"我怕打不过他们。"

"你不打咋知道自己打不过他们？熊包！"

"……"

福根眼前的景物开始影影绰绰，并且起伏旋转起来。福根感到白花花的日光像是一堆飞舞的棉絮。他的儿已经不再抽噎了，只是拼命咬着下唇，像个傻瓜一样对着麦地发呆。在他的右前方，他的婆姨在弯着腰继续割麦。"小孩子打架，能论个啥理？割麦吧！"婆姨说。福根"哦"了一声，但他愣着没动。他看到时间正在往回疾速倒流，他看到幼小的福根从岁月深处影子似的走出来了。

小福根那时衣衫单薄，鼻子下面扯着两挂晶亮的绿鼻涕，若有若无的寒风吹在他的脸上，使他浑身瑟瑟发抖。小福根站在学校门口，那个卖糖稀的老人正用高亢的嗓子兜售着甘甜的糖稀和糖糕。但小福根没有钱，哪怕仅仅是一分钱。他的同学们手里捏着糖稀不断舔食着，脸上布满了动人的表情。作为一个家境拮据的穷孩子，小福根只有在饥寒中垂涎。

"小外来户。"小福根听到几个男同学说。小福根倚在墙上，他看到几个高大的男同学向他走来，夸张地舔着糖稀，把声音制造得充满诱惑和挑衅。

小福根惶恐地看着他们，他用力一吸，把鼻涕吸进了口腔，吞进了肚里。他听到他的肠子发出了一种古怪的声音，这使他愈加不安。

"喂，想吃糖稀吗？"同学说。

"……想。"小福根点点头。

"你答应我一个条件，我就让你吃。"

"啥条件？"

"一个耳光换一口糖稀。"

小福根沉默了，他感到脸在发热，他感到身体内有什么在膨胀。但他抵制不了那种诱惑，他的同学把舌头伸得很长（小福根那时的直感是像狗舌头），舔食出一种巨大的声音。小福根咬了咬牙，咽了口唾沫，做出一副视死如归的样子，说：

"打吧。"

小福根的脸上开始发出清脆悦耳的声响，他的同学一边抽着耳光一边哈哈大笑，但小福根在耳光的奏鸣中贪婪地舔着糖稀，他感到了幸福。后来，他的同学厌倦了这种单调的游戏，说：

"从现在开始，你叫一声爹就让你吃一口糖稀。"

"爹！"小福根几乎是不假思索地脱口而出。

外来户的儿子小福根在这一天里用耳光和"爹"换来了艳羡已久的美食，他觉得很满足，他觉得自己所做的一切都是值得的，直到他的同学向他的父亲告密，他被父亲的棍子一棒打翻在地，差点送了小命……

"没出息的畜牲！丢八辈子人呢！"小福根听到他的父亲说。在以后的岁月中，这句话一直在福根的耳畔萦绕。

……

福根霍地往前冲了一步，一把拉起呆若木鸡的儿，说：

"走，老子饶不了他们！"

福根的婆姨回过头，表情有些紧张，问：

"你去哪儿？"

"莫管，老子的儿，看谁敢欺！"

福根在婆姨怔傻的目光中牵着儿往学校走去。福根等在校门外，他的儿按照他的指示叫出了胖五和瘦六，这两个小杂种一出校门就被福根的拳头打倒在地。"狗崽子！"福根骂道。福根的拳头没敢用足劲，他怕稍不留神送这两个小杂种上西天。福根呵斥胖五和瘦六跪着，问：

"以后还欺不欺我儿？"

"不欺了！不欺了！"胖五和瘦六抹着脸上的鼻血和泪水，说。

"这事谁也不准对爹妈和老师说，不然我打断你们的狗腿！听见了吗？"福根说。

"听见了，听见了。"

福根在胖五和瘦六的屁股上一人踹一脚，"滚走吧！"福根说。胖五和瘦六田鼠一样逃了。福根的儿嘿嘿笑起来，他像福根一样两手叉腰，冲着胖五和瘦六的背影踹了两脚。福根感到全身轻松，对儿说：

"看见了吗？以后谁敢欺负你，你就这样打他个头破血流！我福根的儿绝不是软蛋熊包！"

福根的儿做出誓雪家耻的英雄气概，两只眼睛里渐渐放射出一种逼人的寒光。这时，福根看到一片乌云滚上了天边，朝那颗毒日头阴险地偷袭过来，那里面裹满了淹没收获的毒汁。

"不好！"福根自语了一声，便丢下儿顾自往麦地里跑去了。

4

这场雨一直下了半个月，毫无疑问，福根家的麦子在雨里生了芽，并有部分霉烂。这场雨一直下在福根的心中，但值得安慰的是，福根的儿在雨季里用砖头砸烂了一个同学的脑壳。在绵密巨大的雨帘中，福根的儿像他设想的那样成长起来，头上粗硬的短发根根直立，一种神圣不可侵犯的架势。福根看到大获全胜的儿在雨季里跑回家中，瑟瑟颤抖，兴奋而又有几分恐惧地告诉他："我用砖头……砸烂了狗七的头。"福根愣了一下，旋即便笑了："是我的儿！怕啥？砸烂了就砸烂了，大不了老子去赔！"

儿果然不再颤抖了。

福根的婆姨脸上一直挂着泪，她觉得运气坏透了，老天似乎总与她过不去。但福根一直是一副高枕无忧的样子。婆姨说："你就不会发个愁？"福根说："愁啥？天塌下来大家顶着，况且，我有个好儿！"婆姨的泪眼便依旧望向屋外，迷蒙着一帘烟雨。

福根的视域里现在只剩下了儿，儿是他的全部希望。福根在这个潮湿的雨季里沉湎于回忆，这些回忆大都不怎么愉快，福根吸着烟，想到了他的父亲作为"外来户"所遭受的欺辱，想到了村里的地头蛇为争宅基地砸破他父亲头的情形，他到现在还能清晰地看到父亲脸上殷红的鲜血，那些血像针一样扎痛了福根的心。但福根终究没有用自己羸弱的身体去保护父亲，福根天生是怯懦的。当然，那时的福根还是个孩子。

福根想到了麦地里的麦子，那只是一些无关紧要的东西，儿才是他唯一的麦子。他用一生的心血去浇灌这棵麦子，他要让这棵麦子长得神气活现，到那时我老福根就一脸荣光了。福根几乎听到了这棵麦子的拔节声。没有比养一个好儿更重要的了。对于先辈们来说，福根是自惭形秽的，他是个窝囊的庄稼人，直到他的父亲倒在田里他都没能长成一个男子汉。现在，他要让儿身负厚望，光耀门楣。他要理直气壮地对别人说："这是我福根的儿！是我一手调教出的好儿！"他要让儿成为福根家的庇护伞，谁也不敢欺，谁也不敢小看，叫一声四方响应，抓一把满手银钱，让福根和他婆姨昂着头走路，背着手讲话，气气派派做人……

福根在这个雨季里几乎有些痴迷，他在婆姨的哀叹声中看到了未来的曙光。他甚至很感谢这场雨，这个雨季使他可以和儿在一起度过更多的时间，品味一种特殊的幸福。

"天晴了。"婆姨喃喃地说。

福根大梦初醒一般，望了望屋外破云而出的日头。"天晴了。"福根说。他朝外面走去，他看到他的儿正在村路上游戏，身后跟着一支小小的队伍，显然，儿已是一个一言九鼎的首领了。

"春眠不觉晓，处处蚊子咬。哈哈哈！"儿带头说，所有的孩童都跟着鹦鹉学舌，说着便都开心地大笑了。

福根也笑起来，他不知那句"处处蚊子咬"出自哪个人的诗句，只觉得儿是越来越出息了。儿的赤脚在泥泞的村路上踩出了一个个歪歪斜斜的脚窝，看上去像一种什么符号。

5

福根老起来了，其实他只有五十岁，但他已经像个十足的老头子了。福根的意识一直停留在了这个雨落无边的麦收季节，在这个季节里福根像所有的人一样老起来。福根感到连头顶的日头都老了，他佝偻着身子，抽着旱烟，在家与田野之间徘徊。福根走得很坦然，他感觉到一种安全感，这安全感庇佑着孤独的老农福根。福根的婆姨已在坟下躺了七年。但是福根头顶的天空是越来越明朗，越来越阔大了。福根混浊的老眼里可以看到他健壮魁梧的儿，儿是出息了，还在少林武校里练了一身武艺。儿咳嗽一声就能吓人一哆嗦，儿和他的哥们一块去外头做生意，隔一段时间就给福根寄些钱来。福根成了四邻八舍艳羡的对象，"你儿真不赖呢！"福根便灿烂了一脸笑，把烟雾喷得遮天蔽日，说："我的儿嘛！我亲手调教出的好儿嘛！"福根感到在他一生的麦地旅程中，他已经收获了一棵最好的麦子。

福根走在村中，他有权对众人说三道四，他甚至可以颐指气使，"谁敢跟我老福根犟一句嘴？"福根想，"谁敢欺我一指头？我让我儿揪了你们的脑壳子！"福根这么想着就露出一丝殷实的笑意，他望着天，他觉得这天是他的了，儿便是他的天，儿便是谁也冒犯不了的天。

福根站在黄昏的麦地中，他看到铺天盖地的血浪在麦地里汹涌澎湃。福根感到了一种悲壮。这悲壮就像他的一生。福根想。福根觉得自己的一生就是在这悲壮中走过来的。他已做好了去见先人的准备，他要告诉先辈们：

"我福根没辜负列祖列宗的希望，我养了个好儿！"

现在，福根被滔天的血浪裹住，他呼吸着一种成熟的气息，恍惚中，他看到儿在奔跑，在麦地里，一直奔跑成一棵颗粒饱满、秸秆肥大的麦子。福根便心满意足了。福根在这种安详、幸福而恬静的氛围中听到了一个声音：

"你儿拦路抢劫，强奸，杀人，要毙了！"

福根摇摇头，这不是真的，那不是我儿，那咋是我儿呢？福根在血色苍茫的黄昏里想，这只是一个梦，一个幻觉，儿在外做生意，干的是正经事，儿不会抢劫，不会强奸，不会杀人，不会伤天害理，那只是有人捏造的谣言，想骗我福根，是不是？福根在血色中缓缓地迈着步子，走在他的麦地之上，他对他的婆姨说："歇会儿吧，别累着了，等咱的儿来替咱割！"但是婆姨倏忽消失了。福根看到前面山坡上几只雪白的羊，那飘忽的雪白刺痛了福根的眼睛。福根忽而仰望着天空，凄厉地干号了一声：

"天哪——"

福根倒下了，在这个滴血的黄昏里福根倒下得相当迟缓，使人想起了电影里某种慢镜头技巧。福根悄无声息地融入了他的麦地，和他的麦子一起走进了那个无边的雨季。

（原载《雨花》2001年第1期）

时间的刻度

1.现在的距离

我看到了那只苹果。

它像我想象的那样，浑圆，硕大，在前方薄薄的烟霭中隐现。它有着红、黄、青三色，这三种颜色，在过去、现在、将来的三维时空里交替出现，这使我断定，那只苹果不仅是悬浮的，而且是旋转的。

这只苹果不总是目力所能及的，事实上，在时间的绝大部分，它销声匿迹，犹如遁入草丛的月光，或者某种语焉不详的历史的余音。

这是我们想象和梦幻的本源。

我知道，我是在苹果的光芒中走向母亲的子宫的，在那里整理生命的细胞。这些细胞，许多来自于我们的先祖，当然也有野兽、家禽，我把这些睿智的、愚笨的、野性的、乖顺的……细胞从母亲鱼龙混杂的血管里捡拾起来，堆放在我生命的河床上。这个过程约需十个月，它多少会使我有些厌烦，有些急不可耐。然后，按照苹果的指引，我钻出生的通道，双脚套着生活的鞋子，朝苹果走去，一直走下去，直到某一天，我的形式消失，我的魂魄融入苹果的光芒。

当然，这是一种终极的指向。而现在，我要做的具体的事情，是穿过这条狭窄而又繁华的小街，去一个叫作"人之初"的浴室洗澡。

在三教九流的人的河流里，我走得很不顺畅，随时会被人撞一下，或者驻足、绕行。我看到那些被烟尘涂抹的脸，表情千姿百态，有点像传统的戏剧脸谱，但目光要复杂得多，让人无从把握，似乎任何一个轻率的判断都会得到一个意想不到的恶果，这有点荒谬。把握和放弃都是一种自嘲和反讽，犹如鸟站在电线上，危险和平安都是一个未知数。生物课本上讲鸟的足有角质层，但我们有理由想它不是高压电流的绝对绝缘品。就是这样，我们看着鸟，看着周围的人，一片茫然，甚至麻木，因为提心吊胆、安之若素或趾高气扬，都是可笑的、滑稽的。

我的脚毫无规律地迈着，紊乱，急缓无常。左脚和右脚，感觉是不一样的。长期以来，我一直被一个问题困扰。我分明地感到，我的左脚走在过去，而我的右脚走在将来。每时每刻都是这样，而现在呢？关于现在，我只有恍惚。

一片恍惚。

在时间的刻度上，过去和将来，都有一种定性。这种定性，像每一件具体的事物一样，呈现在我的意识之中。有时我看着钟表，秒针的每一次跳动，都轻轻地跨越了"现在"。过去和将来，我能指着刻度说出来，而唯独"现在"，我感到一片苍茫。我的生命随时被过去和将来肢解，现在，我是什么？

按照常规的概念，现在，我正走在某条繁华而狭窄的小街上，我要去"人之初"浴室洗澡。那么，在走出家门和到达浴室之前的这段时间内，应该可以称为现在。但事实绝非如此，这只是一种人为的对"现在"的自作多情，或对时间武断的强暴。我说过，我的每一步都走在过去和将来，左脚过去，右脚将来，而现在，只是一个苍白的、空洞的概念。

苹果若隐若现，像一颗放大了的、彩色的星星。这使我多少有些踏实。

很久以来，我的左脚常常会踩到历时许久的骸骨，千年？百年？几十年？都说不定。我的右脚则会踩到一些肉身完好的尸体，像睡着一样的安详而又丰腴的尸体。

这些感觉都不错。

那些骸骨常常会发出一些声音，空洞的、断裂的、灰白色的回声。我有时候从中依稀能分辨出笑声、哭声、谩骂声或者一缕纤细若丝的幽叹，但大多时候，我觉得它们什么都不是，它们只是过去的声音，纯粹的时间的声音。

这使我沉静，我感到左脚很踏实，那种沉甸甸的凝重的踏实。

一般而言，我对右脚并不怎么关心，也就是说，那些形如眠者的尸身很难引起我的兴趣，他们静默、面无表情或若有所思，以一种固守的姿势盛放在将来的阶梯上，或者也可以说，他们是将来的一种形式——死亡的柔软的形式。

毫无疑问，我会把更多的注意力集中到左脚上。在一个寒雨如诉的暗夜，我的左脚陷进一个梦中。我看到一个面容姣好的女人，手里握着几根青色的骸骨，不停地说："哪里？哪里？"那个女人的眼神显得犹疑而茫然，目光烟缕般飘忽不定。后来我终于发现，这是一个站在将来的死去的女人，肉尸无端地还原为"现在"的形式，一切都有些荒诞不经。许多日子之后，我回忆起这个梦，忽然顿悟：形式在时间意义上的三重性——就是说，过去、现在、将来创造了形式，也哺育了形式——它们是形式的内涵。

但是说到底，我仍然对现在缺乏明确的定性。现在是什么？有一天我想，现在就是活着，活着就是现在。

但这种定性终究是靠不住的，因为活着委实是一个太宽泛、太漫长的概念。

在这条通往"人之初"浴室的小街上，现在被过去和将来消解，或隐匿起来。这使我一度忘记了此行的目的。在米店里，我想起了干瘪的米袋子，于是我过去买了10斤米，货色上乘、温润如玉的好米，它无疑会使我有不错的胃口；在菜市场，我买了三个西红柿、一斤辣椒、一捆菠菜、三棵芹菜和半斤瘦肉，我登时有了大快朵颐的兴奋……我发现我的手中已不经意地提满了货物，我感受到它们的重量——我当然别无选择。

回家。

我又想到了酒。烧几个不错的菜，自然要小酌两杯，我有这个雅兴。

我重新回到街上，我的脸上漾着那种微醺的笑意。我的左脚下发出"咯咯叭叭"的声音，而右脚踩着一种极有弹性的绵软。我感到殷实。这感觉可真不错啊。

现在……现在是什么？

管他呢。

老同学李古和我邂逅的时候，我已经彻底把"人之初"忘掉了，忘得干干净净。李古的手里提着一个袋子，身子向一侧微微倾斜着。

李古说：你——？！

我说：你——？！

我们都意识到，我们已经有10年没见面了。更确切地说，是10年的时光隔断了我们——音讯杳无，恍若隔世。

李古说：喝酒！

我说：喝酒！

我们走进一家小酒馆。这里可以称得上价廉菜美，风味别具，而且有一个不算漂亮但还风骚的老板娘。她见了我俩，脸上便堆满那种献媚的笑。

李古说：用大杯。

我说：不用杯，用碗。

李古说：好。

酒很烈。

李古举碗：为往事干杯！

我与他一碰：为过去干杯！

我们都有些激动，为过去激动，因为我们的记忆都停留在 10 年以前，意识里疯长着青草和藤蔓。后来，我们都有些飘飘然了。我们的眼里都涌出了些真实的潮润。

我说：为明天干杯！

李古说：为将来干杯！

我们把碗碰得豪情万丈。

显然，我们的酒局已到了高潮。李古有些醉了，我也醉意蒙眬。我们像两只鸭子，摇摇摆摆地晃在街上，晃在某种逆行的飘浮的感觉中。

后来，我意识到我们独独没有为今天干杯，换言之，我们的祝酒词中忽略了现在。意识到这一点的时候，我仍在浑然如梦的醉意中。

那个面容姣好的女人，握着几根青色的骸骨向我走来。她的洁白和轻盈让我怦然心动。

她说：我寻你很久了。

我说：哦。

她粲然一笑：公子……

我的汗毛柔软地匍匐下来，身体里有一种酥酥的感觉，像某种膨化食品。

似乎已经有几个世纪了，或者更远，我一直在寻找一种摄魄的冷艳。这个女人，洁白而轻盈的女人，因手中的骸骨而冷光四射，那是一种深入骨髓的美艳，不动声色的凄艳，超逸空灵的轻艳……我知道，我的心已经在时间的流浪中找到了归宿。

我们做爱。我觉得，我是与一朵花做爱，与一种声音做爱，最后，我明白，我其实是与时间做爱。是的，悠长的岁月里，这种做爱的姿势与频率成了时间的某种刻度，成了时间的存在形式和深层意义。

我们终于筋疲力尽。我的身上汗流涔涔，而女人的身体冰冷，发出冷厉的青光。

女人说：我该走了。

我说：是吗？

女人说：最终，我们只能是游离的。

我默然。

女人用骸骨敲击着什么（我无法看见），一些坚硬的声音纷纷扬扬地洒下来，像一些紫色的金属锈片。

女人说：这是时间的声音。

我说：听上去似乎有些空洞。

女人笑一笑（笑得同样空洞）：大象无形，大音稀声。

我说：噢——

女人起身，回眸一望，说：人之初，人之初……然后，风一样地飘去。

我恍然大悟，今天最重要的事情竟被我遗忘了。

现在，我已经走进了"人之初"浴室。

空间里弥漫着潮湿的水汽，迷蒙如雾。我很奇怪，我的左脚下失去了骸骨的回声，而右脚下也空空如也。也就是说，在那一刻，我的脚下丧失了感觉，全部的感觉，只剩下一片虚空。

没有一个人洗澡，现在，"人之初"空空荡荡，像是荒凉了许久，或者是一方时间的遗迹。我向池子走去（我喜欢将整个身子浸在池中），我想在水中融化，成为水的形状，成为时间的另一种形式。但是，我看到了池中的一具尸体。

那是一具安详的尸体，肤色红润，面容沉静，但是眼睛张大着，目光散乱地被水气淹没。他漂着，四肢舒展，阳具高耸，让人感到死亡的某种美好和幸福。

但我终究骇然失色：那具尸体，简直是另一个克隆的我！

我眼前一黑，晕倒下去。

黑暗。

寂静。

旷茫。

……

那个须发苍白、腰脊佝偻的老者站了起来，抖落一身时间的积尘，茫然地四下巡望。一切都面目全非：人、建筑、街道……都是陌生的。老者踉跄而行，他问那些和他逆行的人：这是哪里？人们古怪地看了他一眼，没有回答。

老者忽然感到自己被孤独托了起来，高踞于人群之上。老者进入了模糊的遥远的记忆：我走在狭窄而又繁华的小街上、我购买了一些食品、我与李古在小酒馆饮酒、我倒在了"人之初"浴室……

现在，我在哪里？

我试图寻找"人之初"浴室的旧迹，但我一无所获。在某个被隔离的地方，我看到了一块墓碑，上写：李古千古。李古死了。我想。李古在我倒卧长眠的时间里，悄无声息地作了古，而我还活着，老迈懵懂地活在一个陌生的世界。

我又看到了那只苹果，在前方，在时间的光影里，悬浮着，旋转着。

我有了些兴奋。

我向苹果走去。

但我终于怅然若失——我不可能靠近苹果。我明白，在苹果和我之间，永远隔着一段时间的距离，无法缩短，不可逾越，而那个时间的确切概念是——

现在。

2.头发的声音

在一个秋日，我的头发开始纷纷脱落。

那个秋日似乎总是有风，季节在风中弯曲，时间像叶片一样发黄。

我走在这个多风的秋天，影子在黄色的背景下舞蹈。

我的第一根头发就是在这时脱落的，几乎浑然不觉。长期以来，我一直得意于自己有一头浓密的黑发，我的青春沿着头发疯长，蓬勃葱茏，这使我感到时间的丰裕。所以对一根落发，我有理由不屑一顾。

但是我听到了头发的声音。

它说：我不属于你了，主人。

我说：随你怎么样，但毫无疑问，你无论走到哪里，始终都是我的。

它说：这是宿命吗？

我说：时间可以验证，你永远走在我的宿命中。

它说：你遗弃了我，主人。

我说：这并非我的本意。许多时候，我们往往在无意间已经遗弃了什么，包括你。

它说：这真让人悲哀。但是，主人，从现在起，我要说，我就是我——头发，我是独立的了。

我未置可否地笑笑。狂妄的宣言往往意味着愚蠢，我不屑与之争辩。

在以后的岁月中，时间像一把镊子，一根一根拔掉我的头发。有一天，我终于发现，我的头发不再浓密，我的脸上已有了时间的烙痕。

所幸，我把那些落发一一收集着，某一天，我把它们集体出售，价钱还不错。

你卖了我们。我听到它们悲怆的声音。

我冷笑一下。

就像卖掉了你自己。它们又说。

我咬了咬牙。

我说：这是你们既定的结局，不要啰唆。

若干年后，时间已经揪去了我最后一根头发。我的头颅成了时间纱布下的一块石头，被它打磨得光滑如砥。

时间的行迹蜿蜒了满脸。

这种形式与我的年龄不太相称，与我的社会角色也不相宜。我一度感到痛苦，我开始怀念头发，那些已逝的交给时间的东西。

终于，我去买了一个发套回来。

焗了油、定了型，戴在头上，效果非常不错。我又找回了自信。

只是，我为此花费了较为昂贵的代价。但是，这是值得的。不是吗？

我心满意足时，蓦地又听到了头发的声音。

我们又回到你的头上了，主人。

我一惊：你们……你们是我的头发？

它们说：不，我们是独立的。

我说：你们最终还是无法脱离我。

它们笑笑：但是，我们如今身价倍增。

我的心发凉，一时说不出话。

它们说：主人，或许这就是宿命。现在看来，你只不过是我们在时间上的一个差价。

我立即走进了一个秋天。那个秋天多风，季节在风中弯曲，时间像叶片一样发黄，我的第一根头发开始从生命的枝端悄然脱落……

3.星星

现在，世界上只剩下了一张床，或者说，一张床占领了一个世界。床上挂着淡青色的帐子，看上去颇有情调，在风中猎猎飘舞。这个时候，一切背景都消隐于辽阔的夜色中，而床被凸显出来，甚至在夜色里被一种力量托举了起来。

这是一片宁静的地方，长期以来，它一直飘浮在我的想象和梦幻里。

但是现在——它以床的形式出现，背景是幽深无涯的黑夜。于是，一切都趋于纯粹——极致的、精神的纯粹。

男人说："你是这个故事最后的主角。"

我抱着他，泪流满面。

我爱身边的这个男人。自从我走进了这个故事，我就爱上了他，爱得无以复加。这个男人深沉、智慧、多情、脆弱，他在一种不期而至的缠绵里创造了我也统摄了我。他是个真正的男人，有才华有情趣的男人，受伤的疲惫的男人，需要呵护和放逐的男人。

一个声音飘飘荡荡："不要睡了。"
我睁着眼，四下巡望。
"醒来吧。"
这是什么声音？苍凉、旷远，它是否来自于夜晚的核心，或者，故事的背后？

我觉得，我一直是醒着的，醒在我的爱里，醒在男人柔情依依的目光里。但是，在那个声音的下面，我第一次注意到了睡在我脚边的女人。她瘦弱美艳，香息微微，一副楚楚可怜的样子，宛然林黛玉花魂转世。我不知她在这里睡了多久？猝然而至还是早已潜伏下来？我只看到，她弱肢微蜷，倚在一隅，以不幸者的姿态贴在床的边缘，被汪洋的夜潮浸透。

我说："为什么一定要另一个女人？"
男人说："这是故事的需要。"
"没有她就不行吗？"
男人微蹙着眉，目光穿过故事的帐子落在我的脸上：
"是的，那会使我们的故事变得苍白。"
我哑然。

我如此地爱这个男人，爱得可以为他把生命付出，所以我把他的话引为圣旨。我顺从，我沉默，但是，我心痛。
脚边的女人微微地战栗了一下，似乎有什么东西触动了她。

她在夜潮里看上去沉沉浮浮，有溺毙的危险。我又不能不为她捏一把汗。

她真的一直在酣睡吗？

夜越来越冷，夜在向一个季节行走。

我抱着膀子，说："我冷。"

男人深深地陷进了故事的泥潭中，随口敷衍了一声："哦。"

我说："我渴望你的怀抱。"

男人神色冷峻："这会影响到故事的走向。"顿了下，又说，"我们需要一个精彩的故事。"

我的心噤若寒蝉。

那个声音震荡着我的耳膜："起来吧。"

一群苍蝇"嗡"的一声飞过来，又"嗡"的一声飞远了，像一个幻觉。

是啊，夜寒透骨，蝇从何来？

我下了床。我的腿陷进夜色就寻不见了。男人没有阻止我，只用血丝如织的眼睛凝望着我。

男人说："你要走了吗？"

我默然。我的心有种撕裂般的痛。

"总是这样，"男人伤感地说，"我的主角总会走出一个原本精彩的故事，而最后的主角，我还得继续寻找……毕竟，故事总要延续下去。"

我恍然记起，在时间的刻度上，这个故事已经延续了数千年，如一缕扯不断的雾。

脚边的女人被男人手中的如椽之笔拉起，躺在了原本属于我的位置。

"现在，你是这个故事最后的主角。"男人说。

我凄然一笑。

我看到了那片塘子。

那片塘子在不远处闪着清冷的光，如一线锋刃，斩开了黑夜的某个部分。

"去吧，水很清。"空中的那个声音直抵了我灵魂的深处。

星星。

好多好多的星星，莹洁、清寂的宝石般的星星。它们像一把遗落的种子，撒在塘子里，而此刻，它们变成了一些沉寂许久的眼睛。我走过去，看起来，我就要抓到它们了……

是啊，隔着数千年时间的纹络，我就要抓到它们了。

（原载《广州文艺》2003年第12期）

弦

光影魅色中，
谁在弹拨心灵之弦？
惊回首，
流萤入梦，月光如雪。
　　　　——题记

葬　花

　　菜，满满地上了一桌。多久没有下厨了，她已记不起。一瓶烈酒，两个酒杯。多久没有好好醉一回了，她也记不起。看一看爬上窗棂的暮色，关良该到了。

　　果然，门铃响了。

　　"坐，关良。"

　　关良有些拘谨，房内的奢华，他不太习惯。

　　"就你一个人吗？"

　　"对，一个人。"

　　她点点头，坐在关良对面。面前的这个男人，依旧白皙、斯文，带着点怯懦。她读关良的眼神，那里面本该有恨，有伤，或者几丝幽怨，但是没有，干净、明澈，如一泓清水，一如当年。

"找我……有事吗？"

她摇摇头，把酒斟入杯中："就是想和你喝杯酒。"

杯子，在关良手中愣着。"叮"，她的酒杯碰过来："干了。"

朱唇轻启，清冽的液体一饮而尽。关良犹豫下，也饮尽了。

又斟，又饮。

三杯，灼红了她的腮，也灼出了关良眼中的忧伤。那伤，淤积于心灵的河床，整整三年。

"你有心事，江萍。"关良说。

她淡然一笑："没事，吃菜，都是你爱吃的。"

是啊，满桌菜肴，都是关良爱吃的，更重要的，都是她亲手烹制的。然而，关良吃不下。

"说说话吧，关良。"她盯着面前的杯子，"三年了。"

"三年了……"关良喃喃，埋在心底的伤，弥散成眼中的雾，然后，成雨。细雨打湿了眼睫，他生性是软弱的。

"对不起，关良！"

心，狠狠地痉挛一下："不说了，都过去了。"

都过去了吗？三年，他的生命一直陷在那个多雨的秋天，多少无眠之夜，灵魂彷徨无依，听梧桐落雨，"一叶叶，一声声，空阶滴到明"。

她知道，关良的心在痛，她的心也在痛。

"喝酒！"酒是最好的镇痛药，可以醉生，可以梦死。

无语，干杯。

"都是我不好……"她盯着关良。她看到了关良眼中的凄楚，也看到了三年前的自己。

"别这样……"关良别过脸去。

时光，在记忆的齿轮上倒转。舞台上，一袭红装的俏花旦几分娇羞，几分喜气，舞一步，罗裙生香；唱一句，字正腔圆：

府门外三声炮花轿起动，

周凤莲在轿中喜气盈盈。

卫士们鸣锣开道鼓乐齐动，

嘀嘀嘀嗒嗒嗒入耳动听。

出府门吹的是百鸟朝凤，

一路上奏的是鸾凤合鸣。

武状元来迎亲满城震动，

新媳妇出门来好不威风。

……

俏花旦被如潮的喝彩声包围，被千百双目光点亮。有很多轿子等着她，然而，她最终坐进了一顶贫寒的轿子，迎娶她的那个人，叫关良。

她笑了，笑出声来。

关良懵懂地看着她："笑什么？"

她自觉有些失态，但还是抑制不住记忆里的兴奋："想起了演《抬花轿》的时候。"

关良也笑了："那时候，真好。"

关良是口讷的，即便在那时，他也没有别的语言，只有两个字："真好。"江萍问他："人好，还是戏好？"关良还是两个字："都好，真好。"

是啊，那时候，都好，真好。可是，风来了，雨来了。风狂，雨骤，生命的夜，没有日出。在全省的戏剧调演中，江萍太用心，也太用力，一个高腔，声带撕裂。她失声了，此后，辗转全国多家医院，终是无力回天。

"也许，一切都是天意。"她说，伤感，淹没了俏花旦的幸福。

"老天……不公平。"关良咬咬牙。

"关良，你说，如果我的嗓子不坏，现在会是什么样子？"

她明知这是一个无谓的假设，可是，她不甘心。

"你会是一个优秀的艺术家。"关良很肯定。

艺术家，多么神圣的字眼，那是她的梦。梦断了，天塌了，魂散了，活着，不过是一具行尸。

"命，都是命。"找不到别的理由，也许，这就是唯一的理由。

关良沉默。沉默后，为她斟酒："喝！"

酒，有时胜过一切抚慰。举杯，痛饮。

"你注定属于舞台，你不能没有舞台。"关良突然说，眼球上盘绕着几根血丝，"你不能过寻常人的日子，你不能！"

"……"她哑口无言。无法辩解，无论对关良，还是对自己。关良说得没错，她不能没有舞台。失去了众人的注目，她找不到自己。

舞台，从剧场移入现实。她要证明给别人看，她还是那个俏花旦，天生丽质的俏花旦，人人眼馋的俏花旦。她永远是主角，永远。

然而，关良做不到。能做到的，唯有凌锐。这个追逐者，除了是个戏迷，还是一位身居要职的领导。凭着权力的魔杖，她成了政协常委，成了一家公司的主管，成了许多衣冠楚楚者眼中的女神，当然，也成了凌锐的二奶。

"关良，咱们分手吧！"那个深秋之夜，阴雨霏霏。她不敢看关良，一张银行卡，为她赎罪。

关良无话，眼神在长久的凝滞后暗淡、寂灭。银行卡从关良手中飞起，打了几个旋，无声落地。关良转过身，步子很重，挪到门口，回头竟给她一个笑："你好……就好。"然后，一头扎入雨幕，片刻便没入夜色。雨声铺天盖地，无边无涯，她知道，一颗心，为她而死。

今夜，又是深秋。

"关良，你恨过我吗？"她问。

关良摇摇头。

"为什么？"

"你好……就好。"

三年前的那句话，竟然一成不变。秋雨潇潇，改变不了心灵的质地，而对她，却像温柔的刀子，锥心刺骨。

"关良，你太善良了，真的太善良了……"

"别这么伤感，"关良故作轻松，"你现在不是挺好吗？挺好，我就放心了。"

她猛地喝了一口酒："不，我不好！"

"怎么？"

"他……刚被双规了。"

舞台倾斜、断裂，俏花旦坠入无底之渊。天，彻底塌了。三年，宛然一场梦，醒来，始觉灵魂不过是依附于墙上的壁画，墙倒，梦碎，空空如也。

关良饮酒，再无言语。

夜，深了。

"关良，谢谢你。让我最后对你说一声：对不起！"她站起来，深鞠一躬。

关良脸色苍白，本能地伸手，欲扶又止。留一句"保重"，踉跄而去。心，绞痛，为她，还是为自己，关良说不清。

寂静。这个秋夜，话和泪都尽了。她感到轻松，她是一个空心人，轻如片羽。走进卫生间，洗脸，沐浴，而后出了房门。

湖，就在不远处。这片别墅区，依山傍水，茂林繁花。白日里，湖上一带烟岚，绰约如梦。她喜欢穿过花丛，去湖边徜徉。而今晚，她要独享这平湖夜月。

月光，淋了一天一地。幽径两旁，波斯菊、孔雀草、紫茉莉、木芙蓉、紫薇、木槿、桂花……或娇羞，或烂漫，幽幽地芬芳着。游于花海月湖，恍然又回到舞台，俏花旦换作黛玉，一曲《葬花》，让明月流泪：

> 绕绿堤，拂柳丝，穿过花径，
> 听何处哀怨笛风送声声。
> 人说道大观园四季如春，
> 我眼中却只是一座愁城。
> 看风过处落红成阵，
> 牡丹谢芍药怕海棠惊。
> 且收拾起桃李魂，
> 自筑香坟葬落英。

唱着，就到了湖边。手中，何时已有了一捧无骨之花。扬手，花瓣如雪，一片片睡在湖面上、月光中。

她接着唱：

> 花落花飞飞满天，
> 红消香断有谁怜。
> 花魂鸟魂总难留，
> 鸟自无言花自羞。
> 侬今葬花人笑痴，
> 他年葬侬知是谁。
> 一朝春尽红颜老，
> 花落人亡两不知。

月光，碎在湖里；花儿，睡在水中。多好的水啊，这才是她的家，她的归宿。她本属水，江萍，江上浮萍，今晚，她要回家了。

是啊，回家了。

飞 天

戈壁苍凉，风过处，沙烟漫卷。再过半个小时，敦煌站就要到了。

"飞天，我来了！"张逸脸上的兴奋，染红了无际的漠黄。

"我也要和我的飞天重逢了。"陈力的眼中，似有衣袂飘舞。

周鸣盯着窗外，一言不发。火车任劳任怨地走了12个小时，也载了他12个小时的沉默。

其实，周鸣心中，也起伏着按捺不住的激动。飞天，对于他们三人来说，早已梦牵魂萦。只不过，张逸和陈力是来重温，而他则是圆梦。

"老周，打起精神呀！"张逸拿目光敲了敲他脸上的漠然。

周鸣吃力地笑了笑。

表情被遗忘很多年了，如一件褪色的旧衣，晾在风里、雨里，无人收捡。旧衣下，是一个飘曳的灵魂。

说话间，列车进站了。

敦煌站孤立于漠野之中，像一只失群的羚羊。从这里出发，莫高窟只有10分钟的车程。

周鸣扬手叫了辆的士："师傅，去莫高窟。"

张逸笑着制止："不，进市区。"

"怎么？"周鸣有些发蒙，"你们不是急着和飞天重温旧梦吗？"

"那也要看什么时候啊，"陈力说，"你这个家伙，在火车上当了一路闷葫芦，这会儿倒急了。抬头，看天。"

抬头，看天，天色的确不早。

周鸣自嘲地摇摇头，上车，向市区进发。

安置好住处，小憩片时，三人进了一家菜馆。四个菜，三瓶酒。周鸣知道，今晚，是要胡梦颠倒了。

酒过三巡，神思飞扬起来。张逸和陈力，一个画家，一个剧作家，有了酒，也就有了灵感的催化剂。而对于周鸣，多年来，酒只是他的安定片，别无他用。

"嗨，说说你们心中的飞天。"张逸提议。

"天衣飞扬，满壁风动。"陈力目光灼灼。

"你呢，老周？"

周鸣沉吟一会儿，答了一个字："神。"

"神？——好，为我们的神，干杯！"

神在周鸣眼前飘飞，那可是他心中的飞天？说不清，但他知道，他真的想找一种"神"。当年，他这个剧团的头把二胡，弓弦间流水落花，风月无边。他一直渴望到敦煌朝圣，独创一支二胡曲《飞天》。然而，一次突然的变故，让所有的玄思妙想戛然而止。

酒喝光了，脚下的鞋子也换成了云朵。云朵一起一伏，一左一右，飘回了宾馆。

借着酒力，张逸撑起画夹，笔走龙蛇，让心情神游八极。陈力则摆弄着他的笔记本电脑，敲了满屏"飞天"。

"老周，你真该把你的二胡带上。"张逸甩了甩长发。

陈力冲张逸使个眼色，他明白，二胡是周鸣永远的伤。

伤，结痂了，但依然痛。二胡早已断弦，挂在周鸣积尘的心室。一扇门，锁紧了冷雨寒秋。

变故，来得无声无息。弦音飞扬之时，貌美如花的妻子却躺在了团长的床上。团长和他是哥们，妻子又一向情意绵绵。平地惊雷，晴天霹雳，"辱我者亲如手足好兄弟，负我者同床共枕结发人，道不出是哀还是悲，说不出是冤还是恨，恰似万把钢刀扎在心……"

酪酊大醉，乾坤倒置。车祸。肇事者逃逸。留给他的，是左眼全盲，右眼弱视，他成了一个残疾人。

二泉映月，幽咽如泣。枯守于无人的角落，听萧萧风吹，泉清月冷。他闭着眼，看到漫天大雪，一个蓬头垢面的老妪，用一茎竹竿牵着一个瞎子，蹒跚于寂寥的长街。瞎子身背琵琶，肩挎二胡，手拉长弓，凄绝之音和着风雪的悲啸迂回而至……

弦断，心死。多亏曾经的恩师悲怜，将他调到艺术研究所。从此，头把二胡不再，苟活于世的，只有瞎子周鸣。

鼾声，打断了周鸣的记忆。不知何时，张逸和陈力已经斜卧床头，酣然入梦了。

在张逸和陈力面前，周鸣是自卑的。或者说，自卑已经成了周鸣的习惯。一个失败者，一个残疾人，在很多人不屑的目光里，他只是一条可怜虫，彻头彻尾的可怜虫。

翌日，简单用过早餐，三人便直奔莫高窟而去。周鸣不得不佩服，一夜酣梦，张逸和陈力酒意全消，照样生龙活虎，而他，依然有些昏沉。

莫高窟终于到了！飞天，就要从梦里走出，翩飞于眼前的世界。

购票。张逸，陈力，最后一个是周鸣。陈力在一旁帮着，随口说："残疾人，照顾点。"

"有残疾证吗？"售票员问。

"有，有！"陈力抢着答。

周鸣一时有些恍惚，这个残疾证，还是单位给办的，因为上面有安排残疾人的硬性要求，否则单位每年就要交纳不菲的费用。这次出来，陈力一再叮嘱他带上，目的是必要时图个方便。

售票员验过证，微笑着递出一张观光票："残疾人，免费。"

张逸多少有些嫉妒了："嗬，想不到这张证还有这么大用场。"此番采风，公费有限，超支部分是需要自理的。

"得了吧，说这话也不怕闪了舌头！"陈力抢白一句。

入门处，周鸣在前，门票插入卡槽，验票机发出一个热情的声音："欢迎光临！"轮到张逸和陈力，皆无声响，唯有工作人员的一个手势。

　　张逸又有些不平了："好没道理，不掏钱的待遇怎么比我们掏钱的待遇还高啊！"

　　周鸣突然想笑，为这个一贯潇洒的画家。其实，周鸣并不在乎这点钱，这多年，鳏居一人，早已了无牵挂。他在乎什么呢？不屑？鄙夷？冷落？不知道，心，早已麻木，如冬眠之虫，春风、夏雨、秋花、冬雪，都与己无关，蛰伏着，一梦不醒。

　　各地游客组成一个小团体，随讲解员入窟。讲解员是一个年轻的女孩子，漂亮，优雅，举止得体。周鸣一震，这讲解员，像他曾经的妻子。

　　窟内无灯，很黑，游客鱼贯而入，周鸣和张逸、陈力走散了。讲解员打开小手电，指向窟中的壁画，声音轻柔、细弱，生怕扰了一个浪漫的千年之梦。周鸣仰着脸，什么也看不清，但他又似乎分明能看到，无边无际的宇宙中，美丽的飞天漫空飘舞，或手捧莲蕾，直冲云霄；或俯冲而下，势若流星；或穿过重楼，宛如游龙；或随风漫卷，悠然自得……

　　出窟时，脚下一绊，周鸣跌倒了。

　　一只手臂，轻轻地挽起他，伴着一缕女性的幽香。

　　"先生，要紧吗？"讲解员关心地问。

　　"哦，没事的，谢谢你！"

　　就在这一刻，周鸣心中一热，想哭。他背过身，摘下眼镜，悄悄地拭了拭泪。泪光中，飞天含笑，绕着他翩翩而舞，他知道，那是他灵魂的飞天。

　　一个月后，陈力去拜访周鸣。未至家门，便听到周鸣斗室里传出的二胡声。那是一支完全新创的曲子，曼妙玄幻，瑰丽多姿，宛然天使自地狱里腾空而起，追云逐月，踏歌起舞……

门前，几个邻人侧耳静听，如痴如醉。

"谁知道这首曲子的名字？"

陈力说："我知道，《飞天》。"

弦音如诉，飞天如花。陈力知道，那是周鸣的神。有了神，僵冷的心总会复活的，一定。

"这么好的二胡，不拿出来，太可惜了！"邻人一声叹喟。

陈力凝思片刻，郑重地点了点头："会的！"

落　红

回到家，又是凌晨。星光很碎，冰霰般撒了一路。

钥匙没有温度，偷偷摸摸旋进锁孔。进屋，足弓收紧，呼吸藏进身体，别碰伤了黑暗与寂静。

终于挪进书房，半口气小心吐出。"啪"的一声，惊断了后半口气，灯光大亮，妻子立在眼前，竟也无声。

尴尬在空气里流转。

"排节目来着……"怔了半晌，一丝笑从嘴角扯出。他知道，那笑很勉强，并且仓皇。

妻子没表情，他也明白，妻子服下了他太多的谎言，心已死，表情也死。对于情人，谎言是糖；对于妻子，谎言是一杯毒酒，不，一杯又一杯。

"离婚吧。"三个字，爱之蝶折翅而落。

"别这样，婉玉……"他异常虚弱，声音颤着波纹，被妻子的目光冻结。

"你洗不尽身上的香水味！"两颗泪，终于从云翳间滴下。

他想辩护，但口齿无力，辩词虚假、苍白，死在他最后的良知里。

妻子突然笑了，他知道，那笑是一把刀子，藏了许久，犹豫了许久，此刻，它出了绝望的鞘，一切都到了了断的时候。

"你走吧！"

"不……"

"这个家，你不走，我走！"刀子滑下，斩断了所有的曾经。

他游走在大街上，脚步踉跄，霓虹的光影里，一切都浮幻若梦。他不知该去向何处。其实，他可以回到小月那里，今晚，他本是从她的温柔乡中挣出的。然而，他的心开始拒绝。无所归依，他成了一个漂泊者。

街心花园的石椅上，他坐下来，抽烟。望着星空，目光渐渐迷离，岁月如烟，把记忆缠绕。

"韩占峰！"一个声音，在唤一个遥远的名字。想起来，这名字属于他的过去，也属于妻子。那是他的心在唤。岁月，让这个名字蒙了太多的风尘。

那时，他只有18岁，刚进剧团，形象出众，戏功也好，只是家境贫寒。他横了心，一定要混出个人样，光耀门楣。然而，他没有"占峰"，却从峰上滚入深渊。练空翻时，腿严重骨折，接骨又出了偏差，导致微跛。一个很有前途的武生演员，就这么废了。一同作废的，还有他的梦。

他想过死，还学会了酗酒。从舞台的中心，退到冷寂的边缘，掌声、喝彩，还有炙热的目光，都与他远离。他把名字改成了"韩冰"，生命如冰，那是无尽的苍凉。苍凉的脚步在生死间游荡，然而，婉玉出现了。这个同台的小师妹，在危难时不顾同伴的劝阻和父母的反对，为他抛下了爱情的稻草。他紧抓着，终于游上了岸。

抱着婉玉，他泪如泉涌。此生，他要与这个女孩生死相依，不离不弃。

夜风，梳理着凌乱的记忆。烟灭了，他又接上一支。火光烧着夜色，也烧痛了他的心。

"峰，别灰心，一棵树上吊不死人！"婉玉说。

这句话，彻底救了他。死亡的树梢上，绳套解下，依着温柔之力，他开始学习导演。整整十年，他从打杂到剧务、从剧务到场记，一直到导演助理，尽管没有独立导过一部戏或一台文艺演出，但他知道，这一天不远了。

终于，机会来了。一场重要的政治性晚会，导演临阵病倒，他正式走到了舞台的中央。晚会获得了极大成功，领导特设庆功宴，觥筹交错中，他的光芒已无人可挡。

那一天，婉玉在台下流泪。她已离开剧团，就职其他部门。然而，她的心一直被丈夫牵着，在舞台游走。

也就是从这天开始，一切都变了。他不再是过去的韩冰，而是大导演韩冰。导演是舞台的主人，谁演A角，谁演B角；谁上，谁下，他说了算。身旁，裙子多起来，媚笑多起来，脂粉多起来。他抵御，因为有婉玉。但是，他终究还是醉卧花丛。陷入，不可自拔，愧疚感和负罪感，渐消于云雨之欢。他对自己说，这只是生活的游戏，他的心永属婉玉，绝不背叛……

然而，今晚，他和妻子的爱却走上了绝路。他大口抽着烟，脚下，已满是烟蒂。他感到身体很空，心似片羽，在空茫中飘荡。多年的奋斗，名利、地位，该拥有的，他一样不缺。可是，他失去了婉玉。此刻，他蓦然发现，剥去成功的浮华，他其实一无所有。

天亮了，阳光很软，不知何时，天上已布了薄云。

他踽踽地来到排练厅，一台大型晚会，正在关键时刻，他必须撑住。排练厅外，两方花坛吐芳竞艳。往日，他定要驻足，闻一闻花香，但今日，他没有赏花的心情。

时间尚早，演员还没到位。他突然作出一个决定，给小月打电话，通知她不必来了。

"为什么，冰哥？"

"这台晚会，你的确不适合……"

"你耍我！"电话那端，揭下了温柔的画皮。

他并不意外，小月投怀送抱，就是为了上节目。这是潜规则，人人心照不宣。而今把她拿下，她怎能不失望和愤怒？

他不作解释，一切已无必要，他只想洗掉身上的香水味，重新回到婉玉身边。

晚上，排练结束，他给婉玉打电话，然而，婉玉不接。他感觉很累，也未吃晚饭，就在排练厅的简易休息室里躺下了。子夜时分，利闪扯着炸雷，狂风裹着暴雨，从天而降。他想，这个世界，还有他，都该接受一场洗礼了。

第二天，两个警察敲响了他的门。

"你涉嫌强奸秦小月，请跟我们走一趟！"

他哑然失笑。他知道，小月不会善罢甘休，但拿出这个撒手锏，他没想到。是他坏了规则，现在，闹剧收场，一切都结束了。

来到厅外，目光不经意落在花坛，往日的千娇百媚，竟凋谢大半。一夜风雨，满地落红。美，有时竟如此脆弱。

也好，他想，落红已死，明春，愿有一束素洁之花，无语绽放枝头。那花，只为生命而开，为一人芬芳。

那个人，唯有婉玉。

（原载《文学界》2012年第1期）

风　筝

　　那个蝴蝶形的风筝看起来相当精致。它的图案和构架似乎远远超出了手工艺品的范畴。它有着红、蓝、黄、白、紫诸多色彩的薄翼和优雅的体形，看上去飘逸而亮丽。这个风筝目前擎在一个小男孩的手上。小男孩有一种忧郁的气质，方正的头颅和纤弱的身子显得不大协调。他的眼神与同龄的少年略有不同，似乎一泓清水之上漂着层淡薄的浮萍。小男孩擎着风筝走一步跑三步，蝴蝶风筝晃动的羽翼似乎流露出飞翔的欲望。小男孩的身后跟着他的爸爸，一个有着翩翩风度的都市男人，脸上最突出的特征是那副眼镜，不仅华贵而且斯文儒雅，这与男人的脸看起来十分般配。——好了，他们现在正走在车水马龙的大道的一边，呼吸着汽车的尾气及其他一些气体，穿过拥挤和市嚣去一个叫胜利广场的地方，目的当然是放风筝。

　　这个行走的过程虽不漫长但毕竟是持续了一段时间，而父子俩一路上竟然无话——哪怕一个用于双方交流的象声词或感叹词。他们甚至没有斜视一眼两侧的建筑或者大道上的任何一样事物，目光始终落在那个风筝之上。

　　胜利广场是市区一片空旷的绿地，但对于噪声和其他污染并没有拒外之力，因此不能算作净地或静地。但这里有一片豁朗的天，有一些绿意萌发的风景树和花花草草，极悦目的那种。正值仲春时节，广场上云集了不少人来玩，有的在放风筝，有的在花香中散步，更有许多情侣在花丛之中依偎着，享受人生的美妙。这个城市的居民看起来都有着较高的素质和品位，温文尔雅，彬彬有礼，他们和这个赏心悦目的广场一起构成了这篇小说的背景、场景和情境。

小男孩进入广场的时候的确有一种胜利的感觉。他回过头看了一眼他的爸爸，那个男人在马路的缝隙里显得有些局促不安，好像随时预防着一场灾难的发生，这使得他的脚步迈得吃力而迟疑。

小男孩扬着手里的风筝，说："快点！"

男人终于走完了通向广场的最后一段距离，如蒙大赦地喘了口气，并用手抹了把额头，也许他觉得出汗了。

"你像头笨猪，爸爸！"小男孩说。

男人自嘲地笑笑：

"真不容易呀。"

男人也回头望望马路，他感到自己像是刚从一条黏稠的河流里蹚过来的，两条腿沉重得要命，似乎还有些残余的液体在淋淋漓漓往下流。

"人都要把路撑破了。"男人又说，依旧笑着。小男孩认为他的笑很糟糕，就像他在画图板上画出的那种笑一样，有几分古怪。

在他们前面二十米处，有一座汉白玉雕塑，那是一个女人的形体，小男孩对女人身上的两只硕大的乳房充满艳羡。每次来胜利广场，他都会情不自禁地朝那里多盯几眼。

小男孩想她一定是胜利女神。

一些风筝在天上飘，由于太高，它们的模样很难辨别。小男孩只注意到一个长长的蜈蚣风筝，他觉得这只蜈蚣在天上像一条摇头摆尾的蛇。

"爸爸，快让我们的蝴蝶飞起来。"

小男孩有些迫不及待，以他的能力显然还不能独立地放飞风筝。他的爸爸此时也在注视着那尊雕塑，表情有些痴迷。小男孩的声音牵回了他的目光，他又笑了一笑。

男人握着线板，让小男孩把风筝举高。小男孩举得很卖力，两只脚都踮了起来，喉咙里发出哼哧哼哧的声音。男人跑了起来，并不断地伸缩线板，那只漂亮的蝴蝶就从小男孩的手中升起，借着微风飞到空中。

"快飞呀，蝴蝶，飞呀！"

小男孩拍着手，跳起来。

风筝越飞越高，男人一直放着线板，——有足够的线使风筝远走高飞。小男孩说：

"爸爸，我要咱们的蝴蝶飞得最高。"

"当然。"男人说。

蝴蝶风筝超越了蜈蚣风筝，然后又把其他的风筝甩在下面：它后来居上了。这让小男孩兴奋得小脸涨红。现在，他们的蝴蝶只剩下一个黑点，像一种神秘的鸟。

小男孩跑到男人身边，要过线板：

"爸爸，给我。"

"好的，亮亮，自己玩，当心不要脱手。"

"放心吧，你真啰唆！"

在某一时刻，风筝似乎是恒定不动的，像一粒悬浮的灰尘，而后，又缓缓地飘动起来，不久便又静止了。它的飞翔显得顾虑重重，小男孩幻想着蝴蝶自由无羁的飞舞姿态，觉得有几分厌倦。——他的手腕也开始发酸了。

"爸爸，你来。"

小男孩是这时发现爸爸不在身边的。他紧攥着线板，用目光在周围搜索那个戴眼镜的男人。他终于看到了他，但是他发现那个男人的手臂正环着一个女人的脖颈。他们坐在一簇花丛的旁边，看起来很亲密。他们和他正面相对，因此小男孩并没有太费力就认出了那个女人——他的小姨，而他的爸爸正用一只手鬼鬼祟祟地试探着小姨胸前的小白兔。小男孩对小姨的最深印象就是小姨走路的时候，胸前有两只小白兔活蹦乱跳，总想出笼的样子。在过去的日子里，小男孩看到小姨总会想到广场上的那尊雕塑，他甚至想小姨是那尊雕塑变的——她成精了。

小男孩记得妈妈从前也有两只滚圆柔软的乳房。那两只乳房里藏满了甜蜜的汁液。它们左右摆开，同时分工给两个男人吸吮——小男孩和爸爸。小男孩一直到四岁半才断奶，这多少有些出格，但他的妈妈很高兴这样。那时候小男孩总是不满地说：

"爸爸，你坏，你抢我的饭吃。"

他的爸爸总是笑，用一只手拍了拍他的后脑勺，样子很贪婪。后来，爸爸说：

"傻小子，这是咱们两个人的饭嘛，一人一碗。"

小男孩如饮甘醴地吞咽着那条乳白的溪流，感到温暖和迷醉。他听到妈妈轻轻地呻吟着，像一首柔柔的曲子。这曲子无休无止地延续在他的记忆里，使他有种漂在水上的感觉。他还听到妈妈说：

"孩子，你就像头小猪。"

小男孩噘着嘴，斜睨着爸爸：

"你为什么不说他？"

"傻孩子，他是你爸爸。"

"不，他是头大猪！"

那个男人开怀大笑，把一些香甜的液汁喷到他的脸上。小男孩听到妈妈也在笑，乳房在笑声中欢快地舞蹈，让他眼花缭乱。小男孩于是也开心地笑了。

……

"爸爸，我累了。"

小男孩试图走近那个男人，但他只走了几步就停下了。他感到那只风筝死死地拖住了他。小男孩的脸上沁出了一层细密的汗珠，线板在手里像石头一样沉重。他的爸爸对他的求助置若罔闻，——也许压根没有听到。小男孩的目光失望地越过这个男人的头顶，他看到周围那些巨大建筑的反光，无数个窗子像一双双诡秘的眼睛，闪烁着一种捉摸不定的东西。他不知道哪一扇窗子是他们的，而他的妈妈此时正在家里洗好大一堆衣服床罩。他希望妈妈能够出现在某个阳台上，或者从窗子里探出头向他微笑。但这一切在此时显得像梦一样遥不可及。

小男孩重新把目光移到他的爸爸身上，他看到那个男人的手已经很踏实地覆盖住了小姨的小白兔。他听到小姨的笑声，他感到小姨的笑声今天格外尖锐，像玻璃的边缘，划在了他的皮肤和心上。

这一刻小男孩觉得非常孤独，他想爸爸不要他了，他只顾和小姨玩。他不知道小姨是什么时候来的，为什么会来这里。小姨的小白兔总躲在衣服里，让小男孩充满幻想。他的爸爸一定也在幻想着小姨的小白兔，而此刻他捉住了它。它不属于小男孩。小男孩只有风筝，可风筝让他不堪重负。

小男孩叹了一口气，这口气叹得很有那么点意思，超越了他的年龄。小男孩想也许他已经长大了。他咬咬牙，下意识地抓牢线板，目光不自觉地又落到了那尊雕塑上。

小男孩想妈妈为什么不像胜利女神一样呢？她变得可真快……

妈妈胸前吊着两根干瘪的丝瓜，是垂在寒风中无精打采色泽暗淡的那种，丑陋极了。这个惊人的发现出现在一个细雨蒙蒙的早晨（那该是个很有诗意的时候）。从那时起小男孩再也没有从里面吮出什么，最初他差点哭出来，他蓦然意识到那些美好的日子永远过去了，再也不会回来了。他不可能再听到妈妈曲子一样的呻吟，他当然也无法再体会那种漂在水上的感觉，这让他怅然若失并黯然神伤。

"妈妈，你坏。"小男孩说。

"为什么？"

"你没有饭给我吃了。"

"傻孩子，"妈妈刮了下他的鼻子，"你现在是个男子汉了。"

"男子汉就不吃饭了吗？"

"男子汉不吃妈妈这里的饭。"

"可我要吃。"

"你把妈妈的饭吃光了，瞧，一点也没有了。"

"都怪爸爸！"

"爸爸坏，对吗？"

"对，他坏透了，是他抢走了我的饭！"

"那就让爸爸赔你。"

"爸爸是个吝啬鬼，他吃下去就归他了。"小男孩生气地说，并指着自己胸膛的部位，"他这里平平的，一点饭也没有！"

"傻孩子……"妈妈揽着他，笑了。

后来在一些夜晚，小男孩常常在梦中被一些声音弄醒。他睁开惺忪的睡眼，看到他的爸爸伏在那两个枯萎的丝瓜上吸吮，之后又用手去揉捏它们，他的眉头上打了一个结，看起来很不舒服。再后来，他的爸爸叹口气，说：

"秋天来了，花谢了。"

这句深奥的话，小男孩听不懂。

"爸爸！"

小男孩终于坚持不住了，声嘶力竭地大喊一声。那个男人似乎吃了一惊，抬起头怔怔地望着他。小姨也抬起了头，向他吐吐舌头，笑了一笑。

　　男人和小姨走过来，他们看到小男孩的脸红得像鸡冠，而且一副受了委屈的样子。

　　"怎么了，亮亮？"

　　"我拿不住了。"

　　"小饭桶。"

　　男人说，一面接过了风筝的线板。他的脸上还有来不及整理的红光和笑容。

　　小男孩盯着他的小姨，更确切地说，是盯着小姨的小白兔。那两只小白兔完好无损地躲在那里，并没有被爸爸偷跑。他抹了把脸上的汗，如释重负地跺跺脚，说：

　　"小姨，你怎么会来这里？"

　　"小姨想亮亮了，来找你玩呀。"

　　"不，你是找爸爸玩的，你才不跟我玩呢。"小男孩眯着眼说，"我都看到了。"

　　"你看到什么了？"男人问，略略有些紧张。

　　"你和小姨玩捉小白兔的游戏。"

　　"不准胡说！"

　　那个男人腾出一只手扶了扶眼镜，虎起脸。小男孩对这副表情产生了本能的恐惧，无可奈何地缄了口。

　　"和小姨玩去吧，回家瞎说当心我揍你！"男人又说，声色俱厉。

　　小男孩低下头，乖乖地让小姨牵着手。

　　"亮亮，去哪儿玩？"

　　"那儿，那座雕塑下。"

那真是世界上两只最美的乳房，洁白、细腻、饱满、圆滑。妈妈的乳房从前就是这样的。小男孩想。他看着小姨，小姨的小白兔是不是也是这样呢？在明朗的天空中，小男孩似乎闻到了一股浓郁的香甜气息，接着他看到一条乳白的河流，淌过来，沐浴着他，他甚至听到了河流进入他血管时淙淙的声响，那声响让他迷醉得直想睡去……

　　"亮亮，你看什么呢？"小姨笑得很怪。

　　"那里——"小男孩指了指。

　　"小坏蛋。"小姨说，她的声音听起来也怪怪的，"像你爸爸一样坏！"

　　"不，我不是坏蛋，爸爸才是坏蛋！"小男孩争辩道。

　　"为什么呢？"小姨循循善诱。

　　"爸爸过去老抢我的饭吃！"

　　"是吗？他可真馋。"

　　"他还想偷走你的小白兔。"

　　小姨红了脸，揪住小男孩的耳朵：

　　"再胡说，我把它揪下来。"

　　小男孩不语了。

　　这时候马路那边传来一些嘈杂的声音。有人在惊叫，哭喊，空气似乎都在微微颤动。小男孩扭过头，小男孩发现广场上的人都在往那里看，表情惊愕。他发现爸爸手中的线板不见了，他钉在那里，像一个木偶。

　　出事了。一溜车追尾相撞，一辆车的前盖板不知到哪里去了，挡风玻璃也碎了一地。整个街道都瘫痪在那里，像一截肠子，真的被撑破了。不久以后小男孩又发现广场的护栏也倒在了地上，看上去，广场和马路现在连在了一起。

　　小男孩撒腿往那里跑，他的爸爸大梦初醒般地叫住了他：

　　"亮亮，回来！"

小男孩站住，看了一眼那个一脸惊恐的男人。他觉得这个一度和他争食的男人很讨厌，他不仅抢吃了他的饭，还命令他，控制他，好像自己是他的俘虏。小男孩无奈地又叹了一口气，叹得很长，然后重新把目光转移到出事的地方。

几个满脸是血的人被抬到了广场的草地上，那些血渍在阳光下格外刺眼。小男孩不由得噤若寒蝉，他真的怕了。他几乎不假思索地跑向了那个男人，藏进了他的怀里。

"妈的，该把路修得跟广场一样宽！"小男孩听到有人说。

"听说这广场很快就要被拆掉搞房地产了。"又有人说。

"作孽哟！"一个坐在轮椅上的老人叹息着，"人都要把地球榨干了！"

小男孩看到，有一种刻骨的疼痛，像一条蛇，盘绕在老人深深的皱纹里。这一刻，小男孩想到了课本上的一个词语："地球母亲"。地球也是一个女人吗？就像他的妈妈，而所有的人，都是她的孩子，贪婪而顽皮的孩子……小男孩浑身抖得更加厉害，像片雨中的叶子。他的爸爸紧紧地抱住了他，说：

"亮亮，不怕。"

"妈妈……"

小男孩低低地唤着。他觉得那个声音不像这个男人发出的。只有妈妈才会发出这种声音，用这种语气和他说话。他感到温暖。在一片暗红色的光晕中，小男孩又看到了妈妈的乳房，它们饱满地盛开，又无声地枯萎……

回家时，他们失去了风筝。

小男孩想，那只蝴蝶一定飞走了。

（原载《雨花》2002年第10期）

饥　饿

1

　　那只鸡在刘老六家的矮篱笆墙下徘徊，看上去慢条斯理，无所事事，丰腴的体态表明了它的养尊处优。姬铭的目光吸牢了这只懒洋洋的鸡，眼珠便渐渐发绿了。他听到了肚子里一阵紧似一阵的轰鸣，那是肠子痉挛的声音。姬铭体会到了一种与生俱来的饥饿感，那种透彻灵魂的饥饿使他感到饿狼撕咬般的疼痛。

　　姬铭心说："我饿啊！"

　　姬铭向两边看了看，一个人都没有。刘老六平素是经常出来晒太阳的，在他家的篱笆墙下缩成一只烧鸡的形状，就是目前这只鸡所待的地方。刘老六骨瘦如柴，老眼昏花，样子十分猥琐，所以姬铭很难想象他的家里会养出一只肥鸡，然而世道就是这样令人匪夷所思，好像刘老六家能吃的东西全都伺候给这只鸡了……

　　姬铭恍惚了一下，心想刘老六会去哪里呢？会在什么时候回来呢？姬铭想着的同时，身体内饥饿的疼痛感更加深刻地袭来。他盯死了那只鸡，整个脸部都在扭曲。他在心里用一种颤抖而苍凉的声音反复呻吟着："我饿啊！"

"我饿啊我饿啊我饿啊我——饿——啊——"

姬铭悲哀地想，我没得选择了。

姬铭于是朝鸡蹑足而去，姬铭墨绿的瞳孔里飘满了鸡肉黄亮的香味。这香味深入肺腑，回肠荡气，似乎在姬铭的身体内萦绕了多年，把他的三魂七魄完全统摄了。换句话说，这香味便是姬铭的魂灵。

肥鸡显然没有那么蠢，它在散漫的日影下偏了偏脑袋，张开嘴把舌头翘起来，喉咙里顾自发出一阵意味深长的声音。姬铭若有所悟，这似乎是他的特异功能，对那些有关食物的语言极其敏感，无疑，他此刻听到了来自肥鸡的敌意和蔑视："想吃我，做梦去吧！"

姬铭说："鸡啊，你想哪儿去了？"

肥鸡抖抖翅子，乜着他："老饿鬼，你撅起屁股我就知道你要拉什么屎。"

姬铭震了一下："你叫我什么？"

"老饿鬼！"

"你……你竟敢……"姬铭的脸红到了耳根，额角一根青筋突突地跳。

肥鸡得意地笑了："叫了，你怎么着？"

姬铭呆若木鸡。姬铭有十分钟好像僵尸一样了，脑子里一片空白。后来一个声音唤醒了他，那声音仿佛来自岁月深处，来自某个冥冥的地方："我饿啊！"

姬铭的虚汗轰地一下冒了出来，他的全身哆嗦着，牙齿发出磕碰的清白响声。姬铭心里说："我真饿呀，我都要饿死了！"

这是姬铭的全部真实想法。

姬铭刚才的恼怒烟消云散了，神色立刻萎软下来，腰部也有一种被抽空般的虚飘。

"叫吧，反正怎么叫它也就是个符号，长不到身上去的，进不到骨子里的。"姬铭说。但姬铭旋即感到了骨髓里一股透心的寒冷。

"量你也奈何不了我。"肥鸡头颅高昂,"识相的话就趁早滚开,免得老六回来拿皮鞭抽你。"

姬铭扯了扯嘴角,他想刘老六那把瘦骨头还能抽得了他?姬铭多年来没有照过镜子,所以他不知道他其实比刘老六还要伶仃,用形销骨立来形容他并不为过。但既然姬铭并未自觉,便有理由照他的思路想下去。他想这只该杀的瘟鸡真是出言不逊,它这不是找死吗?眼下先不必对它怒形于色,稳住它,逮机会把它捉住,再生吞活剥出尽恶气也不迟。凡事总是小不忍则乱大谋,姬铭在饥饿中度过了这么多年,这点智慧还是有的。等到时机成熟,看你还嘴硬不?

姬铭笑了笑,很有些讨好的意思:"鸡啊,我可没操坏心,我不过是想和你逗着玩罢了。"

肥鸡冷冷道:"瞧你那眼神,像是和我逗着玩的吗?我看你分明是心怀鬼胎。"

姬铭一脸的委屈:"你可真是冤枉我了。"

肥鸡说:"你敢赌咒?"

姬铭犹豫了一下。姬铭没想到这只鸡居然如此狡猾。那么刘老六也该是个老奸巨猾的家伙,这只鸡的智商除了天分以外,绝大部分应得益于他的言传身教。姬铭知道如果这个咒不赌,他的果腹计划就宣告失败了。然而一旦赌了,他就会把自己丢进一个恶毒的诅咒之中。姬铭为此踌躇了许久,他看到了肥鸡目光中愈来愈重的怀疑。姬铭咬了咬牙,他听到他的体内像一口古井回荡着那个撕心裂肺的声音:"我饿啊!"妈的,顾不得许多了。姬铭横下心,只要能吃上这只鸡老子豁出去了。

姬铭几乎是咬牙切齿地说:"我要说谎就……就今天晚上吃饭撑死!"

肥鸡忍俊不禁，扑哧一声笑出声来："你可真逗，老饿鬼，你到死都不忘了吃啊。"

　　姬铭也笑起来，笑得十分古怪："这下你相信了吧？"

　　"那好，就信你一次。"肥鸡说，"反正我不怕你，别自不量力拿倒霉当饭吃。"

　　姬铭的笑里有了几分阴险，他想你的末日到了，浑蛋！那种饥饿已经使他痛彻肝胆，他连一分钟也熬不下去了。姬铭向鸡一步步靠近："咱们玩捉迷藏游戏吧。"他的目光须臾不离鸡头，好像那颗鸡头已经是他生命里不可或缺的一部分了。

　　"且慢，"肥鸡说，"我们还没有讲好游戏规则哪。"

　　姬铭有点迫不及待了："这太简单了，你闭上眼，我藏起来，然后你找，找到我你就赢了。"

　　"你可不许使坏。"

　　"看，你也太不放心我了，"姬铭说，"小心眼。"

　　"好吧，就依你。"肥鸡说着把眼睛闭上了。

　　姬铭的心骤然加速，口水泉一样漫溢。你孙悟空再能也甭想逃出如来佛的手掌心。姬铭想，我就要大功告成了。此刻，鸡肉黄亮的香味充斥了他的整个视域和灵魂。他一个箭步扑上去，以迅雷不及掩耳之势伸出了鹰爪般的手……

2

　　"亏得我多长个心眼！"肥鸡嗤之以鼻地说，"我早料到你这个老饿鬼没安好心，不过你这个老狐狸是做梦娶媳妇，枉费心机。现在，做你的撑死鬼去吧，拜拜。"

　　肥鸡一腾身，扑棱棱飞进了艾大米的家。动作竟然极是轻盈。

　　姬铭怔在地上，指尖上还有鸡翅的余温。到手的美食就这么没有了，他像掉进了一个冰窖子里，寒心得要命。片刻后，他便失魂落魄地瘫坐在地上，对着艾大米家出神。

　　姬铭想，有时候饱餐一顿和饥肠辘辘之间简直就像一场梦啊。

　　本来姬铭可以回去了，或者继续推着他的小推车走街串巷，兜售他的调味料。但是姬铭有了一个念头，他想这只晕鸡为何会逃进艾大米的家呢？它本该飞进刘老六的破篱笆墙呀，但它却鬼使神差地钻进了艾大米家，艾家是可以随便进的吗？在这方圆四周，谁不知道艾大米是个腰缠万贯的暴发户？城里乡下光房宅都好几处，隔三岔五，总有些坐小汽车的人走进他的门……不仅如此，人家还是大名鼎鼎的市政协委员，电视里时不时露一回脸，风光得很。艾家金山银山都没准呐。进艾家的院，平素姬铭连想都没敢想过，因为艾大米从来就没拿眼皮正经夹过他，姬铭也是见了艾大米就矮半截。而现在一只鸡竟然如此轻而易举地进了艾家的高墙阔院，能不让姬铭嫉妒得眼红？

　　姬铭又往两边看了看，而后转到艾家的院门前，铁将军把门，显然人不在家。他还是不放心，又竖起耳朵贴在艾家的墙上，仔细听了听动静。姬铭笑了，今天这只鸡我吃定了！他想，我还要破天荒地看看艾大米的家，瞧瞧这龟孙都吃的什么山珍海味？

　　姬铭很诡谲地吐了吐舌头，这个表情大约只有他自己可以感觉到。他远远近近地巡视了一圈，一是察看一下周围的动静，二是寻找一件借以翻墙的东西。结果是此时的环境对他的隐秘计划十分有利，但翻墙的工具一样没有。姬铭皱着眉思忖了一会儿，似乎听到了墙那边肥鸡的嘲笑声，还有悠然自得的抖翅子的声音。姬铭的牙巴骨就隐隐地痛起来，心里生出了一种不吃肥鸡誓不为人的气概。姬铭像一头困兽般地在艾大米和刘老六两家之间徘徊，手很茫然地抓着败絮般的头发。山穷水尽之际往往就是柳暗花明之时，姬铭冷不丁地瞟见了自己的手推车，一拍脑门，这不是骑驴找驴吗？最熟视的就是最无睹的，从早到晚推的这玩意倒被自己忽略了。姬铭兴奋地奔向手推车，朝艾大米家的墙根推去。手推车的两个轮子只剩下了两个锈迹斑斑的钢圈，造型有点像古时候作战的滑轮车。停好了，姬铭猴一样踏上去，双手扒着艾大米家插着玻璃碴的墙头，麻利地跃了过去……

姬铭的脚下踩到了一堆软乎乎的东西，这堆东西毫无疑问救了姬铭一命，否则艾家的水泥地会断送了他的两条老腿。姬铭最初有一种驾云的感觉，后来才明白自己是陷进了一堆沙子里面。他走到院里，拍了拍屁股，又靠着一株桃树脱掉鞋子，磕了磕里面的沙粒，喘了阵儿，就又起腰，轩昂地找那只鸡。肥鸡十有八九是没料到姬铭居然能够进来，一切都太不可思议了，不是吗？于是它忐忐忑忑地躲起来了。艾家的院子现出一派森严的静。

姬铭威风凛凛说："你出来。"

没有回应。

姬铭又说："有种你出来。"

还是没有回应。

姬铭就觉得小腹憋得慌，一泡尿在里面骨碌骨碌直晃荡。

"老子先撒泡尿，你等着，今天非吃了你龟孙！"

姬铭连想也没想，就掏出家伙对着那株桃树滋，高压水龙样地滋了老半天。浑身一个激灵，别提多舒坦。紧裤腰带时，才发现桃树旁还有一方小石桌，几只石凳，显然是艾家品茶消夜的地方。

姬铭往石桌上啐了口唾沫，浑身就更舒坦了，胸腔子里春风荡漾。

"鸡啊，你的牛气都到哪儿去了？"

依旧没有应答。

"该死的瘟鸡！"姬铭骂道。

躲在某个角落的肥鸡终于忍无可忍："你这个糟老头子，有本事你进艾大米的房子啊，你对我穷吆喝个什么劲哪！"

姬铭抬起头，瞧见肥鸡待在一根桃树枝上，由于恼羞成怒脸颊通红。

姬铭撇撇嘴："别嘴硬了，趁早下来跟我走，让你少受点皮肉之苦。"

肥鸡说："你放心，今天你进了艾家的院，我服你，早晚我会心甘情愿地做你的盘中餐。只不过艾家好吃的东西多着哪，你要不进去，后悔的是你。"

姬铭想了一下，觉得肥鸡说得在理，况且自己进院前就打算一睹艾家的风采。姬铭望着肥鸡，一时语塞。

肥鸡见有了效果，趁热打铁说："你不知道老姬（它开始用老姬的称谓了），艾家的冰箱里有天上飞的地上跑的水里游的泥里钻的……能把你的眼看花哪。"

"真的？"姬铭眯起眼，眼前一团彩雾。

"绝对！"

姬铭的肚子里再次轰隆隆响起来，万马奔腾一般，胃壁似乎顷刻间就要破裂。他的眼睛里弥漫着食物的鲜亮光泽，那光泽凝成了一滴泪状的液体，从岁月的深处缓缓滑出，打碎了艾家大院里跳荡的日光。

姬铭战栗了一下，朝艾家的房门一步步挪去。红漆木门上挂着一把大锁，很不给面子的样子。无疑，只有收拾了这把锁，艾家才会向姬铭敞开怀抱。姬铭感到脚异常沉重，像拖着镣铐的死囚。真没出息，姬铭想，不就是进一进艾家的门吗？犯得着吗？而此时，外边的任何一丝响动都让他头皮发麻，他甚至听到了空气中清脆的爆裂声……

姬铭走到门边的时候，艰难地回过身子，整个脸都成了青色的了。他对肥鸡说："等着我，你一定要等着我。"

听他的口气，肥鸡更像是他的同伙，或者朋友。

"行。"肥鸡点点头。

3

"咯叽"一声，门开了。

姬铭脑门上的汗伴着那声锁头断裂的脆响滚进了眼睛里，他呆立着，有些轻微的眩晕。一切都似乎是注定的，事先准备好的，比如这截钢筋，就放在门外的台阶旁，或许艾大米早晨还用过，只是忘收了，而这已冥冥中预留给了此时的姬铭。

在推开那两扇红漆大门前，姬铭还是犹豫了一下。他看了看高高的院墙，瞬间有了一个闪念，今天到此为止，离开艾家。但是他的目光很快碰到了肥鸡的目光，叮的一声，一星幽蓝的火花溅出来。

肥鸡说："怎么，想打退堂鼓了？"

姬铭嗫嚅着："哪里话……"

肥鸡挤挤眼："别怕，一会儿我也进去，给你做个伴。"

姬铭很感动，姬铭带着痰音说："好啊。"

姬铭就推门，吱呀一声，门响得气派。现在，艾家像一个剥去衣服的新媳妇袒露在了他的面前。姬铭闭上眼，睁开；睁开，再闭上……眼前的这个堂皇世界使他有点猝不及防，豪华的陈设、流光的装饰远远超出了他的想象，以至使他产生了短暂的错觉：这是人住的地方吗？……姬铭想不出人住在这里的理由，他小心翼翼地把脚放到地板上，贼一样地走了两步。结果他吓了一大跳，他分明看到一个怪模怪样的人盯上他了。姬铭差点就叫出来，待定下神来，才明白那个怪模怪样的人原来是自己的影子。狗日的地板，怎就跟镜子一样亮呢？姬铭看了好一会儿，晃晃脑袋，确认了那个影子的真实性，又蹲下来，用手试了试地板的光洁度。溜光圆滑，锃明雪亮。他娘的原来打了蜡啊。姬铭想，他娘的艾大米也不怕滑倒摔一跤呀？姬铭又想。

姬铭好容易在艾家"参观"了一圈，这一圈把他的腿跑软了，也把他的心跑慌了。姬铭好像看到四周到处都是眼睛，鬼一样监视着他。这地方怎么能住人呢？姬铭再次感慨，艾大米住在这里也不做噩梦？姬铭想，不管怎么说，艾家我总算进过了，这里的风水不好，我的心一劲发慌哩，我得赶紧离开这鬼地方！

　　姬铭像完成了一桩重大使命似的，冒着小汗踅身出门。他的前脚还没越过门槛，肥鸡的头就探进来了。

　　肥鸡问："你干什么？"

　　"回、回去。"

　　肥鸡淡然一笑，却笑出了十足的轻蔑："没出息！"

　　姬铭皱皱眉："你这是什么话？"

　　"我问你，艾家的沙发你坐了吗？"

　　姬铭摇摇头。

　　"为什么不坐？"

　　"我……我烦那玩意儿。"姬铭的目光开始躲闪。

　　"你骗鬼吧。"

　　肥鸡一个箭步，顾自坐到艾家高贵的真皮沙发上了，冲姬铭撇撇嘴，极是逍遥。

　　"老姬，你看我。"

　　姬铭的喉管里倒抽着冷气，抽出了咝咝的哨音。姬铭悄声自语道："我日你娘哟，我日你娘哟……"就壮壮胆，重新回了屋。

　　肥鸡朝对面的沙发努努嘴："老姬你坐。"

　　姬铭提提裤腰坐下了，屁股一下陷进去，惊得他把舌头吐得狗一样长。

　　肥鸡说："又怎么了？"

　　姬铭仓皇着脸："我还以为坐空了。"

　　"少见多怪不是？"

　　姬铭干咳几声，下意识地拿手拍了拍沙发面。

126

肥鸡俨然主人般地说："别拘束，当自己家就行。"

姬铭说："拘束什么，我就是不爱见这地方。"

肥鸡用爪挠挠腋窝："为什么？"

"这地方邪。"

"何以见得？"

"打从进了这个门，我的心就一直跳得不正常，六神无主的。"

肥鸡皮笑肉不笑地点点头："可以理解，做贼心虚嘛。"

姬铭指着自己的鼻子："我……做贼？"

"可不？"

"我没有做贼……我不是贼！"姬铭争辩道，他似乎突然意识到了事态的严重性。

"你翻墙入室，欲行不轨，你还说你不是贼？"肥鸡的眼里已寒气森森了。

"可你不也进来了吗？"

肥鸡仰天大笑："笑话，我就是住到这里也没人说我是贼。"

姬铭垂下头，脖颈酸软，面无人色。天哪，我是贼，我成他娘的贼了……

肥鸡欠欠身，很有人情味地说："你也不用这么伤脑筋，贼就贼呗。"它跳下沙发，说，"到卫生间去洗把脸吧。"

"我不洗。"

"那就撒泡尿，尝尝抽水马桶的滋味。"

"我没尿。"姬铭顿了顿，"我、我还是想走。"

肥鸡一副恨铁不成钢的神色："瞧你那个熊样，也配站在这儿？要走就走吧。"

姬铭的脚就迈了出去。

姬铭想，出了这个院我就不是贼了。

"看来冰箱里那些好吃的只有我自己独享了。"肥鸡在身后打着香喷喷的哈欠，说。

姬铭的脚收住了，那个萦回于体内的声音从全身每个毛孔里射出来，岩浆一样融入了艾家的四壁：

"我——饿——啊——"

4

我怎么可以做贼呢？我这辈子都恨死贼了，我怎么还要做贼？可我不是贼又为什么偷偷地溜进了艾大米家？艾家的人要是知道我在这儿，一准要把我当贼打，打碎我这身老骨头也说不定。

姬铭想，我冤啊。他现在有点找不到最初跳进艾家的理由了。有一回，我还没瞟两眼艾大米那张油汪汪的肥脸哪，艾大米就冲我一瞪眼，恨不得从眼珠子里甩出两把刀子来。姬铭因此更加困惑了，我本来八辈子也不会到这儿来的，现在怎么莫名其妙地待在了艾家呢？我这是发的哪门子神经呢？

姬铭此刻被那个与生俱来的声音包围了：

"我——饿——啊——饿——饿——饿——啊——"

姬铭几乎要倒下了，像一根萎蔫的藤条。姬铭想，我明白了，我饿，饿了多少年了，这就是我来艾家的理由，做贼的理由，没办法控制自己的理由。这个理由多简单啊，我就是吃不透，就是老犯糊涂。姬铭这么想着，端详着那只肥鸡。肥鸡刚从抽水马桶上下来，一脸轻松的笑意，看上去更加精神了。

姬铭想，我得感谢这只肥鸡啊，要不是它，我怎么能够走进艾大米家呢？怎么可以坐一坐艾家的沙发呢？并且，很快我还要有一辈子不敢想到的口福哪。姬铭心说刘老六这条瘦狗，养这么一只鸡可真是造化呀。姬铭在这一刻突然有了些不平，这么好的鸡该我养着才对，刘老六怎么可以配得上它呢？去年我曾经向刘老六讨过一块馍吃，老东西又穷又尖酸，摸索了半天，给我的那块馍竟生了老长的霉菌，连猪都不吃哪。若不是那会儿我饿得头昏眼花，我非把那块馍砸到刘老六头上不可。

姬铭想这只鸡要是我的，没准往后我就再也不用忍饥挨饿了。

这时肥鸡发现了姬铭眼神中的某种蹊跷，说："你怎么老盯着我看呢？"

姬铭脱口而出："你跟了刘老六可真是委屈了。"

"那我跟你？"

姬铭的眼蓦然一亮："当真？"

肥鸡忍俊不禁："瞧你那个认真样，真有意思。你不是要吃我吗？"

"我什么时候说要吃你？"

"真不记得了？"

姬铭仔细想了想，还是摇摇头，"没这回事。"他肯定地说。

肥鸡说："行，没这回事就没这回事。不过……你了解老六吗？"

姬铭很有些不屑："他个老杂毛，我有什么了解不了解的。"

肥鸡说："你可千万别小瞧了他。"

姬铭撇撇嘴："他还有什么金贵的地方？"

"你见过他右边耳朵吗？"

姬铭这下倒被问住了，刘老六的耳朵似乎终年藏在一蓬花白的茅草里。一个看上去不起眼的人，又有谁会去在意他的更不起眼的耳朵呢？

"怎么？莫非他能长个金耳朵不成？"

"那倒不是。可他的右耳朵长了八个耳朵眼……"

姬铭哦了一声，说："日怪。"过了会儿，又说："那又怎么着？他不就是个马蜂窝耳朵吗？"

肥鸡说："你要有鬼心思你愿意让人知道吗？你要做了恶耍了阴谋诡计，你难道不是连鬼都想瞒过吗？"

姬铭翻了翻眼珠："我除了吃饱什么都没想过。"

肥鸡说："我也就是打个比方。"

"可这跟刘老六的耳朵有什么关系呢？"

肥鸡诡秘地笑了："那八个耳朵眼专门收集人的隐私，收集够了，老六就卖嘴，你给我好处，我嘴上就上把锁。不然嘛，没准你哪天淹死了都不知怎么掉河里的。"

姬铭的嘴张成了山洞子，半晌说："噢……"

肥鸡摇摇脑袋，岔开话题："好了，不说这个了。我在刘老六家还有口饭吃，你呢？"

姬铭瞠目结舌，语无伦次地说："有你的就有我的……有你的就有我的，不是吗？"

肥鸡用一只脚掩住嘴："好吧，有我的就有你的，咱们现在就打开艾大米的冰箱。"

姬铭闭上了眼睛，陷入了对珍馐佳肴的美妙联想，并且暗中做着深呼吸，为箱门打开的刹那做好一切心理准备，一种浸透肌肤深达灵魂的香味盘绕在他的周围，他几乎要进入一种迷醉的化境了。

然而在这个关键时刻，从外面传进来一个不合时宜却对姬铭来说十分要命的声音：

"这不是姬铭狗日的车吗？"

姬铭脸色蜡黄，当即瘫倒在地上。

"村……主任……是主任……我的天。"姬铭颤抖着，眼睛里写满了灭顶的恐惧。

"怕什么。"肥鸡说，镇静自若。

"他一准要怀疑我进了艾家……"

外面的院门果然被敲响了。

"有人吗？谁在里面？"村主任问。

姬铭蜷缩着身子，像只垂死的老鼠："完了，我跳到黄河也洗不清了……"

"你本来就是贼了，还说什么洗不洗的？"肥鸡面无表情。

"我是贼？……"姬铭喃喃着，"贼，我就是个贼，是个贼……"姬铭的浊泪滑出眼眶，那两颗黏稠的液体在艾家的光影里闪着怪异的光泽。他想起前年开村民大会，人人都有票，到了他这儿，村主任说："姬铭啊，瞧你贼模狗样的，又不识字，这票我代你填了。"他当即就蹲下来，两手抱着头，像偷了人家东西被当场抓住一样，心虚得要命。

"你也用不着怕成这样。"肥鸡说，"村主任他本事再大也不会翻墙进来。"

"可我的车在外面。"

"那不扯淡吗？它能说明你进了艾家的院？"

"车在人不在，村主任不怀疑才怪哩。"姬铭的腮抽搐着，"村主任比猴都精呐。"

"他也可能想你到附近解手呀。"

"那他会一直等下去。左等右等不见我，他不还照样起疑心？"姬铭为这个驳不倒的判断而愈加痛苦。

"没准他只是要买你一包调味料。"

"他现在就是把我的车推走也行啊，"姬铭说，"只要他走，走得远远的。"

但是村主任的脚步一直在外面持续，像是在搜寻，在查看，丝毫没有离开的意思。姬铭想村主任警犬一样的鼻子一定是发现了什么蛛丝马迹。与此同时，村主任的自言自语也断断续续地传了进来："不对啊……会去哪儿呢？……大米家？……怪了……"

姬铭几乎要绝望了。

"你待着别动，千万别出声！"肥鸡决然地说，"我出去看看。"

肥鸡蹑足而去，姬铭生出一丝感动，他觉得肥鸡的背影陡然高大起来，顶天立地，大义凛然。

5

　　"村主任走了。"肥鸡说，这已是半个小时之后。

　　"谢天谢地。"姬铭跪在地上，——不，简直是匍匐在地上，心中充满了感恩。

　　"村主任说了一些怪话。"

　　"说我吗？"姬铭的心又悬起来了。

　　肥鸡点点头："没错。"

　　"都……都说了些什么？"

　　"真要听？"

　　"要听……"姬铭的底气很虚，好像有秋风在他胸膛里萧萧地吹，一天一地都是纷扬的落叶。

　　"他说你这个贼骨头。"肥鸡盯着姬铭，不动声色地说。

　　"我是贼骨头。"姬铭颓唐地坐下来，"打从生下来我就是贼骨头了……有时候什么都是天生的，你没得选择，不是吗？"

　　肥鸡说："有点道理。"

　　姬铭说："别的人好多不敢走夜路，我敢，天越黑别人越看不见我，我就越胆大，我能在坟园子里睡觉，我敢跟猫头鹰聊天……可白天我一上路就心慌，脖子发软，脑袋耷拉着，不做贼就跟做贼一样了。我知道我这是贼性不改，不是贼骨头是什么。"

　　肥鸡说："不说我还不知道，你贼得很啊。"

　　姬铭咬咬牙："村主任还说我什么了？"

　　"他骂你什么崽子来着？"

　　"哦。"姬铭点点头，"他骂得对。我们好多人都是崽子，崽子跟孩子不一样，听着就不一样，对吧？甭管你是地主崽子汉奸崽子狗崽子兔崽子……反正你就是崽子了。俺爹老早就被镇压了，扔下我这个崽子不要了。人家都说俺爹一辈子吃得满嘴流油、

132

肥头大耳，结果他把自己吃到枪眼里了，撇下我这个崽子挨饿，饿了几十年……"

姬铭的眼里就有了泪。泪光一晃，姬铭看到过去了。小姬铭坐在岁月的深处，颧骨挺着，头发黄着，两只眼里全是食物的颜色。小姬铭说："我饿啊……"小姬铭眼里食物的光色就渐渐暗淡成了两条森森鬼影，头慢慢勾下去，勾下去……有好心人偷偷掷来半块馍，小姬铭拼尽力气，像狗一样叼进嘴里，狼吞虎咽，噎住了，脖子在灰色的岁月里越拉越长……终于，肚子里抑扬顿挫了一阵，小姬铭的眼里又恢复了食物的颜色……长大了，小姬铭依然瘦小，像一棵弱不禁风的马鞭草，眼珠左转右转，还是食物的颜色。无事时，小姬铭就蹲在房檐下，不想亲人，不想女人，满脑子都是吃食。有人问："狗崽子，想什么呢？"小姬铭翕动着干涩的嘴唇，声如裂竹："我——饿——啊——"人就笑了："你这个饿鬼，报应啊。"……后来，姬铭岁数大起来了，弓下身，是鼠的脸，狗的形，眼里也还是食物的颜色，只是混浊许多。

……老了，连头顶的岁月都老了，像灰黄的茅草，像哮喘似的风，茕孑然一身的姬铭数着余下的日子。岁月说："姬铭，你的饥饿把我的心掏去了，我是空心的了，也成空洞的了。"姬铭说："我没法啊，我饿啊……"姬铭推着一辆破旧的手推车一如推着他破旧的生命，兜售些调味料之类的东西，都很便宜，讨口饭吃吧。所幸人见他可怜，用得着的多买几包，用不上的买了备着，权当施舍……房上的一只蜘蛛陪姬铭住了多年了，老态龙钟地趴在网上，说："姬铭啊，好歹现在你也有个小生意了，总该不那么挨饿了。"姬铭靠在岁月干瘪的怀里，叹一声说："不行啊，我还是饿，饿得像被掏空一样了……"

姬铭这么把过去的年月浏览了一遍，胸腔里堵堵的。姬铭说："肥鸡啊，你又是谁的崽子，你知道吗？"

肥鸡说："不要往我身上掺和，反正我不是崽子。"

"哦，你不是崽子。"姬铭挠了挠头，"也难说，没准谁都是崽子。"

"老姬，你怎么说没头没脑的话？"

"只要你心里有个影子，你就是这个影子的崽子。你得不到什么，你就是什么的崽子。"姬铭的嘴角泛出腻白的泡沫，"你可能是政治的崽子，你也可能是钱的崽子，你还可能是道德的崽子……你什么崽子都可能是，当然，还有像你这样的，是崽子但又不知道是谁的崽子。"

肥鸡眨眨眼："老姬，你把我说糊涂了。"

"我也把自己说糊涂了。老了，脑子不清楚了。"

"不过也算一家之言吧。——是崽子就会感到饥饿吗？"

"对呀。我能在每个晚上听到一些很秘密的声音，有月光的晚上我就听到月亮说：'崽子们饿啊，那就星作芝麻天作饼吧。'于是，月亮哗啦一声，碎了，天就变成了一张没边没沿的芝麻饼，香得连风都跑到树梢上呼哧呼哧大口闻味。逢着落雨的夜里，我就听到雨点喊喊喳喳地说：'崽子们饿啊，那就泥土作面雨作浆吧。'云彩咳嗽一声，雨就下来了，多好啊，到处是肥浆白面，热乎乎的暖饥肠啊……可是，我吞咽着它们，影子浮上来，我就更饿了，我饿得欲哭无泪欲叫不能，我疯了，饿疯了，然而我一看到那条影子，我就又清醒得很了，我就知道我饿呀我饿呀我饿呀……"

肥鸡说："玄，真玄。"

6

艾大米家的确有点邪，姬铭连着打了两个寒噤，更感到那股邪气从脚底板呼呼地往上蹿。姬铭抹了把额头，适才的汗都冷了，胶水一样黏黏地贴在皮肉上。他好像听到了由远及近的脚步声，

134

矫健有力，略显急促，那正是艾大米才有的派头。

"这地方一秒钟也不能待了，"姬铭说，"咱赶快走吧。"

"慌什么。"肥鸡无动于衷。

"你不慌，我慌。"姬铭逃也似的奔出屋门。

院子里晃动着白亮亮的阳光，白得像艾大米的脸。姬铭就有些犯难，不知脚该落向何处，以免踩痛了艾家的阳光啊。

肥鸡站在门槛上："你怎么不走呀老姬？"

"我怕……"

"怕什么，怕我吃光了冰箱里的美食？"

姬铭的心动了一下，又动了一下，到底还是把那种欲望压下去了："我不稀罕，我只是……"

阳光眨着眼说："他怕我呗，他本来就怕光，何况我是艾家的阳光呢？"

"是这样呀，"肥鸡下意识地在地上啄了两下，"艾家可真了不得，连光都成精了。"

"那可不，"阳光说，"艾家是一般的家吗？艾大米是一般的人吗？这世界上，艾大米没有得不到的，要雨有雨，要风得风，要光嘛……自然就有光了。"

姬铭终于下了决心："光啊，别在意，我要踩着你过去了。"

阳光大度地说："客气什么呢，我这光不就是让人踩的吗？光彩（踩）光彩（踩）嘛。"

姬铭踩着光向院墙跳去，感到脚下有种不太真实的绵软。墙根的那堆沙子也是绵软的，艾家似乎一切都是绵软的，就像一个坚硬的壳，里面是絮，或者是空气。

姬铭的手攀上了墙顶，只要一跃，他就可以离开艾家了。

"你走得了吗？"肥鸡说。

姬铭回过头，看到肥鸡的手上正擎着一条同胞的腿。那条鸡腿油汪汪，金灿灿，诱人的馋涎。整个艾家的大院都似乎镀上了鸡腿的色泽。姬铭咽了口口水，心想不能啊，但他的手足顷刻间变得萎软乏力了。

姬铭一屁股坐在了沙子上。

肥鸡说："还装什么洋相，快来吧。"

姬铭的眼球变成了两条鸡腿，良久嘿嘿干笑了一声。

"乖乖，老姬你不知道你笑得有多无耻。"

姬铭口腔里的腺体这会儿像是泡进了醋坛子，分泌了满嘴酸水。姬铭说："鸡啊，你就别挖苦我了……"

"你越这么说你就越显得无耻，越显得不要脸，——不过我就喜欢看人不要脸的样子。我认为人和动物最大的不同就在这儿，别那么死心眼，关键时候不要脸一下不就完了？"

"这都是说我的？"

"没错。"

"我冤，真冤。"姬铭说。

肥鸡把鸡腿掷过来，姬铭眼疾手快，鹰一样攥在手心，鸡腿温软的香味立即渗入血管，带给他一阵麻酥酥的眩晕。姬铭眼一挤，从牙缝里拧出一丝怪笑，便把那股萦绕灵魂的香味吞进口中，美美地嚼，像是咀嚼着一个梦。

"还冤不？"肥鸡问。

姬铭从满腮的肉泥中含混地说："不冤不冤……"

"所以老姬你挺可恶的，"肥鸡撇着嘴，"干了不要脸的事还叫冤，还一脸无辜的。"

姬铭吃得摇头晃脑，索性装没听见，不答肥鸡的话。

"香吧？"肥鸡眯眼打量着姬铭的吃相。

"……"

"以前没吃过吧？"

"……"

"你现在吃的跟艾大米吃的一样了，对吧？"

"……"

"吃饱了吗？"

这个问题姬铭不能不答，想也没想就一脸认真地说："没哪，没哪！"

"那就……再吃点？"

"吃点……吃点……"姬铭讨好地笑着。

这时，肥鸡从地上啄了条蠕蠕爬过的虫子，有滋有味地吞下了肚。

姬铭如获至宝，反唇相讥道："鸡啊，不是我说你，有好吃的你不吃，还在那儿脏兮兮地啄虫子，真是放着清福不会享啊。"

肥鸡不以为然："我就喜欢这口儿，怎么着？"

"你的口味也可以适当提高提高嘛。"

"笨蛋！"

姬铭困惑了："我……笨蛋？"

"你以为你很聪明对吧？其实你最蠢。你吃的尽是些尸首知道吗？我呢？生吞活咽，原汁原味，大补啊！"

"嗬！"姬铭做了个鬼脸。

肥鸡打了个嗝："你还待在沙子上干什么？吃现成的吃上瘾了吧？想吃就快来，打开艾大米的冰箱，吃什么拿什么。——自己动手，丰衣足食。"

姬铭站起来，不好意思地看看阳光。要回艾大米的屋就还得踩人家一次，这话真不好出口。

阳光善解人意地说："踩吧，脶腆什么呢，我困了，要去休息一会儿，你们自便。"

一块云飘过来，阳光就翻了个身，裹一片影子，睡了。

姬铭说："睡吧睡吧，我自便，嘿嘿嘿，我自便。"

肥鸡打了个哈欠，也进屋了，四仰八叉地躺在沙发上，揉着眼说："我也困了，老姬，你吃好。"

姬铭吐出舌头，流着涎水说："行，你们就别为我操心了。"

鼾声使艾家的寂静变得殷实起来，室内的珠光宝气也有了亲切的感觉。姬铭突然觉得自己放松下来了，像在自己家一样，心情格外坦然。他背着手在四处重新踱了一遍，甚至产生了想在艾大米的席梦思上睡觉的念头，但他及时打消了，枕被上的异香使他感到莫名其妙的惶恐。刚才下肚的鸡腿似乎已经消化了，饥饿感再次袭来。他大步奔冰箱而去，喉管里呼啸着某种空洞而强烈的响声。现在，冰箱门已经握在了姬铭颤抖的手中，但是，姬铭蓦然听到了一阵警车的笛声。

7

是朝这儿来的！姬铭侧耳听了一会儿，心就一下揪到嗓子眼了，警笛声犹如锐利的剑，闪着寒森森的青光朝他射来。这是要抓我吧？当小偷抓吧？姬铭全身筛糠般抖着，悲哀地想，我这把老骨头，进去怕就出不来了……

笛声越来越响，一切都没什么可怀疑的了。姬铭酸着鼻、雾着眼想，我就知道我在劫难逃，刚才没有离开这片是非之地，这就注定我完了。现在，时候到了，我就是孙悟空也逃不出如来佛的手掌心，就这么乖乖等着吧。姬铭瘫靠在冰箱上，脸上的网织得像他家里那架蛛网一样苍老，一样凄怆，一副垂死的样子。姬铭想是谁告的密呢？村主任吗？还是长了八个耳朵眼的刘老六？……唉，不管是谁，事到如今还有什么用呢？

阳光在睡，肥鸡也在睡。它们睡得很沉，百年不醒的样子，对外面的变故毫无反应。风悄悄地把阳光身上的影子掀去了一角，阳光咂咂嘴，还在梦中。肥鸡的嘴角里爬出了一条甜蜜的涎水，晶莹剔透，散发着幸福的味道。姬铭想我真羡慕它们，它们就是处变不惊，或者干脆浑然不觉。危险撒着欢来了，它们却仍然这般逍遥，人要活到这份上，多好。我就做不到，所以才这么提心吊胆的，人没死心就死一半了……

阳光伸了个懒腰，醒了。风拽着那片影子，贼一样溜掉了。阳光连着打了几个喷嚏，眼前金星乱闪，就自言自语一句："怪事，怎么会感冒呢？"

肥鸡给喷嚏声震醒了，抬起头，涎水居然如缕不绝。它拿惺忪的睡眼瞟了阳光一下："你这家伙，搅了我的好梦。"

阳光说："对不起，不小心感冒了，这一觉睡的……"

肥鸡诧异："你还会感冒？"

"这阵不正流行禽流感吗？我忘了打预防针。"

"邪乎，真他妈邪乎。"

肥鸡这时意识到了姬铭，转脸一望，姬铭正在冰箱那儿靠着，面如土灰，双目呆滞，吓了他一跳。

"老姬你吃饱了撑的还是怎么了？你怎么成了这副鬼样子？"

姬铭低沉地说："你听。"

肥鸡这才注意到了震耳欲聋的警笛声："这不是奔着咱们来的吗？"

"一点不错，鸡啊，咱们完了。"

肥鸡少顷即镇定下来："要完也是你老姬，我无非是扑棱一下翅膀的事，谁奈何得了我？"

"是啊，活该是我倒霉了。"

"也不一定，现在还有时间逃出去。"

"往哪儿逃？就这么大个地方，躲得过初一躲不过十五，逃得了和尚逃不了庙。等死吧。"

"那你就在这儿等吧，我走了。"肥鸡走了一步，又回过头，"老姬，能吃就吃，吃饱不想家。"

姬铭的眼亮了一下，旋即便燃烧起来了。姬铭想对啊，我都是要蹲大狱的人了，蹲进大狱可能就再也出不来了，我还忍饥挨饿干什么呢？我真是糊涂了，我今天来艾大米家本来就是要大吃特吃放开吃玩命吃吃饱吃好吃撑吃过瘾吃得找不着东西南北的……吃啊吃啊吃啊，从此再也不会饿呀饿呀饿呀……

姬铭泪眼蒙胧地打开了冰箱，指示灯使里面的所有美食都镀上了一层灿黄。姬铭嗓子里"啊"了一声，眼珠便焊在眶子里了。——他现在完全失去了"吃"的欲念，换句话说，那些琳琅满目的美食像一件件精致的艺术品似的，把他整个统摄了，他甚至被吓住了，惊呆了。

"老姬！老姬——"

姬铭被这个声音唤醒，隔着窗子向外望去。肥鸡居然还没走，在艾家的墙头警惕地窥视着什么。

"干吗？"

"咱们还有最后的机会走脱。"

姬铭头发丝里凉了一下："你怎么还提这事？我不是说待在这儿了吗？你这一提，我心里就又犯嘀咕，走不走呢？……哎呀，你就别折腾我了，我受不住……"

"是人都怕死，没见过你这样等死的。"

"我认了，认命。"

"不走就真没时间了。"

姬铭的汗毛孔开始冒冷汗。他想我怎么发毛了呢？我的眼前怎么有片鬼影子闪呀闪的？……

肥鸡说："我喊一二三，喊完我就走。"

姬铭的心就跳得突突的了。

"一……"

姬铭屏住了呼吸。

"二……"

姬铭的牙嘚嘚地打起架来，小腿一揪一揪，有抽筋的感觉。

"三……"

"我走！我走！……"姬铭尖叫着，嗓子居然发出类似警笛的声音。

"这就对了。"肥鸡说，"真他妈刺激，这跟越狱的滋味恐怕差不多吧。"

姬铭站在沙子上面，踮起脚，两手向墙顶攀去，但是，就在这个节骨眼上，他的灵魂里再次释放出了那个与生俱来的声音：

"我饿啊！"

与此同时，肥鸡振翅而去，消失了。

8

我是崽子我就是崽子，我是饥饿的崽子所以我被饥饿拉着手；我是贼骨头我就是贼骨头，我是我的贼骨头所以我没法改变自己的贼骨头……我饿所以我要吃，我是贼骨头所以我要偷，我偷吃是为了不再饥饿，我不再饥饿或许就可以卸下这身贼骨头了……

姬铭刹那间似乎幡然悔悟，醍醐灌顶般的，意识里咔嚓响了一阵，就豁然开朗，有了另一片天，空气和阳光旋舞着，如透明的羽毛。

"真好啊。"姬铭心说。

饥饿的体形十分伟岸，肌肉发达线条刚劲，步态从容得放射着无与伦比的威仪。它扯着一条橡皮绳，橡皮绳的这端扯着姬铭。姬铭说："你是谁呀？"饥饿说："你早该知道的。"姬铭说："我没见过你啊。"饥饿回过头："你听不出我的声音吗？我——饿——啊——"姬铭的身上立刻起了一层鸡皮疙瘩，颤抖着说："你……你是……？"饥饿点点头："没错。"姬铭的心就僵住了，不跳了。姬铭想我的天啊，60年了，60年我行将就木才见你一眼啊。姬铭仰视着饥饿高大的身躯，觉得自己异常渺小，渺小得像一条摇尾乞怜的狗。他跟着饥饿一步步地走进艾大米的屋，两膝发软。屋子里有着令人迷醉的光色与气味，饥饿伸伸舌头，就笑了，姬铭看饥饿笑，也笑了，皱纹很沧桑，眼球却金子般光芒四射。

"这么多好吃的等着我哪。"饥饿说。

"姬铭啊，你真是个蠢瓜。"饥饿说。

"你叫我怎么说你好呢？"饥饿说。

姬铭垂着头，像一个罪人。

饥饿痛心疾首地从冰箱里抓了一条昌鱼："姬铭，你不吃留给谁吃呢？你不汗流浃背大干快上百折不挠争先恐后地吃你对得起我吗？我是你爹啊！"

姬铭瞠目结舌："爹……"

"唉，我的好崽子……"

姬铭接过昌鱼，一口吞下一半，连刺都不吐！饥饿笑吟吟地看着，点着头，目光里有嘉许，有温存，有期望。

饥饿说："这就对了。"

于是姬铭吃得更加带劲，唾然有声，额际的毛孔里也渗出了细汗。

警笛的啸声已经近在咫尺，令人不寒而栗。饥饿的脸上有了些仓皇，面部多少有些走形。

"姬铭，先吃到这里吧。"

"我正吃得香哪。"

"以后有你吃的。"

"现在吃得好好的，干吗不吃了？"姬铭就很有了些不解，"不是你鼓励我大干快上地吃吗？我还没汗流浃背哪。"

"保命要紧啊。"

姬铭做出一副视死如归的样子："事到如今，命不命的也就那回事了，干脆就这么吃下去……"

饥饿声色俱厉："幼稚！留得青山在，不怕没柴烧。现在的

142

当务之急是赶快走。"

姬铭把两只油手在衣服上抹了抹，又用袖子揩了把嘴，往外逡巡一下，问："从哪儿走呢？"

"前面是不行了，我看只有一条出路，就是从艾家的卫生间翻墙出去，后面有条沟，好逃。"

姬铭抽了口冷气："好高的墙啊。"

"顾不得许多了，俗话说狗急跳墙嘛。"

姬铭就咽了口唾沫，咬咬牙往卫生间走。

饥饿说："哎哎，就这么走吗？"

姬铭困惑地站住了，瞪着饥饿，感到茫然无措："还要……怎样？"

饥饿摇摇头："你还是心眼不够用。脱下衣服，把冰箱里的好东西统统包上，吃不了兜着走嘛。"

姬铭想我怎么就没想起来呢？于是便汗颜得泼了一脸血红。

冰箱里的食物被席卷一空，甚至连一个不太新鲜的辣椒姬铭也没放过。姬铭裸着肋巴扇子，一垄垄的深沟蓄满了幸福。饥饿满意地点点头，姬铭就欣慰地笑了，而且颇有了几分得意。手中沉甸甸的分量，仿佛沉甸甸的未来，美好地荡悠着。姬铭抽着鼻子，鼻孔翕动开合，那些妙不可言的气息，就浓郁了姬铭的生命。姬铭想，往后这日子可真香啊，每一天都是从小磨油里捞出来的……

饥饿说："姬铭，快走！"

外面传来了刺耳的刹车声。

姬铭还沉醉在对未来的幻想中，表情生动得近于梦态。

饥饿的呼吸明显急促起来："快，快快快……再不走就来不及了。"

姬铭大梦初醒一般，说："哦。"

卫生间的墙都贴了瓷片，光滑如镜。姬铭就有些心灰意冷："这怎么逃呢？猴子也甭想爬上去。"饥饿说："泄什么气，你踩我肩膀上，打开窗子就行。"姬铭感激地说："我……踩你……？""对！"饥饿的汗已经出来了，略带沙哑地说，"别啰唆，快上。"姬铭就小心翼翼地抬起脚，试探地往饥饿肩上放，可犹豫良久，还是不敢。饥饿有些上火："你可真他娘的窝囊！"就一把钳了姬铭的脚，往肩上一拉一按，姬铭的心便跳得有一下没一下了，脚下如踏了片云，不敢使力气又不敢轻移。饥饿顾不得与姬铭多理论，"嗬"一声直起腰，姬铭就忽悠一下飘起来了。"快打窗子！"饥饿说。姬铭的左手提着食品，右手开窗，可窗框被艾大米给钉死了。"这个狗日的！"姬铭嘟囔着，须臾便苦下了脸，"天哪，我们还是逃不脱啊。"

饥饿厉声说："用拳头砸玻璃！"

姬铭的两股戳觫了一下："我这手可不是榔头呀……"

饥饿就狠狠地在姬铭脚踝上掐了一把，老皮破裂，一串血珠鱼贯而出。姬铭疼得一个激灵，低低地"啊"了一声。饥饿说："不给你点刺激你就尿性，把我的脸都要丢尽了，快砸，十秒钟内砸不开我就把你生吃了。"

姬铭差点尿了裤子，裤裆里滚过了一溜开岔的响屁："我砸……我砸……"

玻璃应声而碎，姬铭的手成了两只血手。

"这不就好了吗？"饥饿温和地说，"忍着点，姬铭，一切都会好的，忍着点……"

姬铭的嗓音瑟瑟地："会好的，会好的……"不知是相信饥饿的预言，还是安慰自己。他的视野里一片蒙眬，蒙眬中是绿疯了的坡野和蜿蜒的壕沟，褐色的壕沟就像一条深深的伤疤。

饥饿说："跳下去，跳下去就自由了，姬铭。"

姬铭没吱声，头开始晕了。他很清楚跳下去可能的后果，但他别无选择。姬铭心说："老天爷啊，我这条老命就押在你身上了，你就可怜可怜我吧，你就开开恩吧……"

姬铭一闭眼，纵身跳下。

9

"老姬……老姬……"

声音如此亲切，春水般沐浴着他，温抚着他，让他的心原里草长起来，花开出来，日头升上来……于是，姬铭的生命复苏了，神志清醒了，老眼滤掉一层雾，揭下一片纱，绿草红花之上，就出现了肥鸡。

姬铭艰难地坐起来，说："鸡啊……你怎么……还待在这儿呢？"

肥鸡笑了。肥鸡现在的样子很敦厚，满脸故人重逢的表情。

"我有个好消息要告诉你。"肥鸡说，有几分诡秘。

姬铭吃力地笑笑："什么好消息呀，我都落魄成这样了……"

"你跟我来。"

姬铭老半天才站起来，腿一用劲才感到钻心的疼。八成是断了。姬铭想。可断了也得走啊。

姬铭往壕沟里走，肥鸡把他拦住了："去哪儿呢？这边——"

肥鸡指的是艾家前门的方向。

"你这不是叫我自投罗网吗？"

"去了你就知道了。"

在艾大米家周围的人丛里，姬铭光着上身，提着沉重的衣服袋子，一跛一跛地走过来。但是没有人把眼光施舍给他，姬铭也便悄悄地松了口气。两辆警车威严地趴在艾家的门前，几个荷枪实弹的民警押着艾大米，正在向院子里走。姬铭就愣了，怀疑这一切都是假的，他看到艾大米戴着手铐，银亮亮的逼人的眼。怎么会呢？这世界真是搞不懂啊，艾大米为什么会是这个样子呢？戴手铐的人本来该是我呀……

肥鸡冲姬铭挤挤眼："这下放心了吧。"

姬铭的心就"通"一下坠了下去，慢慢地踏实了，放肚子里了，才猛醒道："自由了，我自由了，老天开恩啊……"

接下来姬铭就成了看客。姬铭想艾大米犯了什么事呢？警察押着他到家又做什么呢？周围有人在悄声说："大米的靠山完了，大米也完了，连家都要抄了……"姬铭就莫名地一叹，风一样刮开去，刮出了一片唏嘘。

姬铭想起了他的手推车，东瞅西瞧，怎么也找不到。姬铭就有些心慌了，车会去哪里？这会儿他非常理智，那辆破车驮着他的余生哪。

人群突然骚动了一下，艾大米出来了。他在民警的看押下，脖子依然挺直，头依然很高，脸也依然肥白。民警把他往车上推，艾大米挣扎着，五官完全扭曲了。民警一把揪住他的头发，艾大米的眼里就流下了泪，牙把下唇咬出了血，很艳。姬铭看着，心一阵阵痉挛起来。惨呐。姬铭想。艾大米突然歇斯底里地号了一声，姬铭的眼里，天地间顷刻一片灰白。

车走了，风驰电掣，铺天的烟尘遮蔽了一个村子。艾大米就在那团烟尘之中，像一头困兽，被囚禁在笼子里。他那硕大的头颅不知是否还在高昂着？村人宛如一群蚊蝇，追着警车逶迤而去。姬铭视域里只剩下一片苍茫，手中的衣袋也"噗"地掉在地上。他陷入了短暂的恍惚。

肥鸡说："好家伙！"

姬铭木桩子样，没反应。

"痴了？老姬，你可真行，连吃带拿，痛下杀手啊！"

姬铭这才醒过来，瞧见地上滚落的美食，脸就一热："顺手捎带点，别乱说呀。"忙俯身捡起，重新包好，扎紧口，提起来。

肥鸡说："扯淡！艾大米都蹲号子了还怕个什么？"

"总归不好吧，人家还有老婆孩子哪。"

"老姬我跟你打赌，艾大米的老婆不出三天就得跟别的男人。那个浪娘们是认钱不认人。"

　　"唉……那他娃呢？"

　　"八成得成个野孩子，没人管。"

　　姬铭又叹了一声，幽幽地。

　　这时肥鸡突然笑起来："老姬你看，那不是艾大米的娃吗？你瞧他那个鬼样子。"

　　姬铭循声望去，瞧见艾大米的娃蜷缩在附近一个旮旯里，拖着两条稠绿的鼻涕，怕冷似的瑟缩着。他的眼神躲躲闪闪，好像风中的烟缕，又像变幻的影子，姬铭渐渐看真切了，那眼神里翻滚的，可全是食物的光泽啊！

　　"崽子，"姬铭喃喃着，"崽子……"

　　姬铭就也噤若寒蝉了。

　　刘老六不知何时回来了，背着手，安步当车。他瞧着艾大米的院阴阴地笑，嘴里还在嘀咕着什么。姬铭看着他，看着他身单如影的样子，很想跟他搭句讪。刘老六扭过脸，满怀敌意地翻他两眼，姬铭就蔫了，全身的骨头都在颓丧地散下来。

　　刘老六对肥鸡说："回家去。"

　　肥鸡一脸的不情愿，看着姬铭。

　　刘老六又说："回家我告诉你个秘密……"

　　肥鸡对刘老六的话显得索然无趣，目光依旧荡漾在姬铭的脸上。良久，肥鸡说："老姬，咱是不打不成交啊，我都舍不得你了……可我得回去了。"

　　姬铭的眼眶潮了："哦哦……回吧，我也该回了，该回了……"

　　肥鸡一步三回头地走了。

　　姬铭久久地伫立着，目送肥鸡进了篱笆院，没了踪迹。

　　末了，姬铭也开始往家走。

　　姬铭觉得孤单，觉得异常疲惫。他没有了手推车，也就没有了兜售调味料的吆喝声，还有，他现在突然发现，饥饿到哪里去了呢？从跳下艾家的窗子后，就再也没见到饥饿的影子。姬铭本该轻松一下，甚至欢呼一下，可他却感到心里空落落的，有些六神无主，有些茫然无措。他就更感到落寞，腿的疼痛也愈来愈烈，渐而扩散为全身的疼痛，仿佛一种心灵的弧光，灼烧着他，炙烤着他，把形单影只的他镀上了一圈痛苦的幽蓝……

艾家的娃居然在偷偷地跟着他，姬铭终于听到了他吸鼻涕的声音。姬铭站住，回过头，看见那娃正在贪婪地噘手指头，口水把衣领都濡湿了。姬铭怕见那娃的眼神，让他不寒而栗。

"大爷，给我点吃的吧。"那娃说。

"你……饿吗？"

"我饿，我饿啊。"

"你知道我有吃的？"

"我都看见了……"

姬铭的头皮就像过电一样地麻了一阵，他是个贼，终究是艾家的贼，没法逃脱。姬铭抖抖地解开衣袋子，在食品堆里摸索着，拿起一样，掂量掂量又放下，再拿起一样，再放下……最后，姬铭把那个不太新鲜的辣椒递给了那娃。

那娃一口就吞下了。

姬铭说："行了，回吧。"

那娃最后盯了衣袋一眼，转过身，鬼一样跑远了。

姬铭接着走，刚走两步就听到肚子里翻江倒海似的咆哮，姬铭正纳闷着，这是怎么了？便有一种痛彻灵魂的感觉攫住了他，让他痛不欲生求死不能。姬铭呻吟着："天啊！天啊……"他的头几乎都要爆开了，在一阵尖锐的嘶鸣中，他分明听到了那个挥之不去的声音：

"我——饿——啊——"

148

10

翆日，村主任推着姬铭的手推车进了姬铭的茅草房。"姬铭，我还你的车来了。昨天你狗日的去哪儿了？四处找不到你。"村主任把车放好，说，"我怕你的车丢了，就推到了我院里，不过我也不白看，抓你一捧花椒。"

姬铭不应。

村主任走到姬铭的卧房里，一股残留的肉香扑鼻而来。村主任抽抽鼻子："你狗日的行啊，大鱼大肉，日子过得滋润着哪。"穿过肉香姬铭就赫然在目了，"赫然"的原因是姬铭油亮的嘴和滚圆的肚子。姬铭直挺挺地躺着，样子很古怪。村主任拍拍他的肚子："乖乖，吃得跟吹起来了似的。"姬铭还是纹丝不动。村主任就有些起疑了，伸根指头试试他的鼻息，早没气了。

村主任瞥见姬铭的床头上，还有两个尚未吃下的鹅头……

村主任便仓皇着去叫了几个村民。村主任的声音有点走调："姬铭死了，姬铭死了。"于是全村人都知道姬铭死了，是撑死的。——天哪，饥饿的姬铭撑死了！村主任说："姬铭没亲没故的，死了总得有人埋，不能喂老鹰是不？"大家就帮姬铭整理遗物，破破烂烂的，实在没什么整头。村主任在墙角扒着几根木棍，不小心头上碰到了什么，有个东西在蠕蠕地爬，好重。村主任伸手去抓，抓到了一个大如麻雀的软物，一看，惊叫一声，当即失了三分魂魄。

众人都吃了一惊："怎么了？"

村主任掼下那个软物，灰着脸说："你们看……蜘蛛……哪有这么大的蜘蛛？"

众人都瞪圆了眼，这么大的蜘蛛，是没见过。片刻后，便不约而同地上前去消灭它，谁知那家伙贼精，哧溜，钻进了一个缝隙，踪迹杳然了。

村主任定了定神："算了，接着整吧。"

整到床底时，扒开一捆乱草，村主任竟发现了一个化肥袋子，口用细铁丝扎着，铁紧。村主任按了按，不实也不虚，嘀咕声："什么玩意，藏得这么金贵？"找来钳子把铁丝拧开，就又一次目瞪口呆了。

钱，全是钱！

分分毛毛，零零碎碎，隐隐弥散出调味料和霉菌的混合味。村主任说："都来。"众志成城地数了好一阵，竟是个不小的数目！

众人傻了眼。

村主任说："这钱……咋办？"

都无语，死静。

后来，这钱还是跟姬铭一块下葬了，没人敢花。此外，还有那辆手推车。

在一个刮风的晚上，昏黄的月光层层剥落，一片片坠落在地上。刘老六家的肥鸡突然感到烦躁不安，口中溢满了清苦的味道。刘老六鼻息很重，正在发出含混的梦呓："艾大米，替死鬼——艾大米，替死鬼——"不时笑出声来。肥鸡蓦地怪叫一声扑过去，干净利索地啄下了刘老六的两颗眼珠，说："你要这个幌子干什么？你在黑暗中听就是了。"然后就一路狂奔，冲姬铭的坟去了……

这个晚上，村民们在易碎的梦中，都听到了一个真实的声音："我——饿——啊——"

此后，人们就常见到艾家的娃蹲在门口，枯缩成一条瘦狗的模样，眼直勾勾地盯着某一处，瞳孔里食物的光色翻卷幻化，叫人心悸。

大伙都说："多像从前的姬铭啊。"

（原载《奔流》2017年第1期）

流浪的钥匙

　　那串钥匙寂寞地躺在马路的一角。夕阳将尽的余晖呈现出厚重的猩红。钥匙上精致的饰物在猩红中格外醒目，像是某种暗示。

　　男人走近了钥匙。男人的脸上透出些茫然，步履散漫，显得毫无目的。钥匙的饰物显然触动了他。他停下来，几乎没有犹豫，就把钥匙捡了起来。

　　男人闻到了饰物上散溢出的淡淡馨香。这馨香很容易使人想入非非，并进入一种迷醉。男人对此反应出了本能的敏感。他想她（瞧，他已经对钥匙的主人作了性别上的结论）一准正在着急，甚至痛悔不迭。

　　男人在马路边伫立了一会儿，他对自己的目的不甚明晰。或许那个女子会找到这儿来。男人想那个女子会是个什么样子呢？婀娜，清秀，眼神有些忧郁。男人喜欢按自己的想象去描画一个女子。这很美好。

　　天色已经暗下来了。男人终于决定离开。他觉得自己的等待一定是徒劳的，并且有些愚蠢。女子显然对钥匙的遗失毫无防备，那或许是她平生为数寥寥的几个失误之一（她本来是个细心的人，男人想），结果却使这串钥匙走上了流浪的苦旅，别无选择。

　　女人坐在梳妆台前，显得心事重重。女人长得很美，与房间的雅致奢华非常和谐，好像她原本就是为这个环境而生的，但偌大的房间显得空旷，如女人的心。

女人想起了一个男人。她拼命不去想他，但她做不到。女人想着男人的头发、眼睛、鼻子、嘴唇甚至男人身上的气味。这气味渗透了她的肌体和灵魂，荡涤不去。女人就咀嚼到了一缕浓浓的苦楚。

女人起身，从酒橱内取出一瓶上等的葡萄酒，斟了一杯，猛喝下去。葡萄酒的余味同样有一种彻骨的苦涩。女人叹了一口气。

夜色已经漫上了窗棂，外面的霓虹也次第亮了起来，明灭闪烁，如一种若隐若现的思绪。

配钥匙的人名叫锁子。锁子已经有了一把年纪，这把年纪使他的修配技艺炉火纯青。在这个城市，他是个出了名的工匠。他不仅修锁配匙，还常常应邀为那些丢了钥匙的人开锁。在他的记忆里，无数个房门都被他开启。

锁子正准备收摊的时候，走来了一个男人。这个男人很有些气质，锁子大半生见过数不清的人，但这个男人与他们不同。

男人在他的摊前驻足了。锁子看着他，说：

"配钥匙吗？"

"不。"男人摇摇头。

"那就是找我开锁了。"

男人又摇摇头。

锁子有些狐疑。男人从衣袋里拎出一串钥匙，说：

"我捡的，不知有没有人问起过？"

锁子接过钥匙，把玩了一下。

"三天前是有一个女人找过我，她的钥匙丢了。"锁子回忆道。

"也许就是这一串。"男人说。

"也许吧。"

"……也许她还会找你。"

"也许吧。"

"那就放你这里。"

"行，也许还能物归原主。"

"……也许吧。"

男人走了几步，但男人又回来了，他好像在思忖着什么，片刻后，说：

"也许……还是我拿着好。"

"打算碰碰运气？"锁子笑问。

"什么？"男人似有不解。

"开一个没进过的门？"锁子依旧笑着，是调侃的语气。

男人也笑了：

"我想那个门可不容易打开。"

"没错。"锁子说，"其实，我这辈子从没有真正打开过一个门。"

"哦？"男人眯起眼睛，"很有禅意。"

男人拿过了那串钥匙，走远了。

一道稍纵即逝却刻骨铭心的宝石蓝划过了女人的视野。女人战栗了一下。那正是她丢失的钥匙饰物的颜色。锁子的摊子在她的楼下，隔着一条街道，和她对面相望。因此，那个男人的举动很轻易地就被她尽收眼底。

然而这未免太过巧合，巧合得像一个梦游者的童话。女人瞬间而生的激动迅速落潮。但一种力量——或许就是那流星般闪过的宝石蓝的余痕——让她拎上坤包，轻轻地走了出去。

梦幻歌舞厅投射出一种别样的温馨，宁静、现代、高雅而不狂躁。男人觉得这是一个惬意的去处，至少在这里坐一坐蛮好。

舞池里只有早来的几个人在跳舞，缠绵、静默、若有所思。

男人不跳舞，男人拣了一个不大显眼的包厢坐下，几案上的红烛柔和似水。男人觉得这烛光更像是在空气中无声地洇开来的，视线在其中有种微漾的感觉。

男人要了一听饮料，闲闲地啜吸。情侣和性侣们陆续涌入，开始让空间狭窄起来。男人还好，他的包厢内尚无他人，这至少使他不至于感到某种压迫。

男人闭上眼，感到平和。他的眼前飞舞着一些什么，自由，随意，没有定向。这时候他听到了一个女人的声音：

"可以坐在这里吗？"

男人睁开眼，看到一个婀娜、清秀、眼神有些忧郁的女人（其实厅内的光线并不足以看清女人的眼神，这只是一种直感），男人感到了心灵中的某种轻微的颤动。

"当然。"男人说。

舞曲响起来，柔曼而舒缓。舞池里人影晃动，造成一种温情的气氛。男人沉默。男人发现女人在注视着他。女人同样沉默。后来，女人似乎是随口问道：

"怎么不跳舞？"

男人笑笑：

"坐着挺好。"

"没有舞伴吗？"

"是的。"

女人没再说什么，低下头，入定一样凝然不动。男人觉得这女人像一个影子，在他的心壁上投影了许久。男人啜一口饮料，问：

"你呢，也是一个人？"

"对，一个人。"

"你可以随便找一个舞伴。"

"没有雅兴。"

"彼此彼此。"男人又笑一笑。

男人注意到女人又在凝视他，这使他略略有些不自在。男人随手从兜里摸出一张纸，在膝上折叠起来。女人好像有些惊讶，目光始终停在他的手上。

　　一架纸飞机叠好了。男人似乎想把它放飞，但又意识到什么。这显然不是玩纸飞机的地方。男人于是又把飞机拆开，还原为一张纸。

　　"你挺有意思。"女人说，莞尔一笑。

　　"是吗？"

　　"这好像是小孩子的游戏。"

　　"我喜欢这个游戏。"男人说，"没事的时候玩一玩，感觉很好。"

　　眼前再次飞舞着一些影子，旋转，起落，如羽如蝶。男人看清了，那是纸飞机的影子。纸飞机在他的心灵里飞舞了许多年。男人觉得那种飞翔的姿态很美。

　　"有时候我觉得自己就是一架纸飞机。"男人说。

　　"这感觉似乎有些出格。"女人的表情轻松起来，"不过蛮别致。"

　　"是否有些诗意？"男人也轻松起来。

　　"很浪漫，带些滑稽。"

　　"精辟。"男人赞许道，不像恭维。

　　似乎找不到继续下去的话题，男人和女人又陷入了沉默。迷离的光斑在他们的脸上亮了又暗，来了又去。舞曲给人的感觉像雾，潮湿、迷蒙、流动、包容。

　　女人抬起头，好像鼓了鼓勇气，说：

　　"可以认识一下吗？"

　　"当然。"男人表情洒脱，"姓许，许格。"

　　"这名字挺怪。"女人说，"不想知道我的名字吗？"

　　"如果你愿意介绍自己的话。"男人显得练达。

　　女人开心地笑了：

"我姓文，文静。"

"哦？"男人也解颐一笑，"人如其名。"

"是我父亲起的。"

"看来你的父亲崇尚田园牧歌幽雅清静。"男人很有把握地说。

"你怎么知道？"

"推测这一点并不困难。"

"你是个有内涵的人。"女人说，眼神里多出了一分嘉许，"我的父亲是个很有品位的人，可惜他和我分别得太早。"

"英年早逝？"男人判断。

"这次你错了。"女人有些得意，"他很早就离开了家，到荒漠探险去了，那里或许有他的静地。"

"没有音讯？"

"是的。"

"恨他吗？"

"为什么？"女人反问，"对我来说,他只是一个神秘的符号。"

男人笑一笑，有几许尴尬。女人从坤包里拿出一盒薄荷烟，抽出两支，问：

"要不要来一支？"

"行。"男人接过烟，替女人点上火，"抽烟的女人要么孤独要么浪漫。"

"你好像很善于琢磨人。"

"职业病。"男人喷出一口烟雾。清新的薄荷味沁入肺腑，爽心润喉。

"你是做什么职业的？"

"流浪汉。"

"开玩笑。"

"没错。"

"你不像。"

"那么依你之见呢？"

"搞艺术的。"

男人不得不刮目相看：

"犀利。我第一次遇到像你这么厉害的女人。"

"很有洞察力，是吗？"

"是的，你很有天分。"

"流浪艺术家许格先生，"女人优雅地抽着烟，"你觉得我像干什么的？"

"作家。"男人十拿九稳。

"对，也不对。"

"愿闻其详。"

"写点东西不假，但不是作家。"

"那就是准作家文静女士。"男人谐趣道。

女人淡然一笑。

"你很像他。"女人认真地说。

"谁？"

"一个人。"

"噢……那个人对你一定很重要。"

女人沉吟了一下，移开了话题：

"人世间的巧合简直让人匪夷所思。"

"但我不是他。"

"你让我感到亲切。"

"彼此彼此。"

"是吗？那真是幸运了。"女人的眼睛里袭上一缕柔情。

"说说你那个悱恻的故事吧。"男人作出洗耳恭听的样子。

"有必要吗？"

"这要看你了。"

"故事是属于个人的。"女人说，有些伤感，"他在飘，我也在飘。"

"像我的纸飞机。"

"没那么浪漫。"

"我这人不大喜欢沉重。"

"看来我们话不投机了?"

男人笑笑,未置可否。

"但我还想听听你的故事。"女人说。

"故事是属于个人的。"男人耸耸肩。

"你好刻薄。"

"我曾经是个酒鬼。"

"嗜酒如命那种的?"

"不,嗜酒不要命。"

女人开颜:

"好可怕。"

"每次饮酒都有飞的感觉,"男人似在品咂那种感觉,"妙不可言。"

……脚踩云絮,凌空翔舞……随心所欲,四处游荡……亦歌亦哭,放浪不羁……旋转、浮沉、游移,梦幻与现实重叠、疏离、颠覆……世界洞开了一重重幽玄之门……到处都是自己的异形……

"有次酒后我碰掉了一颗门牙。"

"这颗门牙葬送了你的爱情?"

"不,结束了一个故事,揭开了一个序幕……"

"哦,真是一颗划时代的门牙。"女人戏谑道,把一线烟雾直直地射向男人,有几分挑逗的意味。

"说说你的雅趣。"男人说。

"我吗?"女人想了想,"无多嗜好……我喜欢钥匙。准确地说,是它的装饰品。"

158

女人说着从坤包里取出一串钥匙。钥匙上的饰物让男人不禁一震。

"这是个小精灵。"女人说。

"是的，小精灵。"男人随手把捡到的那串钥匙拿出来，"它们好像如出一辙。"

女人眼睛蓦然一亮：

"这是你的？"

"不，我捡的。"

"天！"女人接过钥匙，打量着，"没错，这是我三天前丢的那串。"

"真有缘，"男人如释重负，"现在物归原主。"

"你为什么留着它？"

"不知道……可能是这个宝石蓝饰品吧，有种魔力，让我舍不得丢弃。"

女人的眸子也呈现出了一种类似于宝石蓝的晶莹，但是她很快叹了口气：

"不过现在它已经没用了。我换了锁。"

"是这样。"男人微微有些失落。

这时候又一支舞曲响起。女人来了兴致：

"走吧，跳一支。"

语气不容置疑。男人起身应邀，他没有理由拒绝——无论女人还是自己。

那串钥匙被擦了一下，在光影中一闪便不见了，叮的一声，隐匿无踪。男人顿了一下，想寻起它，但女人拉住了他的手：

"不管它，我们跳舞。"

男人无话，随女人步入舞池。酥胸纤腰，轻揽怀中，有种无以名之的温柔。乐声如风行水上，清明舒缓。两人沉入一种境界，体会着一种肢体消融的感觉，皆不作声。

一曲终了，女人拎起坤包：

　　"我想回家了。"

　　"那好，再见。"男人说。

　　"我还不想再见，"女人双眸缱绻，"陪我走走，好吗？"

　　"好吧。"

　　街上，女人挎住了男人的手臂。男人任她挎着，但手臂有种灼烧感。

　　"还是谈谈你心中的那个人吧。"男人无话找话，带着探隐寻秘的语气。

　　"算了，不谈他。"女人甩甩长发。

　　"这没什么。"

　　"有你，就没有谈他的必要。"

　　"但我毕竟不是他。"

　　"……也许你可以替代。"

　　男人笑而不答。

　　女人的家到了。男人站住，看着女人。女人并没有抽出手臂的意思。女人说：

　　"上楼坐坐吧。"

　　"这……"

　　"来吧，也许你不会后悔。"

　　男人还在犹豫，机械地随女人上楼。他们面对了一扇门，那是女人的门。女人把钥匙插进锁孔，钥匙旋转的声音锐利地刺入了男人的耳膜。

　　"今晚……你可以留在这儿。"女人小声喃喃着。

　　门显然要打开了，钥匙已到达了某个地方。男人突然伸出手。女人愕然不解。

　　"什么意思？"

　　"就此握别。"

两只手叠在了一块，又松开了。女人无力地靠在门上，听男人的脚步声渐弱渐远，终至于无。

女人的心在风中飘。

翌日清晨，男人向这个城市的边缘走去。他感到了一种危险，他觉得心中有一样脆弱的东西已濒临崩溃。男人想，他不可能再留在这里了，一些飞舞的影子在陷落。这感觉很糟。

男人邂逅了锁子。那时锁子一脸惶惑。一脸惶惑的锁子也看到了男人。他一眼认出了这个气质不俗的人。

打过招呼，男人说：

"我已经找到了那串钥匙的主人。"

"真不错。"锁子有些心不在焉。

"但已经没有任何意义了。"

"是吗？"锁子并未深究，皱着眉道，"我现在可惨了！"

"为什么？"

"我的钥匙丢了。"

"这对你还不是区区小事？"

锁子苦笑了一下：

"说来你不信。我的锁是经我专门改造的，钥匙也只配了一把，现在好了，我竟然死活打不开自己的门！"

"真有意思。"男人说。

"是啊，真有意思！"锁子说。

男人开始了下一个城市的流浪。他不知道今生是否还会再次踏上这片土地。他的流浪不是探险，就像一架纸飞机，载不动一串钥匙……

（原载《清明》2002年第6期）

恩　人

1

曹贵是章武的恩人。

直到死。

2

一切都源于那个夏天。

那个夏天章武七岁。

那个夏天风狂雨骤，洪水暴涨。

章武在河边玩耍时，不慎坠入湍急的河水。正在附近放羊的曹贵把半句民谣吞下喉管，丢下他的羊就往河边冲。河水里舞动着章武的手臂，像两个放大了的鸡爪。曹贵一个猛子扎进去。曹贵这才意识到自己水性不好，只不过会几下狗刨。浪头很大，漩涡很急。但前面有条人命，这条人命怪可怜的，像野孩子一样，没人顾得上管他。曹贵于是心一横，只管向了那个小人拼力游。费了半天劲，终于把章武救了上来。两人都给淹了个半死，曹贵呛了一肚子水，吐得直翻白眼。

其时，章武娘正在山那边的地里做活。

附近又来了几个人。有的侍弄章武，有的给曹贵捶背。曹贵的羊像一群会飞的蝴蝶，自由自在地飞散了。

曹贵，你救了这小兔崽子一命，准备叫章武娘拿啥还你呀？有人笑问。

曹贵乜了那人一眼，咕哝句：

扯球啥！

一骨碌爬起，两脚甩着泥巴，寻他的羊去了。

3

当晚，章武娘带着章武，挎了一篮子鸡蛋进了曹贵的门。

章武娘一见曹贵，"扑通"一声就跪下了，连磕了几个响头。曹贵忙搀，红着脸说：

这是干啥嘛。

章武娘说，谢贵哥。

曹贵说，谢啥。

章武娘说，要不是贵哥……万一章武有个三长两短，我可咋向他早死的爹交代？说着，就噼噼啪啪掉眼泪。

曹贵的鼻息也重了，眼眶子发潮，半天说：

哎，章武爹走后，可真苦了你们娘俩。

曹贵记得清楚，章武爹是怎么死的。那年章武爹去河边炸鱼，位置大概就是今天章武落水的地方。结果鱼没炸着，"土炸弹"倒把他的肋巴扇子掏了个血窟窿，惨极。那时，章武还在娘肚子里，这孩子打生下来就没见过爹。

章武娘已有了呜呜咽咽的哭声，对章武说：

儿呀，记住，这是你的救命恩人哩。

章武说，记住了。

曹贵摇头，嗨，讲大了。

章武娘又说，咱一辈子都不能忘！

章武说，不忘。

曹贵摸摸后脑勺，说：

没啥没啥，真的没啥。不过这小家伙在水里滑溜得像条泥鳅，可真让我作了不少难。

4

以后，逢年过节，章武娘都要扯着章武，拣家里最金贵的东西，去谢曹贵。

曹贵说，别这么外气。

章武娘说，该，贵哥，俺的心意，高低贵贱，您收下。

曹贵苦笑，哎嗨，你看这……

曹贵老婆从麻将摊上回来，笑出一脸花：

妹子，看你这路数多稠。——哟，章武又长高了，瞧这小脸，多漂亮。

章武就往娘身后躲。

章武娘说，这是你的再生爹娘哩，一辈子报答不尽呢。

曹贵老婆说，哪儿的话。不过话说回来，曹贵为救你家章武，还真差点把命搭上了呢！

曹贵搓搓手，没言语。

再往后，章武娘谢曹贵时，曹贵也就不再客气，习以为常了。

5

有一年，曹贵得了场病，挺重。章武娘母子俩前前后后照应着，眼都熬成了烂杏。曹贵大小便失禁，被褥上常常弄上粪便。

曹贵老婆捂着鼻子，嫌脏。章武娘就一天几次去洗被褥，不知情的人还以为章武娘是曹贵的老婆。

曹贵病愈后，干不得力气活。曹贵老婆说，老天爷，好人咋就没好报哩？

章武娘说，贵哥，章武的一半命是你给的，他又没了爹，往后，他就是你的半个儿子。

曹贵说，使不得。

章武娘说，有啥使不得，家里地里，吆喝一声就是。

曹贵说，看你说的……

曹贵老婆说，妹子是个明理人，也是，一条命呢。

十几岁的章武，便常常像幼犊一样，忙在曹贵的田里。

曹贵吧嗒着旱烟，笑眯了眼，说：这娃不孬，我真没白救他一回哩。

6

日头软软地照着。在软软的日光里，曹贵渐渐地游手好闲起来，终日东游西逛，嘴还特别馋。舌下生了涎，便晃到章武家去。

章武娘就停了活计，忙着招呼曹贵。

曹贵说，忙呢。

章武娘说，零碎活，不急。

曹贵说，家务活不入眼，一天两晌做不完。

章武娘说，贵哥，这阵身子好些不？

曹贵说，还那样，就是心里发慌，老想喝个酒哩。

章武娘说，贵哥，你坐着，我去给你打。

曹贵说，那哪成呢。

章武娘说，不就几步路的事嘛。

曹贵说，你看……叫人怪难为情不是？

章武娘就出了门，步子风快。

曹贵就跷起二郎腿，悠悠地等。

章武娘打酒回来，曹贵忙站起，说：

哎，妹子，看把你跑得满头大汗的。

没事，贵哥。

曹贵闻着酒香，咕噜咕噜咽唾沫。咽唾沫时，眼睛又盯住了院里一只老母鸡。

曹贵说，妹子，你可真是个持家的好手，瞧把这鸡喂得多肥。

章武娘抹把汗，说，贵哥，我把它杀了，给你下酒。

曹贵说，不不不，多好一只母鸡啊，八成还下着蛋呢。眼却不离母鸡一寸。

章武娘说，不就是只鸡嘛，算得了啥？拎起菜刀就出了门。

鸡叫得凄惶。曹贵在鸡凄惶的哀鸣中闻到了热腾腾的肉香。

7

日子过得贼快。曹贵觉得，先还软软的日头忽地就老态龙钟了。

章武长大了，犍子肉鼓凸凸的，挺棒的一个小伙子。

几亩薄地留不住村里的后生。章武也要去外面打工。

章武娘汪着两眼泪，说：

儿呀，没出过远门，一人在外，可要多当心。

章武说，记住了，娘。

章武娘说，睡好吃好，别亏了身子。

章武还说，记住了，娘。

章武娘拿衣襟拭拭眼，说：

挣了钱，别忘了你贵叔。

章武仍说，记住了，娘。

章武娘似乎不放心，问：

都记牢了？

章武把头点得很重，说：

记牢了，娘。

章武娘转过身，摆摆手：

走吧……

8

章武是个舍得下力气的人，一人顶几人干的，钞票便赚得多些。

于是，章武娘就常收到章武寄来的钱。

曹贵的汇款单也同时到达。

曹贵乐颠颠去见章武娘，说：

娃有孝心呢。

章武娘笑笑：

贵哥，蒙你的恩哩。

曹贵说，这就叫大难不死，必有后福。不知是说章武，还是说自己。

章武娘也觉得，自己苦了一世，拉扯大孩子不容易，如今老天开眼，福来了。

曹贵老婆嗜赌，整天不离麻将场，还总输。没了本钱，就找章武娘，阴着张青黄的脸。

曹贵老婆一迭声说，手气可真背，输得肚皮贴脊梁了哩。

章武娘便拿出钱来，说：

嫂子，不多，先用着。

曹贵老婆说，过几日就还你。

章武娘说，还啥？孩儿的钱不就是你的钱？

曹贵老婆说，妹子说得好，武可不就是咱两家的心头肉嘛，亲着哩。

9

曹贵的儿子要娶媳妇了。

曹贵的儿子心眼不大够用，一天到晚就知挖个鼻孔傻笑，讨媳妇自然不易，得舍得"下本"。

曹贵晃晃悠悠地到了章武家。

曹贵清了清嗓子，很关心地问：

妹子，武在外咋样？

章武娘说，贵哥，孩子一切都好，你放心。

曹贵说，武是我搭出老命救的呢，孩儿离家在外，少不了牵挂。

章武娘说，孩儿也惦着你呢。

曹贵说，这就好。

曹贵背着手踱了几步，蓦地叹了口气：

哎，眼下我儿娶媳妇，急等钱用，怪愁人的⋯⋯

章武娘便趔身进屋，须臾，捧出个布包来，里三层外三层地打开，是一摞钞票。

章武娘说，家底都在这儿了。

曹贵眯了眼，说，噢⋯⋯

章武娘说，你拿去吧。

曹贵说，火烧眉毛啊，我就不客气了。接过钱，一溜烟走了。

过了几日，曹贵又来了。章武娘那时刚打开门，就给曹贵堵住了。

章武娘一惊，说，贵哥⋯⋯

曹贵说，娶个媳妇扒层皮，钱还缺一大块呢。

章武娘说，要恁多？

曹贵说，如今办婚事，咋着不也得三几万的，何况我那儿⋯⋯

章武娘黄了脸，为难地说：

贵哥，我这儿实在拿不出了。

曹贵的眉毛跳了两下，说：

给武发个电报，叫他想想法。

章武娘张张嘴，没话。送走曹贵，就去了镇邮电所。

10

钱和信几乎是同时到了章武娘手里的。信上说，章武病了，正在住院。

章武娘的心立刻揪成了一个蛋，当下就急火火地奔了车站。

见到章武的时候，章武脸色惨白，手也只剩了一只。章武娘眼前一黑，差点昏过去。

工友说，章武去卖血，干活时打不起精神，手给机器轧了……

章武娘叫了声儿啊，便抱着章武的残臂，泪如雨下。

几天后，章武出院了。

章武娘说，苦命的儿啊，跟娘回家。

章武说，娘，我不回。

章武娘说，你都成了这个样子，还能干啥？

章武说，我不能拖累娘。

章武娘又落泪，说，娘没事，娘养你一辈子……

章武说，我这算工伤，老板会赔我一笔钱的。我再找找老板，让他给我安排个轻活，他总不能扔下我不管。

章武从厂里回来时，脸上居然挂着笑，说：

娘，老板让我看仓库。

章武娘红着眼：

你这样在外，叫娘咋放心得下……

章武说，不妨事，我在这儿多待一天，就能多挣一天的钱。

章武娘的心忽地给那个"钱"字刺了一下，霍霍地痛。

11

　　曹贵红着脸来到章武家。曹贵的脸是给酒精烧的。曹贵打着嗝，那嗝里有鱼肉的气味。

　　曹贵说，听说武出了事？

　　章武娘木木的，泪珠子滚了一脸。

　　曹贵说，唉，要是我在，他就不会……

　　章武娘说，蒙你操心了。

　　曹贵说，我不操心谁操心？我把武看得比我亲儿子还亲哩。

　　章武娘没言语。

　　曹贵干咳了一声，说：

　　妹子，你也别太难过，常言说是福不是祸，是祸躲不过。

　　章武娘还是不出声。

　　曹贵顿了一会儿，试探地说：

　　听说，那边赔给武一笔工伤费？

　　章武娘就直愣愣地盯着曹贵，眼红得要滴出血来。

　　曹贵忽然叹了口长气：

　　这阵子，家里不是这事就是那事，穷得揭不开锅呢。

　　章武娘冷冷说，我这儿也不宽裕。

　　曹贵就瞪圆了眼，红脸变成了白脸，说：

　　咋？怕我跟你借钱？不认我这个恩人了不是？别忘了，要不是我，章武早没命了！

12

　　章武到底被辞退了，回到家，也做不得田里活，整日闷在屋里。章武娘看儿子这样，眼眶里泪就从未干过。娘俩戚戚地，像对哑巴，身体也一日瘦比一日。

曹贵时时来，直冲了章武，说：

武，我欠了人家酒钱哩。

武，我欠了人家烟钱哩。

武，我儿子看病缺钱哩……

章武娘终于沉不住气了，说：

贵哥，总得给俺留几个吧。

曹贵的眉毛又跳了起来：

你这是啥意思？

章武娘说，武都这样了，总得成个家吧，哪样离得了钱？

曹贵说，你这话好像我就是冲着钱才救你家章武的，别忘了，为救你儿子我差点丢了老命！

章武娘说，这恩俺不忘，这些年俺也还得差不多了吧？

曹贵腾地一下跳了起来，说：

这是人话吗？一条命啊，你一辈子还得清吗？

曹贵像是一头被激怒的兽，出了门就在村里嚷开了，什么忘恩负义了，良心让狗叼了，这世上做不得好人了，等等。曹贵老婆闻风而动，也来助阵，什么字脏就骂什么字，什么话难听就骂什么话，两人把村子搞得沸沸扬扬，连狗也张皇得吠成了一片。

章武娘呜呜地哭了起来。

"啪"，一声脆响，章武用唯一的手捧碎了一个瓷茶缸。章武娘惊愕地回过头来，她只看到章武的胳膊像一截干枯的树杈在空中微微发抖。

13

夏天的一个晚上，章武去找曹贵。章武走得很急，踩碎了一地的月光。

曹贵见是章武，没好气地说：

你莫不是走错了门？

章武拿出个纸袋子：

叔，这儿有两千块钱，你拿着。

曹贵眼一亮，说，你这是干啥嘛？说着就把钱接了过去，口气也热情起来，来，来，进屋坐。

章武没动，说：

叔，我买了酒菜，咱俩去河边遛遛，喝喝酒，说说话。

曹贵笑了：

好，我就知你娃是明事理的。

章武就在前头走，曹贵在后边跟。到了河边，两人坐下了。

夜很静，有风轻轻地吹。

章武把一瓶酒递给曹贵，说：

叔，你喝。

曹贵就用牙咬开盖子，咕嘟咕嘟，对着酒瓶喝，一面舒服地哈气。

章武说，叔，你救我一条命，我知恩。

曹贵说，知道就好，人活着，都得讲个良心。

章武撕了条鸡腿给曹贵，说：

叔，你吃。

曹贵撕着鸡肉，嚼得吧唧吧唧响。

一瓶酒很快下肚了，曹贵也摇摇晃晃的了。

满天的星星，像惺忪的醉眼。

章武说，叔，喝好了吗？

曹贵说，喝……喝好了。

章武说，吃好了吗？

曹贵打了个嗝，说，吃……吃好了。

章武说，吃好喝好好上路。说着，章武猛地一推，曹贵就掉到河里去了。

"扑通——"一声闷响，旋即被无边的静寂吞噬了。

那正是当年曹贵救起章武的地方。

（原载《春风》2003 年第 7 期）

等待一个夜晚回家的人

　　好像有蝙蝠掠过阳台的声音。丽静走过去，目光就坠入了阔大的暮色。的确有一只蝙蝠在近处飞徊，黑色的翅子拍击出不安的风声，样子显得孤独而茫然。丽静的心莫名地颤了一下，觉得这只蝙蝠似乎来自于她的灵魂——是的，一个潜伏于生命深处的小小的巢穴。

　　它无家可归了呢。丽静这么想着，便滋生了一种愿望：蝙蝠，这儿就是你的家，好吗？

　　但是蝙蝠飞远了，在无声滑下的夜幕里消失得无影无踪。

　　丽静的眼前就只剩下了一天一地的怅然，远远近近变幻的灯火像一个扑朔迷离的谜语，随着软绵绵的舞曲撞击着她的神经。

　　每天都是这样，丽静害怕黑夜来临。黑夜是斑斓的，黑夜也是孤独的，像一张黑色的蛛网，捕获了她这个形单影只的女人。在相当长一段时间内，丽静用读书来排遣冗长的光阴，张爱玲、郁达夫、琼瑶……丽静在他们编织的悲欢离合里游走，灵魂像一只漂泊的风筝，随处都是归宿，又都是无依的浮云。如今，丽静连这点奢侈也没有了，目光一触到书页就头痛，烦躁和忧郁像一只潜伏的硕鼠啃啮着她的神经。她只有无主地坐着，盯着某一处发呆，思绪如麻而又似乎一片空白。

　　我就是一只蝙蝠啊。丽静这么想。

174

司马阳从何时夜不归宿的呢？丽静记不得了。日子像一些涂满灰尘的树叶，被寂寞的风刮进了昨天，一去再不复返了。而丽静挂着露珠的青春，也交给了时间的镰刀，悄然无声地就被收割了。

长夜漫漫，像是一段总也走不完的路。丽静瞟了眼挂钟，才21点。夜还长呢，时针像一个老态龙钟的老妪，拖着蹒跚的脚步，每一步都迈得那么滞缓那么吃力。丽静的心就焦灼灼的，想吼叫想歇斯底里，可她不能，在这座240平方米的豪宅里，她该是一个雍容华贵端庄典雅的形象，她不允许破坏自己……

丽静徘徊着，无所适从。偌大的空间把她的足音成倍地放大，而她则被自己的足音踩得渺若微尘。丽静有种窒息的感觉，便再次步入阳台，渐起的夜风撩乱了她的头发。

霓虹闪烁，夜色阑珊。那灯火深处，司马阳在做什么呢？葡萄美酒夜光杯，佳丽粉黛石榴裙……丽静的心就一阵痉挛，身体也微微发抖。这又何必呢？一切不都是很正常的吗？丽静闭着眼想，我早已习以为常了，早该漠不关心了，早就麻木不仁了……

风用彩色而含香的手从丽静的眼眶里掬出了一把潮润，便霎时静默了。

丽静睁开眼，眼前已是一片光色炫然的迷幻。她想，那只蝙蝠现在在哪儿呢？它可找到了小憩的屋檐或寄居的竹篱？

腿站得僵硬了，像两截无根的枯木。丽静艰难地踅身回房，去柜子里取出安定。每个晚上，她都要依靠这些白色的药片把自己抛入杂乱的梦境，否则，长夜将孤枕无眠。而这一切又是为了什么呢？

等待一个夜晚回家的人。

不，这太奢侈了，丽静的夜晚是孤独的，她的丈夫不会回来。对司马阳来说，家是一个概念，而她只不过是一件普普通通的陈设。

我只是为了活着。丽静想，活着而已，也许有一天司马阳心血来潮掸去我身上的风尘时，会惊讶地发现，这个女人依然陈列在婚姻的壁橱里。

丽静苦笑一下，准备服药。就在这时，手机响了。丽静在少顷的惊怔之后，按下了"OK"键：

"喂——"

电话那端，传来了一个陌生而又熟悉的声音：

"我是文涛。"

丽静一下呆住了，良久没有反应过来。这个如此亲切如此动人的声音，可是这个夜晚的真实？丽静不敢相信。文涛是怎么知道她的手机号呢？恍然记起，是在她最落寞最痛苦的日子里，她无处倾诉时信告了文涛，只为一点无望的自慰……

"是你吗，丽静？"

丽静的泪打湿了那片灰色的疑云。这泪缘何来得这样快这样猝不及防？丽静不知道，或许有一千个理由，但她一时无法理出头绪。电话里那声轻轻低唤，仿佛一个荒芜已久的磁场，拉着她的心逆时光之水回溯……

那时还是大学时期。文涛是校学生会副主席，丽静是宣传委员。他们两个有许多相似之处：气质俊雅，爱好文学，骨子里都有着强烈的理想主义。由于工作上的接触，志趣上的相投，彼此便都心仪而不宣。文涛常把发表的小说和散文给丽静看，丽静也把偶尔见报的小诗呈送文涛斧正。湖畔柳下，花坛甬道，品诗谈文，挥斥方遒，那份默契鱼水难比。同学们背后都说："才子配佳人，天造地设啊。"语气里不乏艳羡和失落。

一个夕霞如橘的黄昏，在同学们就餐的空当儿，文涛和丽静终于没堵住青春的潮水，爱情冲破了矜持的坝堤，他们在学校的假山后面吻湿了整个傍晚，直到星星耐不住好奇出来偷窥……

176

那个时刻，便凝固在了岁月的年轮上，定格为永恒。

按照正常的逻辑，走出校门，丽静和文涛该携手走进婚姻的殿堂，过上属于他们的富有诗意的日子。丽静也多次幻想过那神圣而甜蜜的一刻：披着漂亮的婚纱，被文涛挽着手臂在庄严的婚乐中缓缓走进新的生活，一枚戒指，一个香吻……于是，崭新的一页就此拉开序幕。每次想到这些，丽静就禁不住怦然心跳，一抹幸福的红晕漫上双颊。但是，毕业却成了她和文涛的分水岭，丽静始料未及的是，他们的爱情也就此被割裂了。文涛进了北方的一家杂志社，如愿以偿，踌躇满志。而丽静则更愿意赴南方闯荡，认为那里才是施展才华的理想国。

文涛留不住她，说：

"没想到，你比你的诗更有野性。"

丽静摇摇头：

"文涛，你会后悔的。"

"何出此言？"

"你不会习惯太程式化的生活。"

"这么肯定？"

"我保证。"

"要知道文学的天地是自由的，即使我困在一个茧中，我的心仍然是超脱无羁的。"

丽静笑了笑，嘴角微微翘起：

"不跟你争了，总之，我在南方等你——等你来寻梦。"

一年。丽静的最初设想就是这样。一年，时间够长了。但文涛仍在北方。难道是我的判断出了错？以文涛的性格，绝非按部就班随遇而安的那种，那么……文涛的耐性实在让她称奇。丽静决定再延长半年时间，就像一只风筝，她有足够的线牵着岁月也牵着岁月里那颗驿动的心。

不信你不来。丽静胸有成竹。

但丽静彻底失望了。文涛真的没来，安安静静地做编辑当作家。丽静说不出的烦恼，是文涛固执？还是自己太过自信？无论怎么说，她都失败了，败给了自己的自以为是一厢情愿，也败给了文涛的安贫乐道心无旁骛。丽静给文涛写了封信，只有一句话：文涛，我太不了解你了！

那天，丽静约公司的同事去酒吧喝酒，玩命地喝，天旋地转时，丽静哭得涕泪交流。

文涛是没有真正在乎过我的。丽静想，不是吗？如果在乎，他就不该辜负我这么久坚贞的等待，他就不会把那家杂志社看得比我更重要……

丽静有段日子精神恍惚，她仍在最后一丝希望的微光里渴盼着奇迹出现。文涛的信来得很迟，同样只有寥寥数语：丽静，如果你执意要在商业社会中踏潮弄浪，我只好说，祝福你。丽静的手不停地发抖，信滑落在地，擦出了苍白的忧伤。良久，丽静又把信捡起来，反复打量着那行遒劲的行书，末了，把它揉成一团。

丽静知道，她和文涛的爱情，从此画上了句号……

"现在还好吗？"

"……"丽静欲说无言。

"就你一人在家？"

"……"丽静喉咙发哽。

"家庭……幸福吗？"

"……"

怎么开口呢？丽静真有点不堪回首。

嫁给司马阳纯属偶然。在丽静最失意最孤独的时候，司马阳的征婚启事赫赫然粉墨登场。当地一家名扬全国的晚报在头版位置介绍了千万富翁司马阳的觅偶条件。尽管条件近乎苛刻，丽静还是决定大胆一试。当天，她便把个人资料通过E-mail发了过去。

后来丽静想，这一步是文涛逼出来的，也似乎是冥冥中上天的安排。

司马阳足足把丽静上上下下"扫荡"了几个来回，才松弛了一下面部的严峻，指着沙发说：

"请坐。"

作为"候选者"，丽静初始还有些拘谨，这个身材魁梧目光犀利的老总，有种不动声色的威严，让她本能地生出些自惭和自卑。司马阳白手起家，立大业而家未就，年近不惑方考虑终身大事，不能不叫人钦佩。

丽静当时就是怀着这种敬意的。她想，即便自己不能通过"面试"签订结婚"合同"，能有幸亲眼一睹司马阳的英姿，也该没什么遗憾。

司马阳竟亲自为丽静沏了杯茶，茶叶纤长娟秀而覆着薄薄一层白毫，一看便知货色上乘，是千金难买的那种。

"喝点水吧。"司马阳说。

丽静敏锐地读出了司马阳目光中的一丝温柔，这个男人动心了。她想，初战告捷。

许是太激动了，丽静接茶杯时手竟抖了一下，结果就有茶水洒出来，弄湿了沙发和地板。

"对不起……"丽静满面灼红，一时局促得手足无措。命运又要和她搞恶作剧了，就像捉弄文涛和她，现在，这个恶作剧还在发生还在延续。丽静的心莫名地覆了一层白霜，七分激动三分希冀瞬间枯萎了。

"不要紧的。"司马阳宽容地说。

丽静仍是余悸未消。

司马阳笑了，有那么一点点关切和疼怜。他试探性地抬起手，稍稍犹豫之后，小心翼翼地落在了丽静的肩上：

"没什么的，别放在心上，好吗？"

丽静两眼一潮，那轻轻一拍，把她的心湖拍得春水荡漾。

司马阳叫来了秘书，把水渍擦干净。而后抬腕看了看表，打了个订台电话，说："我们一起去吃顿便饭吧。"

丽静默许。她已预感到，这个外形彪悍内心儒雅的巨贾，就是她幸运的归宿。

五星级的酒店丽静还是第一次进入。环境的典雅和酒菜的考究超乎想象。司马阳轻车熟路，看样子是这儿的常客，就连酒店的老总也和他亲热地寒暄了一番。丽静默立一侧，当酒店老总颇为欣赏地望着她时，丽静倏然感到了一种高贵的满足。真的，那种幸福和自豪难以言表，前所未有。

"我来介绍，"司马阳看着丽静，"这是我的……我的朋友。"

"老弟好眼力！"酒店老总满脸嘉许，走过来握着丽静的手，"我一看就知你是个有修养有内涵有知识有头脑有品有貌出类拔萃的才女！"

丽静在他连珠炮般的赞美声中嫣然一笑：

"过奖了。"

司马阳不是一个容易受外界影响的人，但他还是笑出了声，双眼里跳跃着一种异样的神采。

雅间里，司马阳举起酒杯：

"为我们的相识，干一杯。"

丽静心情出奇的好，一饮而尽。

"你知道，我心中的女子就是你这个样子。"司马阳说。

丽静垂下头：

"只怕我会让您失望。"

"才貌双全方为佳人，我不会看错。"

"你……"丽静心潮澎湃，不知话该如何出口。

"嫁给我吧。"

丽静瞠目。她无论如何也未想到司马阳会如此直接，如此果断。省略了铺垫省略了过程，单刀直入，直奔主题。毕竟，他们见面前后也不过一个小时。

丽静的脸红到了耳根：

"你相信一见钟情？"

"不，我相信我的眼睛。"司马阳神色庄重。

"不需考验？"

司马阳抽出一支烟，悠悠地吸了一口，说：

"如果你去首饰店挑一条项链，是否也需要考验三个月才决定购买呢？"

丽静无言以对。

当一条沉甸甸的白金项链和一枚炫目的钻石戒指套上丽静的玉颈和手指时，丽静知道这一切意味着什么。命运造就了这个瞬间，像一个难以置信的神话。

"它们已经准备了很久，"司马阳欣赏着被首饰装点得愈加雍容脱俗的丽静，说，"现在，它们终于找到了主人。"

丽静把一个绵长的吻送给了司马阳。那一刻，文涛在她心中彻底化为乌有。

在后来的日子里，丽静一直沉浸在蜜月的回忆中。司马阳无论在人前还是人后都显得极有修养，对丽静的赞美和爱怜恰到好处，所有见过丽静的人都被她的光彩和司马阳的笑容所打动，因为平素让司马阳流露出如此真实如此生动的笑容是不容易的。一些男士的目光里明显不无艳羡，而不少女人则索性表现出了沉不住气的嫉妒：

"司马太太，你真好福气哟！"

丽静笑了，很含蓄也很自足，她能听得出对方口气里酸溜溜的味道，就像未成熟的青色的葡萄。

体魄强健的司马阳在床上更是表现得神勇而细腻，让丽静一度对黑夜产生了难舍的缠绻。真的，在司马阳白天外出忙碌的时候，丽静常常神不守舍，眼前飘来荡去的总是黑暗中翻云覆雨的缠绵。而一俟暮色降临，她便像一朵花在爱情的滋润下越开越艳。

在那个时候，丽静虔诚地感谢命运的赐予。当她向司马阳迈出了略含蹊跷意味的一步时，她就跨越了常人几十年甚至一生的路程。什么都有了：洋房、小车、用人……而最关键的是，她拥有了举世难寻的爱情。如果当初把命运交给文涛又会是什么样子呢？文涛的特立独行和我行我素注定是靠不住的，她要么失望和决绝，要么隐忍和承受……那该是个怎样的错误！

命运的迥异只在旦夕之间啊。丽静想。她没理由不为自己庆幸。

可是……

人间为什么总有那么多"可是"呢？一个转折，一出经典的爱情便七零八落。古往今来，触目皆是。丽静大学时常为书中的爱情挽歌伤怀落泪，那时，她相信她和文涛是完美的，不想同样重复了劳燕分飞的俗套；而当与司马阳结为连理时，她又肯定地认为这桩高贵的婚姻有着金玉般的质地和常青藤般的生命力，结果呢？

结果司马阳归宿的夜晚越来越少了……

丽静第一次见到蝙蝠是在一个焦躁而痛苦的黄昏。在此之前，她刚刚无意中在司马阳的办公楼下见到了搂着"小秘"上车的丈夫。丽静当时呆若木鸡。她不知自己是怎么回到家中的，她只记得她的影子很单薄很无助地划过长街。然后，黄昏就像一桶变质的颜料泼了下来。蝙蝠飞掠的黑色弧线像一道锋利的剑刃刺痛了她。那么多日子，丽静从未发现这里有蝙蝠。

那么，这定是一只流浪的蝙蝠，迷失在都市的虹影里。

莫非蝙蝠也知人意呢。丽静想。

丽静似在一瞬间悟破了红尘：也许，女人从生下来就是个悲剧。

"丽静，为什么不说话？"

"我……"丽静拭了泪，竭力镇静着自己，"我还好……你呢？"

"就那样呗。"

"还在杂志社？"

"不，我现在离你很近。"

丽静不由得一愣：

"你是说……"

"我和你在同一座城市里，呼吸着同样的空气。"

"……出差吗？"

"不，我在这儿打工。"

"多久了？"

"一个月。"

丽静沉默。丽静一时觉得难以置信。这一切是不是太戏剧化了？那个坚守自我青灯素笺的文学朝圣者为何在数年之后姗姗南下？为何在她的意料之中和预期之外？为何……丽静陡然莫名地生出几分怨恨。

"为什么来这里？"

"寻梦，生活的梦。"文涛的声音有些沙哑，"丽静，我写不出作品了，生活一点点地蚕食了我的灵感。现在，我要为另一个自己活着，或者说，我在寻找一个新的自我。"顿了下，又说，"我很羡慕你，你当初的话是对的，我在走你走过的路。"

丽静的心中像打翻了一个五味瓶，瓶子里流出了一个让人啼笑皆非的结局：她走过的路，竟然成了文涛此时的航线。这是荒谬还是必然？

"文涛，你……还是回去吧。"丽静说。

"为什么？"

"这里没有你的梦乡。"

"不，我正在靠近梦的核心。"

"那么，祝你好运。"丽静喉咙发哽。

"我想见你。"

丽静的心一颤。阔别多年，文涛会是什么样子呢？还是那么潇洒超然吗？为了那段缘，为了这个孤独的夜晚，为了一个久违的声音，为了自己，她都无法拒绝文涛的邀约。丽静蓦地有些激动，是啊，她该走出这所空荡荡的豪宅了，去和曾经心爱的人静静地重温一段岁月……

"你在哪儿？"

"玫瑰酒楼。我正陪老板在这里玩。"文涛显然也激动起来，"老板是个了不起的人物，他对我很赏识，我一定好好努力，争取成为第二个司马阳。"

丽静傻了。

"喂，丽静，你在听吗？我已经开了房间，半个小时后我在楼下等你。"

电话从丽静手中倏然滑落。

丽静苍白地笑笑，看来，在这座不眠的城市，她别无选择，只有寂寞地等待下去。

等待一个夜晚回家的人。

（原载《广州文艺》2001年第12期）

无名巷

无名巷，巷无名，
无名巷里唱众生。
日头溜着墙角走，
屋檐下面刮北风。
豁口老碗说年景，
说了春夏说秋冬。
一壶老酒一场梦，
东西南北说不清。
　　　　——《无名巷谣》

二　手

　　二手不叫"二手"，但大家都叫他"二手"。原因很简单，他爱用二手货。

　　最初，二手花了30元钱，买了辆破旧的二手自行车。他不骑，而是把车拆了，满地碎零件，两手黑油泥，撅着屁股研究几天，再一个螺丝一个螺丝地装上。之后，二手就在巷子里摆了个简陋的摊子，给人修自行车。

　　第一个顾客是街坊罗大爷。

"老爷子，修车呀？"二手老远打招呼，还敬上一支劣质烟。

"后轮气不足了，看看咋回事？"罗大爷把车往二手跟前一横。

"好嘞。"二手把车翻了个个儿，缓缓转动后轮，眼看，手摸。摸了两圈，问题还真给找着了："老爷子，胎扎了，得补。"

"中，补吧。"罗大爷坐在一边的小凳上，看二手的手艺。

二手是新手，动作不利索，但格外小心。扒了外胎，手沿内侧滑到破损处，用大拇指一顶，一粒玻璃碴吐了出来。二手舒了口气，又轻轻缓缓地扒出内胎，打气，待内胎有了些硬度，就浸在水里一截一截旋动，蓦然，一串水泡冒出来，破口就定准了。拿抹布拭干破口周围的水，再拿锉子锉，锉出粉红的胶质，然后，再剪下一块废旧的内胎，同样锉出粉红的胶质，均匀地涂上胶水，稍晾一会儿，像创可贴似的贴上去，而后放在木砧上，用小锤轻轻砸实，再晾个几分钟，就成了。

罗大爷眯着眼，看得仔细，脱口夸二手："中，娃子，活儿瓷实，以后都来你这儿修车。"

"谢您了，老爷子！"二手心里美滋滋的。

心里美，手上就来劲，哈着腰猛按一阵气筒，冷不防"啪"的一声炸响，内胎连外胎给二手的好心情撑爆了。二手怔了，惊出一个弯腰打气的造型，脸上的笑噼里啪啦掉了一地。

"鳖羔子，手上咋一点分寸都没有？往后鬼才来你这儿修车！"罗大爷变了脸。

"老爷子，我赔，我赔……"

头一桩生意，二手净赚一通骂，倒赔了一辆二手自行车的钱。

二手颓丧到了极点，蹲在摊前，勾着头，像只烧鸡。一连几天，再没人光顾他的摊子，罗大爷早把他的"事迹"宣扬出去了。就在二手偃旗息鼓的时候，女人出现了。

"师傅，修车。"女人说。

二手抬起头，看到一张姣好的脸。他认得，这是巷子口卖米线的兰花。兰花身旁，还站着一个虎头虎脑的小家伙，那是兰花的儿子小虎。

"你……不怕我修不好？"二手没底气。

兰花莞尔一笑："谁还能栽一辈子跟头？"

二手心头一热。

同样是补胎，二手比上次更上心了。兰花店里忙，先回了，留下小虎瞪着一双乌溜溜的大眼睛，看二手修车。胎补好了，二手打气，打几下，捏捏胎；再打，再捏，整整鼓捣了一个小时。车修好了，二手又拿抹布擦车，里里外外，上上下下，把车擦得光亮如新。

"二手叔，你真厉害！"小虎一脸的佩服。

二手乐了，起身到旁边小卖部买了几颗糖，给小虎吃。小虎鼓着腮帮子，吮得吱吱响。

"二手叔，你陪我玩玻璃球吧。"小虎从口袋里掏出两个绿色玻璃球。

"中！"玩这个，二手是老手。

两人玩了一个上午，熟得差不多成亲叔侄了。二手随口问："小虎，咋没见过你爹呢？"

"我没爹。"小虎仍然盯着玻璃球。

"胡说，那你是从哪儿来的？"

"俺娘说，有天晚上打了个雷，就有我了。"

二手笑得前仰后合，笑过了，就泛起嘀咕：这家里有名堂。

眼看到了晌午，兰花还没来推车，二手想，八成是忙得抽不出身，就连车带小虎给兰花送去。兰花的店里果真坐了不少人。二手放下车，转身要走，兰花说："大哥，吃碗米线再走。"二手连连摆手，小本生意，吃一碗就三四块呢。兰花追出来，塞给二手两块钱，二手递回一张："补胎，一块！"

这一块钱，二手在口袋里捂了半个月，之后就锁在抽屉里，至今没动。

兰花给二手带来了好运，生意渐渐多起来，二手的好名声也日渐传开了，就连罗大爷也成了回头客。以后，二手再看兰花，眼神里就多了分感激。

小虎成了二手的常客，二手忙，小虎就蹲在一边看二手修车；二手闲了，小虎就跟二手玩游戏。玩到后来，二手常常把小虎驮在脖子上，就像驮着自己的儿子。

一晃过了一年。

转眼到了中秋，二手光杆一人，小虎也没来陪他，心里空得慌。傍晚，二手收了摊，刚进屋，小虎上气不接下气跑来了："二手叔，俺娘叫你吃月饼。"

二手的心"咯噔"一下，愣了愣神，说："好，就去，就去。"踅到镜子前，认真理理头上的乱毛，再拿鸡毛掸子掸掸身上的灰尘，就和小虎出了门。走到一半，又转身回到小卖部，拎了一桶"金龙鱼"。

兰花做了几个菜，还开了酒，店门一关，就是个小家了。二手挺局促，站也不是坐也不是，兰花倒还大方，让座，倒酒，说："大哥，吃菜，看合不合口味？"

二手还没拿筷子，嘴上却答："合、合！"

兰花笑了。

二人也没多少话，兰花倒一杯酒，二手低着头喝一杯，目光不敢碰那张姣好的脸。喝着喝着，二手眼前的桌子飘起来，兰花的声音也柔柔地飘过来："大哥，多了？"

"不多……不多……"

"小虎这孩子，老念叨你的好。"

二手傻笑，一旁的小虎像泥鳅一样钻进了他的怀里。

"二手叔，你给我当爹吧。"小虎说。

兰花脸红了。

二手酒醒了，抱紧小虎，眼泪流得哗哗的。

回家时，二手看着天上的月亮。往年，月亮跟他一样，孤孤单单的没个伴，可今晚，怎么看月亮都在笑，笑得好看极了，像兰花。

二手扯开嗓子，唱起了家乡小调：

人逢那个喜事，
朗格利格朗，
那个精神爽；
月到那个中秋，
朗格利格朗，
那个亮光光……

风里，雨里，雾里，雪里，三颗心连在一起了。结婚的时间，定在元旦。

好日子过得比风都快，几个月"唰"一下就过去了。二手拾掇了房子，置办了一套二手家具，还买了一台二手电视。一切都有模有样了，兰花红着眼来了。

"小虎他爹……回来了。"

二手没反应过来。

"不管咋着……他毕竟是孩子的亲爹。"

二手瘫坐在椅子上，半天才缓过神来。小虎爹的事，兰花不说，二手从不问，那是戳伤疤的事。

"他……待你咋样？"二手不甘。

"不说了，命，都是命。"兰花落了泪。

二手不言声，半晌，说了句："好、好……好好过日子。"

这天，二手把自己关在屋里，喝得酩酊大醉。昏睡了一天一夜，再出门时，阳光脆得像玻璃，世界似乎全变了，只剩下冷。

兰花走了，和那个男人。

二手还给人修车，修车的时候依旧面带微笑。二手怕晚上，一到晚上他就觉得冷。

一晃三年。二手的修车摊子变成了修车行，自行车、电动车、摩托车全修，手下还有了几个小工。二手有钱了，日子也得过出新花样，二手就买了辆二手小轿车。有时开着车，二手会产生幻觉，副驾上坐着兰花，兰花的怀里是拿一双乌溜溜大眼睛看他开车的小虎。想着想着，二手就傻傻地笑。

街坊、朋友都对二手刮目相看，罗大爷有次搭二手的顺风车，说："我早就看出来，你娃子有出息！"

"老爷子，还是您有眼光！"二手连自个儿一起夸了。

"那可不嘛，老汉我啥世面没见过！"罗大爷骄傲地拍拍胸脯，忽然话锋一转，"唉，说正经的，该张罗媳妇了，一个大老爷儿们没个媳妇，那也叫日子？这终身大事，包在我身上，谁的茬你也别接！"

罗大爷给二手张罗的媳妇，是他外孙女。

二手不见。

街坊、朋友介绍的，二手还是不见。

"唉，人一有钱，眼眶子就高了。"罗大爷感叹。

二手眼里只有修车的家什，没女人。

转眼又到了元旦。二手突然向街坊四邻宣布了一个爆炸性消息：他要结婚了。

新媳妇是谁，没人知道。可大伙儿相信，二手的媳妇不是天仙也得是一朵花，要不他能等到现在？

婚礼上，大伙儿都傻了：新娘子不是别人，正是卖米线的兰花。二手拉着兰花的手，脸上的笑像菊花一样开得层层叠叠。那样子，幸福得很。

大伙儿心里憋得慌，这女人凭啥就拴住了二手的心呢？罗大爷更是气不顺：我外孙女哪点比不上兰花？退一万步，咋着她也是个黄花大闺女吧！

一口气堵在胸口，难受。罗大爷决计要探探兰花的底细。兰花以前卖米线租的是麻老太的房子，罗大爷就凑到麻老太身边，朝兰花努努嘴："老妹子，说说，这女人啥来历？"

麻老太叹了一声："唉，这孩子命苦啊，他男人吃喝嫖赌，把家给毁了。前几年，他男人装可怜，女人心软不是，就又跟了他，结果呢，他把兰花卖米线辛辛苦苦攒的那点积蓄又给骗光了……"

罗大爷不吱声了，可二手的朋友不干了，命好命坏且不说，前几年要结婚的时候，你拉着孩子就跟男人走了，这不是把二手给涮了吗？如今落了难，咋还有脸回来？再说了，现在二手啥样的女人娶不来？

二手亏，真亏。

喜宴开席，几个朋友大喝闷酒，不大一会儿，就有了三分醉。二手敬酒时，朋友沉不住气了，把二手拉进卫生间，说："二手呀二手，这物件嘛二手还能凑合，可这女人你总该找个一手的吧？"

二手不恼，很认真地说："常言道，霜打的柿子——心里甜，明白不？"

"不明白。"

"那就好好琢磨琢磨，走，喝酒。"

朋友糊里糊涂地走出来，还是品不出"霜打的柿子"究竟是个啥滋味。

晚上，几个朋友贴在二手窗前听房，窗户太严实，没听出什么动静。第二天，朋友又来找二手，想逗逗他"霜打的柿子"到底甜不甜？刚巧碰到小虎在巷子里玩，朋友灵机一动，把小虎拉到一边。

"给叔说说，昨天晚上你听见啥了？"

"不告诉你！"

"叔有一支玩具冲锋枪，想不想要？"

"想要！"

"那就对叔说实话，说了枪就归你。"

"说话算话？"

"算话。"

"那好吧……我听见俺爹说冷。"

"冷？那你娘咋说？"

"俺娘说：还冷不冷？"

"你爹呢？"

"俺爹说：还有点冷。"

"你娘呢？"

"俺娘没说话。"

"那你爹还说啥？"

"俺爹说：不冷了。"

洁　癖

老杨是个寂寞的人。

按说，老杨不该寂寞，可是，他寂寞。

老杨的工作就是每天和人打交道——准确地说，是和死人打交道。

火化工这份工作，对老杨来说，不如说是一门手艺。当火化炉的高温拔光了他的汗毛，老杨的手艺已炉火纯青。再难烧的尸体，在他手下都服服帖帖，连个骨头渣子都不留，清一色细灰，不给亡魂留下一点尘世眷恋。而且，老杨还练就了一手绝活：闻味。他能从骨灰里闻出死者生前的大致状况，比如这人活着时多食海鲜野禽，有股腥臊味，由是判断，此人非官即商；比如有人骨灰里有股酸苦味，想来活得不易，粗茶淡食，一生劳苦；比如还有人骨灰里隐隐有股膻味，不用说，此人生前风流无度，纵欲销魂，精血被吸干了，如今做了花下鬼……更为神奇的是，有次老杨竟从骨灰里闻出了一股致命的邪味，当即劝家属报案。家属不解："这是为个啥？"老杨长叹一声："他是被毒死的，别让人死了还蒙着冤。"后来，案件侦破，果为一个多年至交毒死。那毒藏在至交送他的补品里，慢性中毒，不知不觉，死了还念人家的好。你道为何？很简单，两人争一个位子，他挡了人家的路。

为此，老杨出名了。穷的富的，尊的卑的，都希望让老杨送最后一程。红包塞过来，老杨推了，他不挣死人钱。老杨心里更憋屈的是，人活着分三六九等，死了还分高低贵贱：VIP炉，尊者专享；普通炉，自然是普通人进入另一个世界的通道了。至于从这两种炉子里走出去的灵魂，谁进天堂谁入地狱，那就不是他能管的了。

每次下班，老杨都会干呕一阵。脏，脑子里就这一个字。无论VIP炉，还是普通炉，他都觉得脏。富贵者更脏，脏到了骨子里、灵魂里。走进澡堂，老杨眼前老出现幻觉，看见一个个大腹便便、气宇轩昂的人，吃着果子狸，搂着红裙子，说着冠冕堂皇的鬼话，而他，还要恪尽职守地服侍他们上路。有时，他真想朝那些死了还人模狗样的家伙脸上啐一口，可他不能，他得对得起自己的职业操守。老杨在澡堂的大池子里泡，再到淋浴下冲，肥皂打了一遍又一遍，皮都差点搓破了，可怎么都洗不掉身上的死人味。

因了这脏，老杨有洁癖。

老杨的家很俭朴，但干净得一尘不染。这是他一个人的家，不会有第二个人带进来一丝风尘。其实，老杨是有过妻子的。妻子来自乡下，朴实清秀，只知他在民政部门上班。待搞清了他的职业，便二话不说和他分床了："别碰我，你身上不干净！"是啊，连老杨自己都自惭形秽，平素街坊邻居都躲着他，像躲一个瘟神，他有什么资格让一个女人和他这个天天活见鬼的人在一起过日子呢？离就离吧。一个人，倒也清净。

但在这世上，寂寞的人不止老杨一个。有这么一个女人，白白的，眼睛不大，不漂亮也不难看。女人总是穿一身白大褂，也常常和死人打交道，还用刀子切割那些死人，给一帮忐忑不安的学生讲生理解剖。没错，她是卫校的老师。女人叫江月，老公是政府部门一个不大不小的领导。在她40岁那年，老公在情人节这天手捧一束玫瑰，把不为人知的情人变成了老婆。江月眼含泪水，问："为什么？"老公淡淡地答："我闻不惯你身上的来苏水味。"江月咬碎了牙，在课堂上竟第一次失了手，刀子走偏了。她对不起面前的那个死人。她觉得自己也是一个死人——她的心死了。

后来，她想到了老杨。

"你好吗？"电话里，她问。

"好……好着咧。"老杨有些发呆，这个号码已有多年沉睡在手机通讯录里了。

"能见个面吗？"

"有……有事？"

"没事，就想说说话。"

"哦……"老杨竟有些心跳，沉吟半晌，说，"不见了吧？你好……就好。"

"我不好！"江月的声音高起来，连她自己都吓了一跳，她凭什么冲老杨发火？不可理喻，她挂了电话，眼泪却莫名其妙地流下来了。

老杨的耳朵被震疼了，心也被震疼了。老杨真真切切地感到了来自江月的疼痛。多年前的记忆，像一只冬眠的青蛙跳了出来。那时还是上高中的时候，江月喜欢上了老杨，喜欢他的一脸棱角，还有他那两道墨染似的浓眉。老杨也喜欢江月，喜欢她的文静、

194

优雅，喜欢她白白的皮肤。可是，老杨的家很穷，娘早早地没了，父亲是个大字不识的矿工。江月的家不算富裕，但还殷实，关键是她做教师的父亲，一个眼镜片可以当铁饼的知识分子，说什么也不会看上一个文盲的家庭。自然，他们的爱情无疾而终。本来，两人已再无交集，但前几年江月的母亲去世，是老杨亲手送的。那天江月哭得死去活来，老杨的心像被刀戳着一样，竟也落了好多泪。老杨骗不了自己，他心里有个小屋，里面住着江月。锁住了岁月，又怎能锁住记忆呢？

"我在河边等你。"老杨重新拨通了江月的电话。

江月的泪止住了，老杨是在意她的，老杨心里还有她。那条河曾经淌满了开花的心事，两个牵手的少年，在月色皎皎的夜晚，一起赏河中莲、水中月。月亮在水波里羞涩地笑着，老杨揽着江月，说："你瞧，那就是你，是我的月亮。"尽管，他们懵懂的爱情终是一轮水中月，但那明澈的月色，却是永久地沉淀在两颗孤独的心中了。

河边，桥畔，他们几乎同时到达。对望了一眼，眼神又躲开了。默默地走，距离不远不近，没有牵手，没有语言。月亮弯弯的，静静地待在天上，晃晃地荡在水里。不知过了多久，夜似乎也睡去了，老杨说："不早了。"

"以后，还能一起走走吗？"江月看着他，眼神里颤着两弯月牙。

老杨点点头。

江月伸出手，老杨犹豫了下，很有分寸地握了握。江月的手很热，老杨的手很凉。

老杨一夜未眠。此后的许多个夜晚，老杨常常失眠。江月想和他牵手了，牵一辈子。老杨知道，那是个干净的女人，是一个月亮一样的女人。他曾经很想摘下这个月亮，可他现在不了，他习惯了一个人，习惯了一尘不染的宁静。月亮应该待在天上，或者游在水里，那里才是圣洁的，才是一个女人应该待的地方。他觉得自己这双每天接触死人的手，只要碰到那轮月亮，月亮就脏了，他自己也脏了。

那就让心牵手吧，只有心永远是干净的。

日子就这么过着，两个人守着自己的世界，静默着，牵绊着，心却暖了。

这年初冬，老杨的身体开始不适，一检查，肺癌。老杨才五十出头，阎王爷的死亡通知单，不是下错了，就是下早了。但老杨不怕死，或者说，他对死早已麻木了。唯一让老杨纠结的，就是怎么个死法。他厌恶自己一辈子为死人送行的火化炉，他不想让自己也从这里走出去，变成黑烟，变成灰，和无数肮脏的灵魂搅在一起，做鬼也不干净。他没有办法选择活着，但他想为一个干净的死亡作一次主。

病危时，他拉着江月的手："我的……月亮，现在，我把我交给你了。"

江月的泪滴在了老杨的额头上，半晌，只说了两个字："放心。"

不久，卫校的玻璃容器内，新增了一些泡在药水里的人体器官，很干净，那是死去的老杨。

稀　饭

午后的日光暖烘烘的，罗大爷照例蹲在墙根晒太阳，光亮的秃头一磕一磕地打着盹，日光便也在上面慢条斯理地磨着刀。这时，一阵脚步声跌跌撞撞地过来了。

"稀饭，又喝晕了。"罗大爷歪着头，睁一只眼，闭一只眼，斜睨着那个叫"稀饭"的人。

"哎哎，您老晒着，回了。"稀饭的黑脸膛上飞着酒红，脚

196

下打着踉跄，踅入一条胡同不见了。

稀饭是这条巷子的土著，三十多岁，光棍一条，爹妈都没了，也无兄弟姊妹。其实，稀饭是有名有姓的，只是前些年跟人打架，工作丢了不说，还进了局子，蹲了号子，吃了两年牢饭。我们这里，监狱地处城市西郊，因而本地人称"监狱"为"西大院"，称吃牢饭为"喝稀饭"，大抵是对罪犯伙食的臆测。稀饭是喝过稀饭的人，巷子里的人心照不宣，便都改口叫他"稀饭"了。

稀饭自然是有些自卑的，所以见了街坊四邻，头总是半垂着。有时正走着，看见前边有人，忽然来个"向后转"，或者躲进某条胡同，活似一只受惊的老鼠，待那人远去了，才蔫蔫地继续走他的路。当然，后来稀饭有了酒，有了"道上"的朋友，有了"道上"的醒目标志——右臂上一条蛇形的文身，见人也便不再躲了，甚至脸上还有了一丝莫可名状的笑。偶尔，见到瞧不起自己的，也会直直地盯着对方，那目光是刀子般锋利的，倒让对方吓得想躲了。

事实上，巷子里的人，是没有一个瞧得起他的，直到那次罗大爷家失火。那是一个寒冷的冬夜，大北风已经刮了些日子，"嗷——嗷——嗷——"叫得歇斯底里。在罗大爷杂乱无章的梦境中，电炉子趁其不备，偷偷地点着了他滑在地上的被角。罗大爷的脚趾被灼痛啃了一下，梦中一个喜欢恶作剧的坏小子划燃火柴，点着了田野里的大片荒草。说时迟那时快，通红的火焰一下子蔓延开来，将他重重包围。坏小子甩动着燃烧的裤腿，在漫无边际的火苗和烟雾中仓皇奔逃，一边大呼救命……然后，罗大爷就从烟火腾腾的被窝里翻了下来。

"救命——救命呀——"

最先听到呼救的，是罗大爷隔墙的邻居老豆包。老豆包得过脑血栓，一条腿划着弧线出了门，看到火光，本就无规律抖动的手抽得更加厉害了。好在老豆包年轻时沿街串巷卖过豆腐，练出了一副极有穿透力的嗓门，便给巷子里每个人的梦境捅了一刀子：

"失火了——罗老头烧死了——救火呀！"

很快，一些衣衫不整、睡眼惺忪的人拎着水桶、盆子之类的物件围了过来，手忙脚乱地往里面泼水，但是没有一个人敢冲进去救人。毫无疑问，罗大爷不大可能活命了。然而就在大家惶遽的目光里，一个黑影陡然射入了火海，片刻后，那黑影便背着全身赤裸的罗大爷冲出来了。

万幸，罗大爷没死。

罗大爷咳出几口浓烟，喑哑地说："我欠稀饭一条命。"

这时，众人才知道那个黑影是稀饭。

稀饭的头发给烧焦了，索性刮了个光头。光头稀饭突然在人们的眼中高大起来了，走到路上，大伙儿都老远给他打招呼，甚至还有人主动请他喝酒。

人生总是这样充满变数。这次火中救人让稀饭的命运发生了一个不大不小的转折。首先是居委会给他申请了见义勇为奖，接着稀饭上了电视，罗大爷拉着稀饭的手，泪流得稀里哗啦的。主持人把话筒伸到稀饭面前，稀饭没说一句话，泪也流得稀里哗啦的。

稀饭第一次觉得，自己活得像个人了。

不久，一家企业主动上门求贤，聘请稀饭当保安队长。大盖帽、新制服，行头一换，稀饭脱胎换骨了。

在这支良莠不齐的保安队伍里，稀饭享有足够的号召力。他吃过牢饭，当过英雄，胳膊上有一条令人望而生畏的眼镜蛇。据说在他就任之前，这家企业连续发生了几起失窃事件，原因是先前的保安队长不服众，队员们敷衍塞责，吊儿郎当。然而稀饭一到位，眼珠子一瞪，胳膊一挥，那条眼镜蛇立即腾跃而起，吓得众人大气都不敢出。当晚夜间巡逻，平时最捣蛋的愣头青二牛躲在厕所里玩手机，被稀饭抓了个现行。

"说，咋办？"稀饭反剪着双手，脸阴得能拧出水来。

"不就玩会儿手机吗，我巡逻去还不行？"二牛皮笑肉不笑，一副满不在乎的样子。

"家有家法，队有队规。跟我走。"稀饭面无表情。

"走就走，怕你我是孙子！"二牛脖子一梗。

稀饭集合了队伍，喝令二牛："立正！"

二牛来了个稍息。

稀饭不说话，背着手走到二牛身边，突然飞起一脚，将二牛踹在地上。

"狗日的，敢对我下手，你牛爷也不是吃干饭的！"

二牛一个鲤鱼打挺，看样子练过两手。稀饭依然背着手，岿然不动，看着二牛像头疯牛冲了过来，又是一脚，将二牛踹了个"狗啃屎"。

"狗日的，我要你的命！"

二牛猛地从腰间拔出一柄匕首，向稀饭直刺过来。队员们一阵骚动，乖乖，这是要出人命了。然而稀饭依旧稳如泰山，拿胸脯迎着二牛的匕首，一点躲闪的意思也没有。眼看刀尖就要挨身了，二牛手一软，匕首"当啷"坠地，接着，二牛跪下了，说："哥，我服了，往后你就是我大哥，兄弟跟定你了！"

稀饭把二牛拉起来，拍拍他的肩："兄弟有种，记住：吃人饭，拉人屎，干人事！"

自此，稀饭说一不二，保安队纪律严明，治安状况大为好转。企业老总握着稀饭的手，心情大悦："我没看错人，下月起，保安队全体加薪。"

第一个月薪水下来的时候，稀饭在酒店定了个包间，叫上一帮兄弟，说："今天我要请恩人。"

"谁？"二牛问。

"到了你就知道了。记住，见人敬礼。"

"明白。"

酒店外，稀饭率领众人夹道迎接。正当大家琢磨着这位恩人是何方神圣的时候，罗大爷出现了。

"敬礼！"稀饭一声令下。

大伙儿齐齐敬礼。罗大爷没防备，给这阵势吓得差点没趴下。

酒席上，罗大爷坐上座，大伙儿众星捧月，纷纷给罗大爷敬酒。脑袋有了几分晕，舌头有了几分硬，稀饭站起来，恭恭敬敬地举着酒杯，说："大爷，这杯酒敬恩人，您老喝了！"

罗大爷丈二和尚摸不着头脑，结结巴巴道："稀饭，弄、弄错了吧，你才是老汉我的救命恩人呀。"

稀饭摆摆手："没错，没有大爷就没有我稀饭的今天！"

这天，罗大爷酩酊大醉，翌日酒醒，恍惚觉得跟做了场梦似的，心中也更加糊涂了：到底谁是谁的恩人呢？翻不过来这个理，可有一样是清楚的，那便是稀饭再不是从前的稀饭了，稀饭是实实在在的出息了。

稀饭的确再也不是从前的稀饭了，站在人前不怒自威，一声令下一呼百应，这感觉妙不可言。如果说救罗大爷后自己活得像个人了，那现在稀饭觉得，自己活得像个人物了。

是啊，"人物"——多好的字眼！

既然是个人物了，那生活就得配得上这个"人物"的名号。稀饭开始过上花红柳绿的日子，洗脚店、按摩房、洗浴中心，他成了常客，而且身边总有几个兄弟护驾。小姐们也乐意傍上这位"老大"，不光有面子，那些贼眼贱骨的瘪三也不敢招惹她们了。

东北姑娘小高粱就是在这时走进稀饭的生活的，准确地说，是走进了稀饭枯寂的心中。这是个标致妹子，白而丰腴，柳眉凤目，乳房上镶着两颗勾魂的红痣。稀饭喜欢小高粱的一口东北腔，喜欢她在床上的野性，第一次在洗浴中心点了她的牌，稀饭就觉得再也离不开她了。

小高粱是个懂事的女子，每与稀饭相随，便关了手机，切断了过往那些"老客户"联系的路径。一干兄弟亲昵地称呼她为"嫂子"，小高粱答应得极是爽脆。稀饭那时想，等攒下些钱，就赶快把自己狗窝似的家翻新了，光光鲜鲜地迎娶小高粱进门。

然而，计划赶不上变化，小高粱跟着一个大款跑了，决绝得甚至没有给稀饭留下一个背影。但小高粱的体香和温度是留着的，刻在稀饭生命中的每一条纹路上、每一个细胞中。稀饭觉得，他的筋骨都被人抽去了，他的魂魄都被人带走了。他像一条垂死的眼镜蛇，再也抬不起那颗高傲的头颅了。

"大哥，婊子无情，为她伤心不值，两条腿的女人还不多的是？"二牛劝。

稀饭像给烙铁烙了一下，浑身一个激灵，胳膊猛地一挥，那条眼镜蛇复苏了。稀饭的嘴里发出"咯咯"的磨牙声，攥紧的拳头骨节毕现，片刻后陡然砸下来，桌子的一角竟硬生生给砸断了。

"我是谁？"稀饭问。

"大哥。"二牛答。

"再说！"

"老大！"二牛一个敬礼。

"老大的女人，谁敢碰？"稀饭一字一顿。

"兄弟明白了。"二牛的两条眉毛绞在了一起。

那个大款三天以后被二牛找到了行踪。事实上，打从稀饭胳膊上的眼镜蛇抬起头的那一刻起，就算走到天涯海角，那位大款也在劫难逃了。

稀饭用二牛的匕首，抹了大款的脖子。

稀饭又上电视了，从英雄到死囚，他再一次出了名，当然，也是最后一次。行刑那天，下起了雨，一条条细细的雨线在空中织出了一张硕大无比的网。稀饭站在网中，陷入了无边的恍惚，天也不在，地也不在，雨也不在。他在哪儿？他是谁？都没有了答案。

这天，罗大爷做了一个悠长的梦。梦中，他又看见了那个坏小子。坏小子在火光熊熊的荒野里奔跑，越跑越远，最终化作一个小小的黑点。罗大爷老泪横流，对着漫天大火说："虎生，回家吧。"

虎生是稀饭的名字。

（原载《北方文学》2016年第2期）

乘着月光逃亡

寻找我的月光

月亮很大。我似乎第一次注意到，月亮会清幽得这般古典，如一位小家碧玉，在岁月深处明眸一闪，洞穿了白云苍狗。

天深蓝，像一个沉默的逸士。山郁郁，沉浮了多少故事。

回眸，不见了城市灯火，宛然一个浮华之梦，消隐于月光的屏蔽。心陡然宁静下来，如一枝无名山花，在辽阔的夜色中寂寂绽放。

这是记忆的月光，这是我梦牵魂萦的地方。五年了，我的灵魂从葡萄酒和霓虹的光影里无数次逃逸，今夜，我素面朝天，饮月光而醉。

山道弯弯，被月色浸染，少了荒寂，多了深沉，似一首隽永的小诗，在月色中飘舞。

隐隐约约，听到沉实的鼾声，朴拙而朗澈，那是泥土最真实的语言，胜过多少修饰的华丽。

我的乡人，我的爹娘，可知一个漂泊红尘的女子，踏月色而归？

五年前我乘月光逃亡

五年前我是一尾忧郁的小鱼。

我搁浅在大山的皱褶里，开始咀嚼爹娘的汗珠，开始思索那些"日出而作，日落而息"的日子。我突然害怕了，我怕命运把我交给和别人一样的生活，如山花复制一个从荣到枯的过程。

我知道，我必须逃离了，逃离一个大山的宿命。

那是一个月光浩荡的夜晚。那晚的月光沁凉如水，把我托举为一叶小舟。娘的目光像一条缆绳，让我举棋不定。

但娘用一种特殊的方式斩断了自己的缆绳。

"闺女，老大不小了。"娘的语气平淡而从容，像是在说一件普通的农事，手里还在飞针走线地纳着鞋底。

我看着娘。我听出了娘的弦外之音。

"三里弯的二柱人很不错，又老实又能干，能顶半头牛哩。"

"……"

"山雀大了离窝，闺女大了出门。找个好婆家，娘就放心了。"

"娘，我不，我才18岁呀。"我哭了。我不知道我为何那般委屈。我只是感到恐惧，感到一种无法抵挡的绝望。

"18岁还小吗？人家兰花17岁就奶娃了。"

"娘，你别赶我，我不找婆家……我挣了钱给您买头牛！"

我给娘跪下了。娘读不懂我。娘的瞳孔里全是诧异。可我明白，我的小舟就要离岸了。

在爹娘的鼾声里，我偷拿了家中微薄的积蓄，悄然走出柴门。山很大，重重叠叠起伏无垠。我举桨摇橹，乘着月光逃亡。何处是归宿？我不知道。我只知道我不能回头，如果娘的梦呓打湿了我的心，我会立即成为一只栖鸟，被命运的箭矢射落。

让我好好流一次泪

柴门如昨，石屋如昨。这是我生命的源头，穿过五年的相思，注定让我泪流潸然。

手在门前犹豫，仿佛怕敲响一个宁静的梦。淋一身月光，怕梦醒花落。定下心来，敲开岁月的尘封。灯亮了，眼中盈满朴素的温馨。爹的咳嗽声传出，真实得像他抚摩半生的锄头。

"谁呀？"

"爹，是我！"我不可抑制地带着哭音。

门蓦然打开，爹逆光而立，如村头那棵苍老的柳树。爹无言，我也无言。娘跟着起了，脸上早挂了泪痕，对爹一声吼：

"还不快让闺女进来！"

"哦……"爹这才大梦初醒。

我紧紧地抱着娘，宛然抱着一个奢侈的梦。娘的身子在抖，如我的心在幸福中战栗。

娘吩咐爹：

"去给闺女烧碗鸡蛋茶。"

我阻止：

"娘，我不饿。"

"闺女，你想吃点啥？"

"娘，我就想在您怀里，好好流一次泪！"

我哭声幽咽。我泪如雨下。这泪储存了五年，似洪水决堤，今夜让它流个酣畅淋漓。

"闺女，一人在外……受苦了。"爹说。

"娘做梦都想你呀……"娘呜咽着。

我哭得更凶。娘的哭声也绵绵如雨。哭声里，有多少难言的心事？我的耳边，似又响起了五年前逃亡的足音，在我的脚下，溅起大朵大朵的月光……

虚假的阳光

在浩瀚的月光之海里，我的小舟停泊于一片玫瑰丛中。

都市虹影，为寻梦者早设下一个斑驳的谜底。只是那猜谜的人，茫然于谜面的缭乱。我像所有的打工妹一样，千辛万苦地求职。终于，我在一家小工厂谋到了一份出卖体力的工作。

建强注定是我生命中的一个暗礁。在通宵达旦的劳作和无亲无靠的孤独中，我需要一个宽厚的肩膀，而这种潜意识我几乎浑然不觉。于是，建强浮出了水面。事情的缘起是有一天我患了感冒，无力地倚在床头，有人轻轻推门而入。意外地，我闻到了饭菜的香味。

"吃点东西吧，别把身体拖垮了。"建强温存地说。

我看着他，泪水悄悄滑落。

"在家靠父母，出门靠朋友。来，吃一点。"

很难想象，一个男孩子的声音，会轻柔得如春风细雨，不知不觉就浸透了你。我顺从地倚在他的臂弯里，夹一点饭在口中慢慢咀嚼。我咀嚼的不是食物，而是一份彻骨的感动。

建强的关爱使我第一次发现少女的心是那么柔软。我想到了阳光。在山坡上，一个人静静地躺着，花香氤氲，阳光流丽，那种身心的酥软与沉醉莫可言状。建强就是我的阳光。我没有理由不把自己交给他温情的怀抱。我痴迷，我幸福。我想留住日月永驻此刻。

然而，当我第一次去私人诊所做了流产之后，建强消失了，消失得无影无踪。就像故乡的山雨，来时迅猛去也匆匆。我几乎反应不及，真怀疑这是一个幻觉。我恨，恨得咬牙切齿；我痛，痛得肝肠寸断。我在这个光怪陆离的都市疯狂地寻找，我要找到这个人和他同归于尽。

人海茫茫，寻一个人何异于寻一只蚂蚁？鞋底磨穿，终是绝望。

我承认，我的小舟触礁了。

我想到了死。

在一座楼上，我迎风而立，阳光假情假意地荡漾开来。纵目红尘，何处有我生命的归依？我惨烈一笑，做鬼去找那个负心人吧。

然而，纵身欲跳的刹那，我想到了给娘的诺言。我要给家里买头牛。我未尽孝一日，却命殒异乡，让爹娘何堪？纵然游鬼返乡，又有何颜面见爹娘？

抓一把虚伪的阳光，我冷笑了。这阳光终结了我的少女时代，我还何惧阳光的戏弄？丢下泣血的灵魂，化蛹为蝶，轻扇彩翼去戏弄阳光，该是怎样的滋味？

甩甩秀发，薄施脂粉，走进灯红酒绿，我又一次逃亡。

倦鸟之巢

鸡啼啄亮了晨曦。隔着窗棂，看天色晴朗如釉，远山近岭泛出绵绵墨蓝。山村之晨，竟是这般薄明，不染一丝尘滓，和以鸡啼狗吠，凭空便荡涤了心胸。

跳下床，汲水洗面。透骨的清寒，直入了毛孔，不禁痛痛快快打了个抖。娘已忙在灶房，跳跃的柴火映红了她的脸。

"娘，我帮你。"我说。

"不用。"娘回过头，"咋起这么早？"

"醒了，想吹吹山风。"

"那就去近处转转，转回来，饭就好了。"

娘翻动着鏊子上的油饼。油饼外焦里嫩，疏松分层。我知道，这油饼口感极好，不管是狼吞虎咽，还是细细品咂，都会余香满口。娘一生有两大骄傲：我，再就是她的油饼了。

出门便是山，蛇行而上，果有晨风轻轻地吹，冷冽似冰。坐在一块石头上，裹紧衣服，把小小山村尽收眼底，荒疏依旧，清寂依旧，而那份超然的宁静，却让人感动莫名。

晨曦镀亮了老树新绿，有山雀啾啾而歌，鸣啼中尚带着梦的余温。我泪眼沐风，向山雀喃喃：雀儿雀儿，好生艳羡你的安恬，可知一只沾满风尘的倦鸟，亦想有一个可沐清风可浴明月的心灵之巢？

索性无所顾忌，纵情一吼，让四野回荡，大山动容。不，我的大山，你是否嫌弃一个叛逆的女子，会玷污你的纯洁？

——我回来了！

——我再也不走了！

大山，我不走了，我会向你赎罪。我会在每一块石头上写满忏悔。我等着你的惩罚。

玫瑰与谎言

发廊妹，三陪女，直到做那个麻子老板的二奶，我在对建强的诅咒中一路沉沦下去。饮葡萄美酒，抑或烈酒入喉，都会让你丢下忧伤烦恼，抵达一个恍然若梦的地方，醉了身心，唯余浅浅的知觉，去品味芳馨如醪。

钱像混凝土，渗入我的灵魂，使我在人丛中傲然而立。金钗玉饰，全身名牌，珠光宝气，眼波顾盼之间，自有无边风月，让无数男人欲火灼灼，心旌驿动。我自慰于心，尊严正在我生命中云蒸霞蔚。

周旋于各色男人之间，我渐丢下初始的羞怯，如一尾经风闯浪的鱼，应付裕如。"彩蝶"的化名也越来越大，而"名人效应"

给我带来了更多的财富。

汇款寄向山村，不仅可买牛，我要让爹娘买得起一座山。

娘托人写信："在那儿做啥？"

"打工。"

"打啥工？"

"包装工。"

"累不？"

"不累……"

酒液里映着玫瑰的灯色，而心却在谎言中抽搐。活在麻木的快乐中，我感觉蛮好。只有娘的问候，让我心头惴惴，茫然无措。

中秋，凭窗临风，望华灯如织，心儿躁躁。举首圆月，竟是这般昏黄，似笼了一层浮浮荡荡的都市之纱，全无了浩浩之气，反现出一派病容。

莫名地，我想哭。

春去秋来，我最怕的是中秋。每于前夜滥饮无度，醉得一塌糊涂，醒来，已是十六月圆了。

但是，我不愿回家。我过惯了这种奢靡的生活。我无真情，却可顾影自怜。我需要玫瑰红酒，我甚至对那种交易产生了某种职业性的依恋。离开了它，我又何为？

而谎言令我不堪。对爹娘的谎言，对皓皓大月的谎言，折磨得我夜不安寝。我是谁？我是大山的女儿吗？远隔千里，为何还是我梦魂皈依的地方？

麻子老板的一记耳光，最终让我从沉迷中苏醒。我蓦然发现，我的灵魂不过是一片漂泊的浮萍，在虚假的阳光里，从来没有忘记过生命的溪源。

那是一个傍晚。麻子老板和我在床上翻云覆雨，一个电话猝然而至。麻子老板一边噙着我的乳房，一边掀开了手机盖。然而当那串数字闯进他眼中的时候，他立刻萎靡了。

电话是他太太打来的。麻子老板二话没说，套上裤子就要走。我感到委屈，我咬着牙说：

"你就这样走了吗？"

"还有什么事？"他挺奇怪地问。

"没什么……回去抱你的黄脸婆吧！浑蛋，有种你不要再回来！"

我知道我有些歇斯底里，但我无法控制。我没想到我的话刚说完脸上就"啪"的一声爆响。我蒙了。我捂着脸，看到麻子老板蒲扇般的大手。

"你是什么东西？"麻子老板跳动着满脸的大红麻子说，"你只不过是老子花钱养的一只小母猫！"

我是小母猫。我终于懂了。我的尊严在那一刻被打得七零八落。麻子老板走后，虚假的阳光潮涌了寂静的空间。而我灵魂的夜空上，清明的月光如水般洒下……

今夜，月光中我再次逃亡

娘说："回来了，就到各家串串，打个招呼。"

我知道。我除了带回一沓存折，还带了满满一包礼物。这些礼物就是给乡人的问候，我要告诉他们，我回来了，就在这里，殷实、平淡地生活下去。

步入村巷，竟是奇异地静。走进几家院落，皆是空空如也。偶有家犬报以一两声警惕的吠，吓得我夺门而逃。

乡人皆已下田，散布于大山不同的褶子里，一锄一锄刨着他们的活路。我提着礼物，茫然寻觅。遇到人，便敬烟散糖，乡人寒暄几句，便忙着继续做活了。在他们的眼神中，我不过是一个"衣锦还乡"的客人。我的到来与他们的农事无关，完全无关。

我真的跟他们不同了吗？

我朝自家的地寻去。我没想到会见到菊花。菊花是我最好的伙伴,五年前我离家时她同样是个18岁的女孩。而现在,菊花的身边戏耍着两个孩子。

我说:"菊花!"

我把糖果拿出来。我看到那两个脏兮兮的孩子像两头贪婪的小猪跑了过来,小的那个还跌了一跤。菊花的眼睛看到我时闪闪烁烁。接着,菊花丢下铁铲,抓了一把糖,自己剥一颗填进了嘴里。

我说:"菊花,你好吗?"

"你不都看见了吗?"菊花的嗓子给糖浸得有些含混,"跟你不是一个世界呢!"

我无言。菊花和我也似乎无话可说。我的回归显然让他们感到唐突,感到格格不入。我意识到了我们之间的一种隔膜。那隔膜到底是什么,我说不清。

"菊花,我不准备再出去了。"

"是吗?"菊花咬开了第二颗糖,"跟我一样种地奶娃伺候男人?骗鬼呀!"

我没再说什么。我在一瞬间感到怅然若失。那汪洋于天地间的月光,仿佛一下子淡薄如烟,渐渐地散尽了。我起身离去,菊花又伸手抓了一大把糖。我索性把包里的糖果全部倒出,转身就走。

我回家。我不想再拜望乡人。行于空空的村路,我突然觉得自己是个异类:都市的异类,山乡的异类。我哪儿都不属于,连月光也不曾拥有。我能做什么?

我只有逃亡。是的,在灵魂的月光中,孤独地逃亡。

——大山,我注定是你的弃儿。

——娘,我注定是一尾叛逆的鱼儿……

今夜,就让我再次踽踽远行。而我明白,背上的行囊中,一定要装满大山的月光……

(原载《北方文学》2004年第7期)

爸爸和爸爸的距离

1

天气真好。秦志坚、欧阳梅和儿子松松都浴在了上午的阳光里。有一丝微风,散散淡淡地吹。秦志坚感到眼睛有些涩,他拿手揉了揉。欧阳梅看着他,目光软而潮湿。秦志坚笑了笑,转过脸去看儿子松松。松松抱着一挺玩具冲锋枪,像个小小的士兵,在他们前面冲锋和扫射。"嗒嗒嗒嗒……"秦志坚感到松松模仿子弹出膛的声音,似乎把阳光洞穿了开来。

"小心走路。"秦志坚说。

松松回转身,一脸阳光灿烂的笑。这笑像一柄柔韧的软剑,削痛了秦志坚心中的某个地方。松松喊着:

"爸爸妈妈,你们走得太慢了,你们是两只笨蜗牛。"

秦志坚再次笑了。欧阳梅也笑,她说:"这孩子……"松松伸出两只手,撒娇道:

"你们快点嘛,我要爸爸妈妈扯着我走。"

秦志坚和欧阳梅于是紧走了几步,一人拉着松松的一只胳膊,静静地走。松松的脸上淌着少年的幸福,给阳光一浸,愈是明媚了。

公园到了。由于是星期天,人便特别多。情侣们成双结对,脖子上挂着相机；小夫妻们带着孩子，脸上流溢着殷实的快乐；老人们也有一些，散散步，打打拳，闲适而惬意。松松特别喜欢来这里看猴子，动物园是这个公园的心脏。但是欧阳梅平素少有闲暇，身为一家私企的老总，商场的风雨硝烟几乎剥夺了她的生活自由。因此，许多时候，秦志坚和欧阳梅共同带松松来看猴子，几乎成了儿子的奢望。每一次秦志坚带着松松，松松都会低头看他们的影子，一高一矮，显得孤单。松松说：

"爸爸，妈妈就不能和咱们一起来看猴子吗？别的小孩都是爸爸妈妈一块领着的。"

秦志坚说：

"妈妈忙呢，等有空的时候，她一定会带你的。"

松松便不语了，目光抚摸着调皮的猴子，少年的不满和忧郁很快烟消云散，猴子不时地逗出他童稚的笑声。

……

进门不远，有一个大型喷泉，水喷得足有十米高，阳光下一片飞珠乱玉。欧阳梅喜欢水，便快步走了过去。水池里游着成群的鱼，全身通红，很惹人爱怜。欧阳梅脱口说：

"这鱼好美。"

秦志坚说：

"小时候我常去河里捉鱼，这种鱼有时也能捞到一条，家乡的人说这鱼是女妖变的。"

欧阳梅笑起来：

"那你们怎么处置女妖呢？"

"很简单，吃掉。"秦志坚说。

"真够残酷的。"欧阳梅摇摇头。

秦志坚说：

"不过有一样我们是不吃的。"

"什么？"

"鳖。"

"甲鱼？"

"对。我们那里认为鳖不吉利，如果有人倒霉，我们就会说这人八成撞到鳖精了。"

欧阳梅一脸匪夷所思的表情：

"你们那儿的人可真怪。"

秦志坚没说话。喷泉的哗哗声淹没了他支离破碎的记忆。童年，家乡，已经遥如云烟。秦志坚现在是站在一块喧嚣的土地上，和一个女人，一个孩子。

松松依偎在欧阳梅的怀里，很乖顺的样子。秦志坚说：

"松松，今天怎么不急着看猴子了？"

松松晃着脑袋：

"一整天呢，我要和爸爸妈妈在一起，最后才看猴子。"

欧阳梅的眼圈红了，下意识地搂紧了松松。秦志坚想，孩子渴望的世界是完整的，少了任何一方，都是缺憾。但是今天，却是他和这母子两个最后的聚首了……

秦志坚别过了脸，目光越过远处茂密的松林，茫然地看天。欧阳梅说：

"志坚，我们到别处看看吧。"

秦志坚回过头，佯作轻松地笑了笑。

2

人工湖里徜徉着几十只小舟，脚踏式的。那些小舟多为动物造型，金鱼、白鹅、青蛙……不一而足，也有火箭和坦克型的，把银色的水波犁出一道道褶皱。

松松说：

"爸爸妈妈，你们带我划船。"

欧阳梅点点头。平湖泛舟，牵出了她多年前的一种柔软的感觉。她喜欢那种感觉，也惧怕那种感觉……

秦志坚说：

"咱们上船吧。"

欧阳梅选了一只白鹅形的，鹅的样子很沉稳，让她感到安全和踏实。秦志坚牵着欧阳梅的手，把她扶上船，又抱起松松，坐到船舱里。秦志坚想独自坐在欧阳梅的对侧，让松松和欧阳梅挨坐，但松松不依，说：

"爸爸妈妈在一起，我长大了，要自己开船。"

秦志坚有些不自然，看了看欧阳梅。欧阳梅沉吟了下，说：

"好吧，听松松的，让爸爸过来。"

秦志坚只好和松松调换了座位。欧阳梅身上的香水味淡淡的，却有种沁人肺腑的幽香。秦志坚沉默着，踩动踏板。欧阳梅调整方向，大白鹅平稳地驶向湖心。

"好多年没划船了。"欧阳梅说。

"以前常划吗？"秦志坚看着前方，问。

"哦……"欧阳梅的话断了。

秦志坚的思绪又回到了童年：

"小时候，我常坐村里山伯的船。"

"那船什么样子？"

"小渔船。两个木匣，中间用木板连着，就像人的两只脚。"

"你真会打比喻。"欧阳梅转过脸，莞尔一笑。

秦志坚仍然看着前方，目光并不去碰欧阳梅，接着说：

"山伯打了一辈子鱼，不用网，不用叉，每次却都满载而归。"

"真的这么神？"欧阳梅将信将疑，"那他用什么？"

"鱼鹰。"

"鱼鹰？"

"没见过吧？老大个的，嘴巴像铁钳，好大的鱼都能让它叼着。"

"它不把鱼吃了吗？"

"这就是山伯的聪明了。"秦志坚说，"他给鱼鹰脖子上套了个环，这样，鱼鹰就没辙了，大鱼吞不下，只能吃点小鱼。大鱼呢，就甩进了船舱里。"

"真够绝的，"欧阳梅又摇摇头，"还是残酷了点。"

松松对鱼鹰有了兴趣，眼睛睁得溜圆：

"爸爸，你能带我看鱼鹰吗？"

"看不到了，"秦志坚说，"现在我们那儿已经没人用鱼鹰捕鱼了。爸爸也有好多年没见到鱼鹰了。"

松松嘟起嘴，有些失望。

三个人都沉默。

阳光像金币，散散碎碎地在水中跃着。

欧阳梅心中那种久违的柔软开始蔓延，最初像一线水流，悄悄地渗出来，之后就冲溃了堤岸，汪洋地漫溢开来。那个男人的手臂轻轻地环绕着她，让她的柔软有了坚实的依靠。也是在一只"鹅"上，那透明而浩渺的柔软包围了她的21岁，她的含露绽蕊的青春……

一丝刺痛感很真实地传出来，欧阳梅甩甩长发，看了下秦志坚。秦志坚始终目视前方，没有表情。

松松忽然说：

"爸爸，鱼鹰是不是像大白鹅？"

秦志坚怔了怔。孩子的想象力真是固执而天真。他有些后悔刚才那个关于鱼鹰的话题，它让孩子神往却又失落。秦志坚本欲否定，忽而转了念，说：

"对，就像大白鹅。看到鹅就看到鱼鹰了。"

松松满意地拍拍手：

"噢，鱼鹰就是会抓大鱼的白鹅。"

秦志坚笑了。

3

玩了半个小时，他们上岸。欧阳梅回望了一眼那只"大白鹅"，觉得有一些怅惘在阳光中越拉越长，像一条丝线。她转过头来看秦志坚，这个挺拔的男人扯着松松的手，径直往前面的广场而去。

广场上有很多鸽子。秦志坚看到那些鸽子时，眼前就闪过了一个朴素的影子。是菊芳。菊芳最爱玩鸽子。那时菊芳家养了十来只鸽子，在木质的阁楼上，把咕咕的叫声轻柔地撒下来。秦志坚每次从那儿经过，都看到菊芳从窗口探出脑袋，痴迷地听鸽子叫。有时，她的肩上还会栖落一两只鸽子，安详地沐浴在春天的阳光里……

松松跑进了鸽群中，一些鸽子扑着翅膀走远了些，这小家伙吓着了它们。秦志坚还在发愣，欧阳梅说：

"志坚，发什么呆呢？"

秦志坚略显尴尬地笑了笑：

"鸽子真是讨人喜欢。"

欧阳梅也笑了：

"我去买点鸽食，咱们去逗鸽子玩。"

秦志坚没动，而是冲松松说：

"松松，轻点，别惊了鸽子。"

松松听话地蹲下来。

欧阳梅买了鸽食，走到松松身边，弓下身。鸽食一撒下来，鸽子便成簇地拥到了欧阳梅和松松身边。一会儿，大胆的鸽子就飞到了她们的身上。欧阳梅和松松的手上都托着一只鸽子，松松笑得咯咯的，欧阳梅的眼睛也柔成了两弯月牙。秦志坚心中怦然一动，这情景多像菊芳当年的再现。他打开相机，调焦，而后果断地摁下了快门。

欧阳梅站起来，说：

"志坚，你过来，我给你照一张。"

"噢。"秦志坚点点头。

秦志坚刚蹲下身，松松忽地趴到了他的背上，说：

"我要爸爸驮着我照。"

"这样不好。"欧阳梅说，"松松，听话，下来。"

"我不！"松松固执地噘起了嘴。

秦志坚说：

"就这样吧，挺好。"

镁光灯一闪，秦志坚驮着松松定格了。当然，还有那些不谙世事的鸽子。秦志坚许久未动，手里捧着鸽食，任由那些鸽子飞到胳膊上，轻轻地啄。

松松下来后，意犹未尽，对欧阳梅说：

"妈妈，我们一起照一张全家福吧。"

秦志坚怔了一下。欧阳梅的脸色掠过了一瞬间的黯淡，说：

"傻孩子，谁给我们照呢？"

松松竟当即向旁边的一位少妇求助：

"阿姨，你能帮我们照张相吗？"

少妇爽快地答应了。

欧阳梅迟疑了一下，朝少妇淡淡地笑笑，把照相机给了她。松松一把扯过欧阳梅，利索地站在了秦志坚和欧阳梅的中间。秦志坚的脸上没有表情，欧阳梅的眼神也泛着浅浅的忧怨。少妇有些诧异，说：

"你们两个亲昵些嘛，还不好意思呀？"

秦志坚和欧阳梅只好一人伸出一只手，搂着松松。少妇不住地提醒："近点，再近点。"秦志坚和欧阳梅像两个木偶，机械地缩短着距离。终于，这个"任务"完成了，很有些艰苦卓绝的味道。

秦志坚在镁光灯闪起的刹那，有了片刻的恍惚。他记起某个晚上，暴雨如注，青色的闪电在玻璃窗上明灭，雷声震得人耳膜轰鸣。松松躲在秦志坚的被窝里，说："爸爸，我怕。"秦志坚搂着他，说："有爸爸呢，不怕。"松松大声地喊妈妈，欧阳梅小心翼翼地走进来。松松说："妈妈，我要你也睡在这儿。"欧阳梅脸上飞起一抹嫣红，说："妈妈还有事呢。乖，好好跟爸爸睡。"松松坚决地说："不，你也来睡嘛。"欧阳梅眼神里晃过一团迷离，踌躇地看秦志坚。秦志坚摇摇头。但欧阳梅还是慢慢地走到了床前，坐下。秦志坚闻到了欧阳梅睡衣里的体香，有薄荷的气息。他的呼吸忽然有些急促。松松拉着妈妈的手，欧阳梅的半个身子倚在了床头。秦志坚闭了会儿眼睛，感到身体发热，口干得厉害。又一道闪电亮起的时候，他突然说："我去趟洗手间。"秦志坚很久没有回到卧室去，雷声似乎响到了心里。等他再次走进卧室的时候，松松已经蒙着被子睡着了，欧阳梅也悄然离去。秦志坚忽然感到心中空空的，空得像整个人悬浮了起来……

一只鸽子站到了秦志坚的手上。鸽食已吃完了。鸽子美丽的眼睛看着他，羽毛洁白如雪，像个小小的天使。秦志坚的眼眶忽而有些潮了，耳边似乎划过了木质阁楼上明亮的鸽哨。

秦志坚说：

"我们去儿童游乐场走走吧。"

4

这里真是孩子们的天下，年幼的玩滑梯、跳蹦蹦床，年龄大些的荡秋千、开电动车或者坐"飞机"之类。孩子们的脸像成簇的菊花开放着，兴奋的叫声此起彼伏。

松松张开手臂，小脸红彤彤的，说：

"爸爸、妈妈，我要坐飞机。"

欧阳梅看着秦志坚：

"志坚，你带松松坐吧。"

秦志坚说：

"还是你坐，平时你也没这个闲情。"

欧阳梅摇摇头：

"我有恐高症。"

"那好吧。"

飞机只能坐两人，由固定在中轴上的杠杆连接，旋转、升高，是一种刺激的玩法。秦志坚坐好后，揽紧松松，飞机很快做圆形运动，并迅速升空。旋转速度越来越快，秦志坚的头发被风扬了起来，耳边也有了呼呼的风声。松松尖声地叫起来，一边喊：

"妈妈，看我飞起来了！"

欧阳梅的视线随着飞机在空中画圆，不多会儿，便有了眩晕的感觉。她闭了下眼睛，感到整个天空都旋转起来。恍惚间，秦志坚已经成了另外一个男人。那个男人在她的生命中飞舞着，迷离着，最终成了记忆中的一个影子，投影在她的心壁上，成了一片抹不去的痛……

秦志坚和松松下来时，注意到了欧阳梅眼睫上的一帘潮湿。秦志坚心里颤了一下，没说话。松松抑制不住兴奋，说：

"妈妈，真好玩。"

欧阳梅吃力地笑了笑。

"我还要开电动车。"

秦志坚说：

"松松，跟爸爸来。"

松松坐上电动车后，秦志坚嘱咐了几句小心，便默默地回到欧阳梅身边。欧阳梅转过身，偷偷地拿手绢拭了拭眼睛。秦志坚说：

"过去的都过去了，开心点。"

欧阳梅歉意地笑笑：

"女人就是没出息。"

秦志坚说：

"不能这样说，人生最难疗的就是心痛。"

欧阳梅的眼睫又湿了：

"谢谢……不提了，我会努力忘掉。"

忘得掉吗？秦志坚想，这话，欧阳梅已经说过多次。他明白，那处心灵的创伤，不是几个春秋可以洗去的。一个青梅竹马的男人，和她共同经风沐雨，艰苦创业，后来，他们成了夫妻，成了有钱人。再之后，男人养起了小蜜，花天酒地，一份财产分割的协议成了他们最后的决绝，不久，男人在一次车祸中丧生，孩子永远失去了亲生父亲……

秦志坚轻轻地叹了口气，说：

"梅子，咱们该带松松看猴子了。"

欧阳梅的眼里蓦地一亮，那片亮光灼痛了秦志坚。在某个月光如水的晚上，欧阳梅定定地望着他，说："志坚，能叫我一声梅子吗？"秦志坚嗫嚅着，终于没叫出来……而现在，"梅子"就这样轻轻地滑出了……

欧阳梅颤抖地说：

"对，我们带松松去看猴子。"

5

猴子永远是动物中最有灵性的一族，如果换掉它们那身皮毛，秦志坚想，它们就是长不大的人。几只猴子慵懒地坐在假山上，样子很逍遥。一只母猴为一只小猴子理着毛，耐心地捉着里面的虱子。假山的最高处，一只健硕的猴子翘首远望，做冥思状。更多的猴子亢奋地在巨大的铁网上跳跃，洋溢着挥洒不尽的激情。

松松似乎有着天然的"猴缘"，看到猴子，就像看到了他的小伙伴一样。他剥了一个香蕉，朝猴子掷去，猴子立即箭一样射过去，香甜地吃起来。松松问：

"好吃吗，小猴？"

猴子圆而明亮的眼睛看着他，显然在说，这样的美食它还没吃够。其他猴子也拥了过来。松松便不住地把香蕉掷进去……

秦志坚出神地望着松松，心里忽然有了感慨。谁能想到，这曾经是一个敏感、胆小而脆弱的孩子？

欧阳梅说：

"难怪松松这么喜欢猴子，猴子真是太可爱了。"

秦志坚点点头：

"和人相比，它们有着太多单纯的快乐。"

欧阳梅若有所思：

"看到猴子，我才觉得自己太累了。猴子聪明，可是聪明得天真无邪，不像人，机关算尽，随时都有可能给你设下陷阱……"

秦志坚凝视着欧阳梅，说：

"商场如战场，你必须应付这一切。"

欧阳梅沉默了。

秦志坚的心头腾起一片残云。他知道，这个女人又回到了阴晦的昨天。是的，她的故事还没有完。前夫死后，她几乎绝望，但是松松在没有父爱的阴影里，像只受伤的幼雁，孤独、怪异、怯懦，常常一个人看着别的孩子被爸爸带着，看得痴迷……为了孩子，她的生活中必须再走进一个男人。那个男人终于出现了，殷勤、温情而善解人意，当欧阳梅把一切都交付给他后，男人却卷着她的十万元现金消失得无影无踪。女人几乎被彻底击垮，直到秦志坚的到来……

已是正午，太阳辣起来了。松松开始饿了。欧阳梅说：

"志坚，我们去吃个便饭吧。"

秦志坚无言地点点头。他忽然想起了"最后的晚餐"这句话，而现在，他和这对母子的故事，是否将结束于这个中午？

酒店就在公园一角，临湖。波影之中，很有些古典的味道。仿古的建筑，总能给人某种悠长的意味。跨进店门时，秦志坚觉得像是跨入了一段茫茫的岁月。

饭间，欧阳梅不住地给秦志坚夹菜，秦志坚则把松松爱吃的菜夹进他的碗里。啤酒泛着泡沫，像是某种难抑的意绪。秦志坚举杯和欧阳梅一碰，默然饮尽了。

松松去了洗手间。秦志坚和欧阳梅枯坐着，良久无言。末了，欧阳梅说：

"志坚，那家公司如果干得不合意，还……希望你回来。"

秦志坚苍白地笑笑。

明天，就在明天，他就要去一家大公司做总经理秘书了。对于一个只有中专文凭的人来说，这是梦寐以求的事。一切都源于他在晚报上发表的文章，他的独到眼光终于为人赏识……

秦志坚觉得，他终于走进了南方的阳光之中。

"我们走吧。"欧阳梅低低地说。

6

他们从另一个门出了公园。这里秦志坚再熟悉不过，马路对面，就是熙攘的人才市场。

秦志坚伫立着，定定地看着那里。他似乎看到了一个疲惫的人，捧着求职材料，焦灼地在那里穿梭。当一个个"红灯"亮起时，他的腿再也没有了前行的力量……这时，那个高贵而忧郁的女人出现了。

欧阳梅打量着秦志坚，说：

"志坚，想什么呢？"

秦志坚喃喃着：

"当初，就是在这里……"

"是啊，在这里……"

在这里，秦志坚和欧阳梅相识。在经过了欧阳梅一段时间的考察后，他正式走进了这个不完整的家庭……

"松松不能没有爸爸，"欧阳梅说，"这样下去，孩子的心理会畸形的。"

"不……"

"别误会，你只是孩子的……招聘爸爸，月薪4000元。"

……

秦志坚环顾了下四周，发现了旁边一家儿童玩具店，便自顾走了进去。一会儿，他抱着一个芭比娃娃出来了。

"松松，拿着。"

松松高兴地接过了。

欧阳梅低下头，许久，她把1000元钱递给秦志坚：

"志坚，这是你的……加班费。"

秦志坚把钱推了回去，坚决地摇摇头。

时间似乎凝固了。

秦志坚听到了一阵悠远的鸽哨。他抬头望天，天上并没有鸽子。但他看到了一双眼睛，清澈如水的眼睛，他知道，无论他走到哪里，那双眼睛都在牵着他羁旅的脚步……

欧阳梅用微微发抖的声音问：

"志坚，以后你还会来看松松吗？"

"我想……会的。"秦志坚说。

他们的目光，在阳光下碰出了一片潮湿。

（原载《江门文艺》2004年第5期）

狼

　　一屠晚归，担中肉尽，止剩骨。途遇两狼缀行甚远。屠惧，投以骨，一狼得骨止，一狼又从；复投之，后狼止而前狼又至；骨已尽，而两狼并驱如故。屠大窘，恐前后受其敌。顾野有麦场，场主以薪积其中，苫蔽成丘。屠乃奔倚其下，弛担待刀。狼不敢前，眈眈相向。少时，一狼径去；其一犬坐于前，久之，目似瞑，意暇甚。屠暴起，以刀劈狼首，又数刀毙之。转视积薪后，一狼洞其中，意将隧入以攻其后也。身已半入，露其尾，屠自后断其股，亦毙之。方悟前狼假寐，盖以诱敌。狼亦黠矣！而顷刻两毙，禽兽之变诈几何哉，止增笑耳！

——蒲松龄《狼》

　　狼撕碎了蒲松龄的手稿，发出了一声洞穿岁月的嗥叫。

　　狼说蒲松龄是个可恶的家伙，他完全歪曲了它们并彻底篡改了事实。

　　真实的事情是这样的：那个黄昏它们在一片隐蔽地带截住了屠夫——它们事先已经知道了屠夫的行动路线。那时它们刚刚吃了一只病死的山羊（注意：是病死的！），肚子里并不缺食物。因此它们无意拿屠夫的肉果腹，而仅仅为了一个目的：咬死屠夫。

那阵儿屠夫显然吓坏了，但这个老奸巨猾的家伙有着很强的自制能力，他很快镇静下来。他在少顷的惊怔之后开始摸担上的筐子，结果他发现肉已卖尽，只剩了几块骨头。于是，他就拿起一块，朝狼扔了过来。

我们知道这个浑蛋在耍把戏。狼说，他想靠这块骨头把我们打发了，但这当然是妄想。

狼叼起了那块骨头。屠夫趁机想溜。他没溜出多远就看到狼跟了上来。他只好再掷过去一块骨头。这时他的腿其实已经有些发软了——他的逃脱计划显然已经濒临破产，而筐子里的骨头也所剩无几了。

在这个地方蒲松龄就开始扭曲我们了。狼不满地说，他把我们写成了两个十足贪婪凶恶的东西。他以为如果屠夫的筐子里尚有不少肉的话，我们也许就会放过屠夫。可是我们已经说过了，我们绝不是为吃几斤肉，而是要取屠夫的性命！

当屠夫丢光了所有的骨头时，他发现自己已在劫难逃。狼一直尾随着他，黄昏的阳光把狼的眼睛映得血光四射。他从那四束血光中读到了一种深深的仇恨。

屠夫想：完了。我完了。

多年前我只身浪迹时曾在深山里遇到过两条狼。

那天我好像有些迷路了，在山谷里怎么走也走不出去，结果越走越偏僻，越走越荒凉。我吃光了最后一点干粮，看到夕阳像一把烙铁烙红了西边的山头时，我知道自己必须在这里挨过一个吉凶未卜的漫漫长夜了。

我感到渴极了——水壶里早已滴水皆无。我想趁着天还未黑最好能够找到一处有水的地方，据说只要有水人的生命就能维持一周以上。我做好了最坏的打算。于是，我出发了。

我果真找到了水。那是一挂涧泉，流淌下来之后汇成了一个不大的潭。那里的水清澈极了，简直像空气一样透明。我痛痛快快地喝了一气，感到全身舒爽了许多。我想就在这儿过夜吧，翌日饿了说不准还能从水里抓条鱼呢。

就在这时，我的头皮猛地一麻，我感到灵魂都要出窍了——天哪！前方有两条狼，我分明看到饥饿把它们的眼睛擦得贼亮，而我，就是不经意间送上门来的猎物……

怎么办？怎么办呢？

我几乎要晕倒了，眼前一劲发黑，甚至飞舞着流萤般的金星，耳边也啸叫着一种嗡嗡的声音。我竭力镇定着自己，我想到了一篇叫作《狼》的古典志异，可我不是屠夫，除了我自己身上的骨头和肉，我一无所有……

狼在向我一步步逼近，我仿佛感受到了狼尖利的牙齿咬碎我骨头时的彻骨的疼痛。我想，我注定要葬身狼腹，命断今朝了。

黄昏像一块越来越暗的绸布，把我死死地裹了起来。

屠夫真的完了。

屠夫的全身像筛糠一样抖起来，担子"咣啷"掉在了地上。这时，屠夫猛然看到了刀。那把锋利的刀照亮了屠夫的视线同时也刺痛了狼的眼睛。狼看到屠夫弯腰欲捡那把刀，于是一声厉噑飞扑而上……

屠夫连"救命"都没喊出来，就命归西天了——他的脖子被狼咬得粉碎，肥硕的脑袋像一个没有着落的肉球滚在一边。

狼欢呼雀跃。在那个让它们荣耀一生的黄昏里，它们取得了历史性的胜利。

可是蒲松龄却对我们痛下杀手！狼说，分明是我们要了屠夫的命，可蒲松龄硬说屠夫除掉了我们！他把屠夫写成了一个伟大的英雄——他识破了我们的诡计，干净利落地结果了我们，还大言不惭地说什么"禽兽之变诈几何哉，止增笑耳！"。其实我们既未假寐也未绕开，我们就是同仇敌忾地扑上去咬断了那该死的屠夫的脖子！

屠夫倒在血泊里，那把刀子躺在旁边闪着夕阳的红光——其实没有夕阳刀子上也有洗不掉的血色。狼叼起那把刀子插进了屠夫的胸膛。

这把刀早该插到屠夫的身上了。狼说，知道我们为什么一心想干掉屠夫吗？因为我们看不惯！你想，我们仅仅是按照食物链的关系，吃掉了几只山羊——而且仅仅是纯生理性地吃掉罢了，谁不吃饭呢？可是屠夫却用刀子每天杀猪宰羊，宰杀了成千上万只，他不仅吃还把那些猪羊切成块卖掉赚钱，这有多可恶！然而蒲松龄居然对那些碎尸万段的猪羊毫无同情心，反而站在屠夫一边，因为他和许多食肉的人一样吃过那些猪羊，——从另一个角度看，他们不同样是屠夫吗？而我们只不过吃了几只山羊就成了十恶不赦的坏蛋！这合理吗？狼说到这里顿了顿，整个面部都有些扭曲。稍微平息一下，它们接着说，反观我们，咬死了屠夫就等于拯救了数不清还要惨遭荼毒的无辜者，我们有什么错吗？

狼离开那里时天色已晚。在很长时间里它们一直保持着亢奋的心情。因此它们当然没想到自己后来会进入蒲松龄的笔下。等它们知道的时候，它们已走进了蒲松龄给它们框定的悲剧中，而屠夫则矗立在了精神的圣坛上。

我束手待毙。我想只有如此了。在那个孤立无援的黄昏，我不可能企及有什么奇迹出现。我听到了狼喉结滚动的声音，在它们眼里，我毫无疑问是一餐美味，就像平常我面对餐桌上那些色、香、味俱佳的菜肴一样。现在，我只是想我身上的哪个部位将成为狼的第一口选择。

暮色越来越浓了，狼的眼睛像两只绿莹莹的宝石，在昏暗中异常刺眼。我战栗着，冷汗从所有的毛孔中涔涔地流出来。狼已距我只剩一丈之遥，也就是说，我随时都有可能在瞬间倒下。就在这一刹那，我想到了蒲松龄。是蒲松龄写出了《狼》，而我在想到《狼》这篇志异时却忽略了它的作者。现在，我把蒲松龄的名字放在了舌头上，我想象着蒲松龄让屠夫杀掉狼的情形，如果此时我就是那个屠夫该多好！但是没有蒲松龄就不可能有那个屠夫，也就不可能有挥刀斩狼的壮举。我几乎是歇斯底里地大叫了一声：

"蒲——松——龄——！"

而后，我闭上眼睛，等待狼的进攻。然而，我听到的是一阵杂沓而渐远的蹄声。我睁开眼睛，那一刻我几乎对眼前的一切难以置信——狼逃了，是那种落荒而逃的样子，很快便消失在苍茫的夜色之中了。

良久，我好像从一场噩梦中醒来。世界上不可思议的奇迹就这样发生了。我一屁股瘫坐在地上，泪水不可抑制地滑下来。我真想大哭一场，可我知道这里不是哭的地方。后来，我沿着与狼逃走时相反的方向——一般而言，狼应该去更偏僻更荒凉的地方——跌跌撞撞地狂奔，终于，我走出了那个鬼窟般的山谷。

多年来，我一直感激蒲松龄，感激所有那些把屠夫引为同道的人，因为，是他们给了我第二次生命。时至今日，我也拎起了刀子，做了一个光荣的当代屠夫。

我一直想找个机会去杀掉那两条差点吃掉我的狼。

（原载《作品》2001年第5期）

自然法则

1

若干年以前，乌水塘发生军事政变，瘦削憔悴的龙和蛇振臂在前。一日晚，龙和蛇渴饮浊水、饿食污泥后，对面交谈起来。

龙说："咱弟兄两个久居布衣阶层，真是受尽苦难啊。"

蛇说："扬眉吐气之日已指日可待。"

龙说："同生死，共患难。"

蛇说："苟富贵，莫相忘。"

当晚，龙和蛇交颈相拥，泪眼婆娑。

2

多年后老蛙仰视苍穹，一声浩叹。

一部破旧的史书纷扬散乱，随风远逝。

3

动物历××××年，龙高踞龙椅。两列臣子跪地山呼万岁，臣子中包括曾为它立下赫赫战功的蛇。

龙微眯双目，笑看千里烽烟飘散。

"朕出生入死，平定四海。今天下一统，九洲再无战乱之患，百姓自可安居乐业了。"龙说，威仪无比。

众臣道："吾皇英明。"

龙说："朕比尧舜如何？"

"有过之而无不及！"

龙大笑。龙的笑发出金属的声音，穿透力极强。后来龙注意到了蛇。龙看到蛇的脸色有些阴郁。龙的眼皮就跳了两下。

当然，龙的笑仍在继续。

4

一个无月之夜，蟹和虾躲在石缝里饮酒。酒过三巡，二人都有了几分醉意。

蟹说："龙王登基的时候我就知道蛇凶多吉少。"

虾说："开玩笑？龙和蛇是从血刃中闯过来的刎颈之交，你凭什么知道？"

蟹说："说了你也不懂，以后好好跟着大哥干吧。"

5

龙登基前进行过一次民主选举。

选举前一天龙曾约蛇到家品茗。

龙说："绝顶的好茶，千金难买一两。老弟你尝尝。"

蛇品味有顷，颔首道："好茶，其味深长，久品不厌。"

龙沉默了一会儿就奔了正题。龙说：

"我等平定江山，尔意谁登王位？"

蛇说："你吧。"

龙说："哪里哪里，你比我强。"

蛇说："谁当王其实无所谓，只要我俩亲如昨日，殚精为民，自可国泰民安。"

龙的表情僵了一下，继而笑道：

"是这个道理。但国不可一日无君，总得有人当这个一把手。"

蛇说："那就你当。"

龙说："那多不好意思。"

蛇略一思忖："要不就选举一下吧，以无记名投票方式，在你我之间进行差额选举，选中谁是谁。如此咱们也可免去推让谦辞之累了。"

龙咳了一声，说："那好吧。"

6

蛇投了龙一票。

龙投了自己一票。

7

龙当选那一刻全身都在激动地发抖。龙握着蛇的手，说：

"老弟，你看，民愿难违啊。"

蛇说："你声威远扬，民心所向，堪当此任。老兄，祝贺你。"

龙说："那就不客气了，嘿嘿。"

龙封蛇为宰相。

龙还封老蛙为国师。

8

老蛙对自己做了国师始料未及。

做了国师的老蛙感动地看着蛇。它想这一切都多亏了蛇啊，若不是它，老夫这一肚子三皇五帝不就糟蹋了，况且战乱之年怕早已蛙头不保。

9

八月十五龙宴请众臣去御花园赏月。

蛇和蛙路上邂逅，一同前往。

皎月高悬，蛇勾起往事，喃喃道："十五年前的今日你我初见。"

老蛙说："不错……"

那个同样月色澄明的夜晚，蛇率众兵活捉蛙。

蛙是当朝五品命官。

蛙说："你们对我怎么处置？"

蛇说："杀。"

蛙说："慢！"

蛇说："你有何话说？"

蛙凝思片刻，赋诗一首。词语清丽，意境悠远。蛇不禁一震。

蛙说："舞文弄墨不值一提。敝人精通周易天理，谙熟奇门兵书。虽不能与伯仲相比，却可与诸葛孔明并提。此当用人之际，生杀由你三思而定夺。"

蛇拱拱手，说："人才。成就大业时，自当重用。"

"此言可信？"

"决不食言！"

10

蟹在御花园负责保安工作。

蟹看到蛇和龙并肩而行，几无君臣之分。

后来，龙和蛇坐在赏月亭内，举杯邀明月，低头饮花香。

蛇说："老兄一切可好？"

龙说："八面威风，不枉一世。"

蛇说："老兄果然气魄不凡。"

龙说："彼此彼此。"

蛇正言道："只是，居安莫忘思危，老兄。"

龙拍拍蛇的肩："老兄这样的称呼是不是不太合适了？"

龙起身离去。

蛇木然独立。

11

老蛙在那天晚上眼中坠下两滴泪光。

12

龙后来搞过一次选美。

蛇初始不同意。蛇对老蛙说："此属荒淫之举，若龙耽于酒色而疏于朝政，必损我千年大计。"

老蛙说："此事还要顾全大局。六宫粉黛，三千佳丽，古今无异。问题没那么严重，原则性和灵活性都要兼顾嘛。"

蛇说："国师所言有理。"

选美大会由蛇主持。

蛇先在大会上作重要讲话："为了我们尊敬的龙王身体健康，万寿无疆，也为了展示我国美女的风姿娇丽，故而隆重举办本次选美……"

蛇亲自为龙选了美女三百。

龙说："爱卿辛苦，朕赐你美女五名，尽情享用去吧。"

蛇说："你不是不知，我有阳痿之疾。多谢美意了。"

龙拍拍自己的头，笑说："看我这记性！"

蛇欲告退。

龙拦道："且慢。"

"还有何事？"

"既然你有阳痿之疾，你那美艳绝伦之妻岂非苦守活寡？"

"你……"

"朕有意纳你妻为妃。"

"这！……"蛇一脸羞怒，"你……你太过分了！有道是朋友之妻不可欺，这一点你都忘了吗？"

龙摆摆手，说："看你急的，看你急的，跟你开个玩笑，小气鬼！"

13

蟹后来在一次喝醉时撞见了老蛙。蟹说：

"其实我早想宰了蛇那个浑蛋。"

老蛙质问：

"为何？"

"它一直压制我。"

"所以你就设法陷害它？"

"谈不上，我哪有那么大本事？"

老蛙禁不住给了蟹一耳光，抽身离去，眼里泪光盈盈。蟹在身后吼：

"谁它妈打我？好啊，是虾，你小子也敢打我？看我不照死里整你！"

14

那年龙发起了一个运动。

蛇在这场运动里闻到饥饿的气息和狂热的血腥味。

蛇找到龙，说："你错了，施政不可盲从。"

龙说："你说我错？"

蛇说："现在改还来得及。"

龙说："你说我错？"

蛇说："执迷不悟后果不堪设想！"

龙说："你说我错？"

蛇后来在高层会议上公开对龙的施政提出了批评和建议。

龙恼羞成怒。

龙咬碎了两颗大牙，且怒发冲冠。

15

蛇被处决那天龙抓着蛇的手，久久不放。

蛇说："何必呢？你是龙，一言九鼎。"

龙说："唉！想起过去咱们的交情……"

蛇说："算了，往事不堪回首。"

龙叹了口气："你就是吃你这个脾气的亏太大。"

蛇说："本性难移，世无容人之君，生不如死。"

龙凝视着蛇，顿了顿，说：

"其实我也知那场运动不合时宜，但你好歹该给我个面子，就像那次选美，灵活一下。"

蛇面无表情：

"江山重于脸面，此事灵活不得。"

龙怫然作色：

"朕的脸面就是江山！"

蛇惨然一笑：

"早知今日，当初我真该坐了王位。"

龙摇摇头：

"后悔了？遗憾，没机会了。不过要是你做了王，今天断头的会是我。信不信由你。"

蛇头落地时，龙掉了两颗泪。

16

蟹那天喜不自禁。

蟹置了满桌佳肴，邀虾豪饮。

蟹说："怎么样？我告了蛇个密谋篡位之罪，一来可解龙心头之怒，二来为自己谋得了一世功名，此招如何？"

虾说："高！实在是高！"

蟹说："往后这宰相就是我的了。"

虾说："恭喜大哥。"

蟹拍着虾的脑袋："好好跟大哥学吧，会有出息的。"

虾说："大哥，不，相爷，我敬你一杯。"

17

老蛙在一天夜里看到了一颗流星。

老蛙掐指一算，哀然一叹：我命休矣。

第二天，老蛙去见龙。

老蛙说："龙，你不该杀蛇。"

龙说："为何？"

老蛙说："蛇品性高洁，且满腹韬略。"

龙说："如此就更应该杀。打江山时是兄弟，坐江山时是大敌。我越欣赏就越要杀，不杀终为大忌。"

老蛙说："你不觉这样有失人性？"

龙说："此言谬矣。人性的本质是兽性。历史的乐章由兽性谱成，社会的发展靠兽性拉纤。这茫茫尘世本就是兽性的角力场，功过是非何以评说？尔通晓史书，明察天地，岂能不懂于此？"

老蛙说："惭愧，老夫空读史书，枉知天理，皓首穷经却并未解人间玄机。"

沉吟良久，老蛙又说："龙，当初您也是个善人。"

龙乜着蛙，说："有这回事？"

老蛙说："你忘了？"

龙后来哈哈大笑："依尔之意，朕今日已非善人了？朕气纳百川，横扫万仞，明天、地、人之一理，顺应自然之法则，不是善人又是什么？"

老蛙无言。

龙笑声落地，吩咐属下："将这老儿推出午门，斩首！"

18

蟹宰相手持鬼头钳，笑看老蛙。

老蛙说："蟹，蛇当初正是死于你手。"

蟹说："如今你也逃不了我的手掌心。"

老蛙说："我知道。这是劫数。"

蟹说："那就对不起了。"

老蛙说："动手吧，你也长不了。"

19

翌年，虾告了蟹一状。

虾说："蟹整日招募泼皮恶棍，以兵团编制，演练习武，意欲篡位夺权。"

龙大惊："当真？"

虾说："当真！"

龙颓然，说："蟹是我最信任的人，想不到……"

20

虾亲自行刑。

蟹一脸酱菜色，说："虾，你个忘恩负义的王八蛋，老子平日里亏待了你？"

虾说："没有。"

蟹说："那你为何加害于我？"

虾说："跟你学的。"

蟹喷出一口黑血。

虾说："不过我可没冤枉你，你确有野心，你这个阴谋家该杀。"

虾得意地笑笑，手起刀落。

龙双目一闪，半晌自语："迟早是你的，何必操之过急呢？哎——"

这时虾来报："行刑毕。"

龙说："哦。"

龙接着说："把虾拿下，就地处斩。"

虾呆若木鸡。

21

多年以后，龙成了光杆司令，且患了精神分裂症。老态龙钟的龙有一次无意识地来到了蛇的坟前。蛇的坟头荒草萋萋，迷离了龙的视线。

龙说："老弟，我来看你了。"

龙说："老弟，再叫我一声老兄吧。"

龙说："这都是命，对吧？咱只当玩了一把游戏。"

龙沉默良久，一甩手，笑道："其实龙蛇不分家。"

22

龙去世后，暴雨连降三日。

两道利闪扯天入地，蛇蜒九霄。

有人说："一条是龙，一条是蛇。"

有人否定："不，都是龙。"

（原载《鹿鸣》2000年第11期）

走在雨中的刘郎

1

1998年4月20日，对刘郎来说是个耻辱而悲哀的日子。

刘郎走在雨中，像头疯狂的兽，雨把他残存在脑壳上的几绺头发梳成三毛的样子。刘郎跌跌撞撞，不辨东西，竟撞上了路边的一根电杆，脸上顿时迸射出"哗啦"的破碎声，紧接着世界模糊一团，视野里只剩下了稠密的、灰蒙蒙的雨，耳边也只肆虐着铺天盖地的雨声。刘郎觉得他的灵魂正在雨中泅渡，他的胸腔被一种力量强劲地挤压着，几乎挤垮他的肋骨，他简直要窒息了。

被电杆撞碎了眼镜的刘郎，像盲人一样漫无目的地横冲直撞，身边时时响起尖厉的刹车声。"找死呀！"一声硬硬的怒喝砸在他的耳膜上，刘郎不理，只管向前，光亮的脑门上写满了两个紫色的字：

愤怒。

刘郎咬牙切齿，一路吼着：

——狗娘养的索丙豪！

——老子不怕你！

——老子要宰了你！宰了你！宰了你！

2

后来我问刘郎："你当时何至于那么失态？"

刘郎说："我无法控制自己。"

"这与你一贯的为人似乎格格不入。"

"我不知道。"

"你打算怎么办？"

"报复！"

刘郎的语气斩钉截铁，毫无通融的余地。我知道，对刘郎采取息事宁人的策略注定是徒劳的了。

3

让我们看一看过去的刘郎。

在大家的既定印象中，刘郎是一个走在阳光下的人，或者说刘郎的脸上总辐射出温暖的阳光。这是一个40多岁的文化人，宽阔的额门和谢顶的头颅蓄满了智慧，一架经年不去的金丝眼镜与他高耸的鼻梁形成精神意义上的默契——看起来，刘郎属于精英型的那种人，却又少了许多同类共有的清高和孤傲。刘郎的嘴角总挂着一丝和蔼的笑，这使他的仪容超凡而又不失平易，因此，刘郎的人缘不错，换句话说，经纶满腹的文化人刘郎享有较高的群众威望。

刘郎嗜酒。在我们的地方语汇中，刘郎属"熟醉"者，二两也晕，斤半不倒，口若悬河，文思泉涌，虽不能与"李白斗酒诗百篇"相比，却也堪称奇才。酒后的刘郎，总绚烂着一张气质不俗的脸，脚底微有些打飘，慢条斯理地徜徉于人群中，简直如闲庭信步一般。

不过刘郎也有若干逸闻——

其一，有次刘郎饮酒至夜半，被人送回家中。到了门前，刘郎拿钥匙开锁，左旋右拧，却怎么也打不开，刘郎嘀咕："锁眼生锈了，明天得加点油。"其实，刘郎的钥匙不在锁上，却在墙缝中。无奈，刘郎只得敲门，睡眼惺忪的女儿趿鞋把门打开，见父亲这样，翻了杏眼，埋怨道："瞧你，再这样，就不给你开门！"刘郎嗔道："这孩子！"遂抬起右手，曲指做手枪状，对准女儿眉心，说："胆敢再放厥词，立即枪毙！——啪！啪！"女儿哭笑不得，刘郎却朗声大笑，像孩子一样。

其二，一日醉酒，刘郎行至市中心西杨河（一条人工渠）畔，觉得浑身燥热，便坐在岸边，沐着水腥味的夜风，纳凉。举头望明月，明月笑君归。刘郎情绪化地伸手，欲九天揽月，不料身子一仰，翻身坠入河中。河水不深，刘郎坐在水底，水恰好没了脖颈，只留一颗很斯文的脑袋。刘郎靠着堤石，手戏淙淙清流，口中浅唱低吟，幻想嫦娥奔月，演绎才子佳人，竟然乐不思蜀。翌日至家，家人皆红着眼，原来担心他路上出事，竟四处寻了一夜，都急焚焚的。老伴泪眼迷蒙，问："你去哪儿了？"刘郎笑答："西杨河中，与鱼共游，与月同辉。"老伴险些气晕过去。

其三，某无月之夜，刘郎酩酊而归。中途内急，便扶着一棵小树，酣畅淋漓撒了泡尿。扎皮带时，却将小树一起捆缚。刘郎走，小树留。刘郎拍着小树，说："兄弟，回吧，明天再喝。"可小树不答应。刘郎接着说："你可真够拗的，那好，咱哥俩就再喝一壶。"小树不说话。刘郎不乐意了："看你，又不让走，又不拿酒，这算哪一出？"小树还是无动于衷。刘郎有点火，与小树理论起来，直到攒出了第二泡尿，才好不容易挣脱了小树的纠缠……

按照大家的一致认识，刘郎是个难得的文化人，既有治学成果，又能从众入流，这在文化圈中的确难能可贵。也难怪，刘郎一贯推崇"中庸之道"，不偏激，不极端，不唯我独尊，又不妄自菲薄。刘郎说在中国的传统文化中，中庸之道是精髓，是纯中国式的人文哲学，不唯做人如此，做文亦然。故而刘郎总能处乱不惊，心情坦然。即便有时个人利益上吃点小亏，刘郎都能心平气和，摆摆手，淡淡一笑：

"名利身外之物，何必强求，随它去吧。"

可以说，在四月二十日之前，大家还没有见到刘郎生气的样子，何况是愤怒得几欲疯狂呢？

4

1998年4月20日下午，刘郎正在家中撰写一篇论文，中途接到上司的电话。上司一贯欣赏刘郎的才华，对刘郎刮目相看，两人的交情虽不笃深却也不能算浅，颇有些朋友的味道。上司是请刘郎喝酒的，"老兄，放松放松。"刘郎欣然应允。

酒席设在街边的樱桃红酒馆内。刘郎入席的时候，受到诸位一致欢迎。刘郎情绪甚好，虽然在座一圈乌纱帽，独有自己是平头百姓一个，刘郎并不觉有什么不适。刚一坐定，身边的索丙豪科长就给他点烟，刘郎抽出了一脸笑意。

谁也没想到一个小时之后正是这位点烟的索丙豪和刘郎发生了口舌相击，以致几乎挥拳对搏起来。

那时刘郎已有了几分醉意，觥筹交错中，索丙豪科长向他俯耳低语什么，刘郎忽然沉下脸，怒视着索丙豪。索丙豪属于典型的"粗人"，平素说话经常夹带几个不怎么文雅的口头禅。索丙豪说："你瞪什么熊眼？"刘郎说："我瞪熊。"索丙豪站起来，说："你他妈的骂人？"刘郎也站了起来，但是刘郎很快镇静了，他自嘲地说："我是不是喝多了，来，我敬索科长一杯，表示歉意。"上司和几位科长都对刘郎的低姿态赞许有加，但索丙豪并未领情，他扬手打翻了刘郎手中的酒杯，叉着腰道："告诉你，姓刘的，我就是看不起你！看不起你们这种酸文人！"

刘郎正是被这句话激怒的，在片刻的沉默后，刘郎说："你以为你是什么玩意儿？在老子眼里，你不就是个官场的小混混么？说实话，在我跟前，你连条狗都不如！你根本没有资格和我说话！"

所有的人都惊呆了，这一切的确出乎大家的意料。倘若把刚才发生的事告诉别人，别人一定会以为你在杜撰。刘郎怎么可能会说出这样的话呢？出现在酒场上的这个人真的是刘郎吗？但一切就这样发生了，上司在几分钟的目瞪口呆之后突然醒过神来，急忙上来拉开了刘郎，口中喋喋不休地作着解释，而索丙豪则只身退席了。

刘郎终于没能平息下来，他一头冲入夜幕，他不知道外面已经下起了瓢泼大雨。大雨扯天入地，若银河倒悬。刘郎一任鞭子似的雨线没头没脸地抽打着自己，喉咙里呜呜作响，高扬的手臂像要撕裂穹宇般地直指夜空。

刘郎觉得他的生命已被大雨围困，他再也无法走出那个无边无际的雨夜。

<h1 style="text-align:center">5</h1>

一天深夜我叫醒了刘郎。那时窗外的月色很好，刘郎的脸在月光中一片青白。他已有数日没刮胡子了，因此在他的唇部仿佛涂鸦般的抹了一团苍灰。

我说："刘郎，你是不是该宠辱皆忘，原谅索丙豪？"

刘郎摇摇头："不能。"

"为什么？"

"他侮辱了我，让我在众人面前斯文扫地，下不来台。"

"其实谁也不会在意这些，酒场上嘛，醉话当不得真。"

"我无法容忍，我有我的自尊！"

"你的大度就是最好的自尊。"

"说得容易，人格是可以任人践踏的吗？"

"那么你觉不觉得这与你的性格有些矛盾？你一直劝人走中庸之道，你大概还劝过索丙豪吧？"

"我不知道！"

6

刘郎感到了心理极大的不平衡。在事后的几日内，刘郎一直沉浸在愤怒之中，索丙豪的脸在他眼前挥之不去。"我看不起你！"这五个字像五把斧头砍着刘郎的心。刘郎感到血正从他的每个毛孔中汨汨涌出，浸染了他目力所及的一切。他的灵魂在血光中痛苦地抽搐。索丙豪算什么？他只是一个不学无术、胸无点墨的草包，无非靠走旁门左道侥幸捞得一个科长的职位，就这样狂妄？这样牛气冲天？刘郎懊悔自己平素怎么还把他当人看，本该冷眼视之，不屑一顾的。而这样的一个人竟然狗眼看人低，刘郎怎么接受得了？这是刘郎生平所遭受的最大的打击，是无法容忍的奇耻大辱，是人格的轰然破碎和尊严的惨遭涂炭……

但很快，刘郎就陷入了深深的悲哀。直到今天他才发现，所有的笑脸和抬举都是虚假的，在别人眼中，他什么都不是，即便他学富五车、才智过人，说到底不还是个秀才书生吗？一个芝麻绿豆大的官都可以不把他往眼皮里夹，他还有什么优越感？像他这样有德有才的人，难道不该早就被提拔到重要的领导岗位上吗？那些无聊的混世者难道不该向他俯首称臣吗？

刘郎觉得这世道委实不公平，虾蛤成仙，蛟龙倒被深压海底。他只是别人手中的一个卒子，爱摆哪儿摆哪儿，不高兴了就可以随手扔掉。这真是个人生的反讽。刘郎想，他一以贯之的生存哲学被彻底颠覆。直到今天他才发现在他的豁达和散淡之下，还蓄积着压抑、不平和对命运的报复心，只是这种心理隐匿过深，连他自己都忽略了。他不再一如既往地遵从中庸之道，人格的矛盾是到了该爆发和解决的时候了。

刘郎徘徊在每一个月黑风止的静夜，他在计划，在作下一步的"战略部署"。刘郎觉得他首先要做的是报复索丙豪，他要看到索丙豪败走麦城的可耻下场，那样他才会平衡些，心安些。然后呢？然后他这个出类拔萃的人难道不该在政治上占有一席之地吗？他也要在官位上端端架子，显显尊严，拉一把潜心治学的同道，整一整有眼无珠的小人，他也要在公众场合摆摆达官贵人的谱，对那些看不惯的人颐指气使。做人做到这个份上才算做出了点味道，有了些自豪感和成就感，才不枉一世，才能心想事成。治学只能博取虚名，而政治才是真正实现自我的捷径和手段。

刘郎觉得这次打击使他成熟了许多，他开始对传统文化产生怀疑，他甚至想自己是不是个传统文化的受害者？他该好好换一换脑子，吸收点新意识新观念，即使是过去那些曾被他鄙弃和蔑视的东西，只要对他的计划有用，他都不妨持"拿来主义"，以不正当的手段达到正当的目的又有何不可呢？既然自尊和人格在索丙豪跟前丢掉了一次，他又何尝不能再丢掉一次，哪怕在权贵者面前摧眉折腰，只要能讨得欢心，有利仕途，都无可厚非。装了孙子以后不就成了大爷了吗？总比一辈子当孙子强。

刘郎有种醍醐灌顶般的兴奋，他一气喝下两斤白酒，而后狠狠地把酒瓶摔得粉碎。这还不够，刘郎只想摔东西，让耳边充斥着无穷无尽的破碎声。他摔了暖瓶、茶杯、镜框，他甚至差点摔了彩电……末了，刘郎号叫着，一头扎进冷水盆里。他想，我觉醒了！我他妈的觉醒了！毕竟，40多岁的年龄，这个具有生命意义和历史意义的觉醒还不算太晚。

7

1999年的4月，距那次"酒场风波"已整整一年。刘郎还是没有官级的文化人刘郎，而索丙豪则已经不可思议地作古了。

我问刘郎："索丙豪已下了地狱，你现在是不是找到了点平衡？"

刘郎久久沉默，末了怅然一叹："我想静一静，我不知道这一年是怎么过来的。"

刘郎的耳边又响起了雨声，他感到彻骨的寒意。我看到他的手在阳光下瑟瑟发抖。

8

刘郎最初设想了几种报复索丙豪的办法，但很快又被他自己推翻了。在刘郎的记忆里，索丙豪主要有这么几条"罪状"：聚赌、外遇、公款吃喝，然而聚赌诸位中常有上司的光辉形象，这就让一起简单的事件复杂化了，索丙豪等于有了保护伞；而外遇在当今算什么呢？别说官员大款，就连布衣平民有那么一两个情妇都不足为奇，没准巷子里蹿出的一个蹬三轮的油渍麻花的中年汉子屁股后头就跟着几个嗲女浪姑呢！生活作风是个老掉牙的话题了，这年头谁还提这档子鸟事啊！游龙戏凤，时髦；公款吃喝就更不值一提了，普天之下哪里没有公款吃喝，一年能吃掉两艘航空母舰，"吃功"何其了得！相比之下他索丙豪吃的那些大众酒宴能算得上吃吗？不能，根本不能！再说辛辛苦苦跑个官图什么？不就图个腰包鼓，肚儿圆，搂个小姐去消闲嘛。

看来，靠揭短打倒索丙豪很难，而且这种报复方式也很容易引起上下左右的警惕和反感：刘郎原来是这样一个人，看似淡泊闲逸，实则包藏祸心。告黑状打小报告多半要失掉人心，留给人一个"恶狗咬人不露牙"的印象，以刘郎的智商当然不会作出这个愚蠢的选择。

那么还有何奇招妙计呢？刘郎绞尽脑汁，挖空心思，一筹莫展。刘郎颓然地想自己常自觉博古通今，聪明盖世，而实际上他原本是个笨到极点的人，连一个小小的索丙豪都对付不了，还谈何宏图大略，实现自我？

刘郎陷入了深深的苦恼。

机会是找上门来的。八个月后，索丙豪突然住了次院，侥幸把丢了一半的命又捡了回来，但从此口袋里便伴随着一盒速效救心丸。依照医嘱，索丙豪不能激动，不能操劳，更不能生气，他的脆弱的心脏将会在任何轻微的袭击之下向索丙豪亮出生命的红牌，到那时候索丙豪也就该正式"挂靴"了。

刘郎暗喜，他觉得机会来了，这是不是天意为之？但这是疾病威胁了索丙豪，并非是刘郎的功劳。刘郎认为这当然不能摆平他心中的怨气和仇恨，他应该给索丙豪苟延残喘的人生来个"釜底抽薪"，他要彻底打倒索丙豪。

没人发现刘郎有什么太大的异样，或者说稍有变化的是刘郎这段日子似乎不怎么饮酒了，嘴角的笑意淡了几分，而且下颌部添上了一撮颇有风度的胡须。刘郎把对索丙豪的报复欲藏得很深，他在静静地等待时机。在一个微雨的黄昏，刘郎报仇雪耻的时刻终于姗姗而至。他在下班的路上截住了索丙豪，那个地方正好是一条巷子的深处，由于天气的原因，当时周围几乎无人。

刘郎说："索科长。"

索丙豪有点意外："啊……是刘老兄。"

"听说索科长心脏出了点问题？"

"是呀，你说我平常身体倍儿棒倍儿棒的，怎么一下子就闹了这么个病？真是旦夕祸福、世事难料啊！"索丙豪感慨着，神色微有些黯然。

"对呀对呀！三十年河东三十年河西，索科长可要保重身体。"刘郎语出真诚。

索丙豪有些感激，也许他在这一刻很自然地想起了那次酒席上的不快，叹了声，说："刘老兄，你不计前嫌，胸怀宽广，小弟很是惭愧。"

刘郎笑了笑，大度地说："醉话，当不得真的。"

"如果我没现在这个该死的病，咱弟兄两个真该痛痛快快喝两盅！"索丙豪动了感情。

刘郎沉默了一下，细雨淅沥地落在他的脸上，他感到寒彻肌骨。胸腔里一阵阵地疼痛难忍，一个声音箭一样洞穿了他："我看不起你！"刘郎咬紧了牙，喉结上下滚动着，一股灼热的东西在往上冲，几乎冲破他的脑门，现在，满世界都是哗哗的雨声，无休无止的雨声……刘郎直视着索丙豪，颤抖地说：

"索科长，你说这该死的病怎么会偏偏找到你身上呢？这是不是报应？"

"你……"索丙豪怔了。

"不错，是报应。你该死！你他妈的不得好死，死有余辜！"刘郎几乎歇斯底里了。

"刘……刘……"

索丙豪终于没能把刘郎的名字叫全，他的嘴唇开始发紫，一只手吃力地捂住了胸口。刘郎木立着，眼前一团灰雾，灰雾中索丙豪像一截朽败的木桩，缓缓地倒了下去……

<h1 style="text-align:center">9</h1>

谁能想到呢？索丙豪的死不仅没给刘郎带来兴奋，反而几乎击垮了刘郎。

当索丙豪去世的消息传到刘郎的耳朵里时，他的心咯噔一沉。他忽然手足无措起来，心中的滋味莫可言状。他的表情僵住了，也许他很早就准备在这个日子放声大笑一场，但他却无论如何也笑不出来。在接下来的日子里，刘郎食不甘味、夜不安寝，常常从噩梦中惊醒，人也整整瘦了一圈。他好几次无意识地来到索丙豪倒下去的那条巷子里，痴痴地站上许久。

　　刘郎过起了闭门索居的生活，每天枯坐在一张老式藤椅上，失神地望着什么。阳光抚摸着他发青的脸，看上去刘郎老了许多。

　　我说："刘郎，你该高兴才是。"

　　刘郎喃喃着："索丙豪真的死了吗？"

　　我说："真的死了。"

　　刘郎用手捂着脸，半晌说："是我杀了索丙豪。"

　　我说："这不正是你的初衷吗？你的第一个目的已经达到了。"

　　刘郎摇着头，喑哑地说："我杀了人！我杀了索丙豪！……天哪！"

　　我默然，后来我说："你该实施下一个计划了。"

　　刘郎彻底萎顿下来："你知道的，我不可能做出那种事情，我生就是一个书生。"

　　"那么，你下一步打算怎么走？"

　　刘郎仰望苍穹，说："我还想走回中庸之道，只是，不知还能不能走好……"

　　夜色深沉时，我说："我想写写你，刘郎。"

　　"写吧。"

　　刘郎站起身，走进书房，铺了纸笔。我坐下来，写上了"走在雨中的刘郎"几个字。我和刘郎共有一双手，不同的是，刘郎生活在现实中，而我则躲在刘郎的灵魂里。

　　刘郎忽然有些烦躁，背着手踱来踱去。我问："怎么了？"

刘郎的面部肌肉有些扭曲，他战栗着说："我……我又听到了雨声。"

（原载《当代人》2004年第10期）